懷舊的能與不能

論林俊頴小說中的抒情離現代

黃資婷 著

成大出版社
National Cheng Kung University Press

獻給W——教我打造通道與迷宮之人

目錄

自序

鄉愁猶如成癮的愛情——《懷舊的未來》的離現代之術

無人取件的失物招領

初識博伊姆（Svetlana Boym, 1959-2015），是在成大附近的若水堂。當時我正動筆要寫李渝的論文，習慣性到書店中翻查靈感，在《懷舊的未來》（*The Future of Nostalgia*）拾到這句「他們的幸福在時間裡脫臼」。Nostalgia，是鄉愁也是懷舊。她轉引波特萊爾《惡之華》中〈給交臂而過的女子〉談幸福（bonheur），那樣的天時地利人和，最終卻以墮負收尾。波特萊爾對愛人的驚鴻一瞥，體現了完美的現在與緬懷失去未來的某些可能，幸福是「懷」未曾發生過的「舊」。

二〇一四年，李渝辭世。我剛完成論文初稿，還未來得及約訪談，只留下編輯《穿過荒野的女人——華文女性小說世紀讀本》一書時詢問授權事宜的信件。如果那場訪談真實發生，除了確認作家大事紀的編年細節，我還能詢問什麼？她想說的都留在文字裡了。我只能像是一個蹩腳的二流外科醫師，面對眼前皮相完好但臟器盡碎的血肉束手無策。

二〇〇五年郭松棻離開以後，死亡讓她從單數的「我們倆」回歸到「我」。愛是鄉愁所繫，你消失以後，我只能在沒有你的世界裡流亡。漫長十年，我是你遺留在人世的失物，獻祭出的自我隨著客體消亡，如走入瘖啞的奧菲德（Orfield）實驗室，五臟六腑發出的聲響皆顯多餘。於是小說〈待鶴〉那一句「啊，是誰，還有誰，是松棻呢。」成為最溫柔的冰錐，直衝讀者眼眶，「人都該在愛還是愛的時節愛過，不是麼？」精準閉眼，失去與戀人隱密的共鳴以後，作者低聲同讀者商借一小片海，共享痙攣與痛感。人們慣於把希望寄託明天，明天怎麼可能會好起來呢？再無共同老去的可能，所有快樂終成幻影，所有時間皆是咒詈。

那是我第一次與博伊姆交手，借她的概念來縫合我對小說的解讀，一如她擅於縫合各種隱喻。她從未將抒情視為懷舊的藥方，抒情更像是骨髓負責造血，是出生以降自帶的裝備。她耗費大量筆力鋪陳時空錯置的疊影，驅使人懷念起從未到達過的「故鄉」。她自言被懷舊偷襲的方式，是在離家十年後重返故里，面對眼前場景與熟悉氣味，記憶卻仿若進入另一時區，看似是悼念空間實則是哀感某個時代。一場註定無人取件的失物招領遊戲於焉展開，幸福終將於時間軸線裡闕如，斯人已去，當主體亙古且永恆的失去了鄉愁，失去任何批判與實踐的動能，我們便難以如同造訪空間一般的造訪時間，死亡更像返鄉。

第一個宿命的小精靈

博伊姆將納博科夫視為離現代主義（Off-Modernist）者，她對讀納博科夫英文版與俄文版的自傳，意外發現「好美，好孤寂。在這立體的夢境裡，我在做什麼呢？我是怎麼來到這裡的？不知怎麼，那兩輛雪橇溜走了，把一個沒有護照的間諜拋在後頭，站在藍白色的路上。」這段愉快的記憶追認，自這位時間恐懼症患者的俄文版消失，轉換成被嚇壞的「半魔影」，敘事者哀切懇求「請放我回家（美國），在拯救大洋的彼岸。」立體夢境原是惡夢。一九三〇年代，納博科夫拒絕回到蘇聯的邀請，文學即是他的虛擬護照，無論美好或者駭異，他已藉由書寫及記憶無數次重歸故里。

我們可以從博伊姆對納博科夫的解讀，反觀美籍俄裔的她如何應答擺盪在美國自由女神（Lady Liberty）與俄國母親（Patria Mam）之間的身世。「離現代」（Off-Modern）便是她抵達俄國的護照。她選用副詞「off」來攪亂所謂「現代」的既有方向，不信賴眼前筆直通往進步未來的康莊大道，身為狹縫者她引以為傲，每一個主體都有自己抵達現代的姿態。她對著諸多來自世界各地的離群索居者，量身定做一種生存策略——離現代之術即是自我解離之術，以創造性手段製造一個承載痛覺的分身。如《蘿莉塔》裡韓伯特以時間取代空間，打造九至十四歲小魔女們的魔幻島嶼，「我真空的靈魂努力吸取她那鮮明美貌的全部細節，然後拿來對照我已故新娘的特徵。」笨拙且吃力地讓蘿莉塔取代初戀安娜貝爾，他第一個宿命的小精靈。「我站在高聳的山坡上，聽著那音樂般的震顫，聽著那此起彼落的叫喊，襯托著低語呢喃的背景。當時我忽然領悟：那種絕望的痛楚並不是因為蘿莉塔不在我身邊，而是因為她的聲音不在那和聲裡。」鄉愁猶如成癮的愛情，若主體已心知肚明，歸鄉只是降靈會的障眼法，那便各自帶上擅用的武器，用博伊姆的比喻，如《綠野仙蹤》裡桃樂絲穿上紅寶石鞋，敲三下鞋跟高喊「沒有地方像家一樣」的魔法，回到原初場景。時間狡詐之處，在於它總會找到新的技法，而我們以為返回最初的地點，實際上我們抵達的，是除了最初所在地以外的所有地方。

博伊姆劃分了修復性懷舊（Restorative Nostalgia）、反思性懷舊（Reflective Nostalgia）、前瞻性懷舊（Prospective nostalgia），並把夢寄託於後者，為這條離現代之路編織浪漫的精神地理傳奇，鋪陳一場主體與他者之間洛希極限式的角力。她自創陣法，以西洋棋裡騎士軍種的Z字步伐，昂揚打破規矩自成方圓，「西洋棋棋盤取代了戰場，它允許好戰者於遊戲中競逐。在不同文化之間，黑白方塊這種普世飾品並未因翻譯而缺漏太多，我的棋盤從來沒有真正的黑白，但總稍稍偏離當地材料的光澤和肌理。棋盤的表面玩弄著視角和網格，向虛構的第四維度開放。」在她終於整裝完畢，打算以《離現代》為標題分享她宿命中的精靈，她體內的白血球正在參與一場戰役，二〇一五年癌細胞擴散，她完成初稿後辭世，離現代成了遺志。兩年後在友人與學生的幫助下，《離現代》付梓，戴若什（David Damrosch）於序言回憶起某日於紐約，當他們正激烈論辯著後現代主義，博伊姆走神被外頭景象吸引——聖約翰大教堂的花園與施工中架起的鷹架——這座歷經兩次世界大戰始終未完成的教堂，儼然已開始衰敗，陷入永遠的「暫停施工」。一隻大搖大擺的孔雀經過，這裡也是牠離鄉以後的棲身之所。如此不合時宜。

懷舊，是時間以你料想不到的方式，逼迫你不斷反芻一個重複的故事。

云與樵的離奇鑲嵌術

二〇一八年六月，薄霧過後陽光正燦的夏日，偉貞師帶著我與研究室幾位同學去里斯本發表論文。那趟學術之旅背後有兩個隱藏任務，一是要繞道波爾特沃（Portbou）尋找班雅明（Walter Benjamin）的足跡，二是到塞維亞（Sevilla）探望黃碧雲。

班雅明的故事眾所周知。在戰爭即是日常的一九四〇年，他甫完成〈歷史哲學論綱〉的書寫，於霍克海默的擔保下取得前往美國、西班牙以及葡萄牙的過境簽證。沿著霍克海默當年逃亡的路線，班雅明預計從西班牙轉至葡萄牙，再轉往美國。

那是一條絕望的流亡路線。帕雅克寫道當時法國軍隊比蓋世太保們還熱衷於抓猶太人，彷彿人人得到伸張正義的機會。後來班雅明輾轉得知一條穿過庇里牛斯山的冷徑，可偷偷抵達西班牙，九月，一行人走了許久山路，班雅明幾乎歧行蠕過庇里牛斯山，才到波爾特沃。他拖著病體與友人來到法西邊境的哨所，警察卻告知他們被逮補了，因當日接獲一起禁止任何難民穿越國境的密令，他們身上都沒有可以離開法國的簽證許可，依規定得遣返回法國。

二十五日，他被帶至波爾特沃的小旅館，深夜，他託逃亡同伴捎話給已經抵達紐約的阿多諾，並把自己關於房間，嚥下大量嗎啡：「在一個無路可出的處境中，我沒有別的選擇，除了結束它。」

逃亡同伴發現他自殺後緊急找來醫生，班雅明說他在馬賽時弄到一批毒性強烈的藥，他將身上西裝整理筆挺，無人能阻饒他赴死的意志。為瞞過巡邏憲兵，不牽累他人，班雅明必須讓一切像是偶然罹患重症而非自殺，他的同伴謊稱班雅明前一晚便病重，醫生來了許多回，旅館的老闆也幫忙作偽。來回數次徒勞無功的急救後，隔日醫師終於開立死亡證明，班雅明歿於法西邊境的小鎮。

他在一九四〇年的九月二十五日遭逢他的地獄，幽靈從此有了日期。

為了親眼目睹地獄，我們一行人來到法西邊境。博伊姆也是為班雅明瘋魔之人，一九九五年她循線抵達此地，「原來那條不可逾越的國境線，對於沒有邊界的新歐洲來說，已成一個古老的海關棚、可口可樂攤販與數張多種語言的廣告。」我們當然沒有在墓園尋到班雅明的名字，哀悼的位址是藝術家卡拉萬（Dana Karavan）設計的通道（Passages）紀念碑，拿掉拱廊街（Passages couverts）能遮天蔽雨的「couvert」，那條金屬通道似紅毯也似奈何橋（博伊姆形容是毒氣室的樓梯間），入口是一塊傾斜插入地表的長方體，鈍重色澤更像是上帝擲骰子開的惡意玩笑，拾階而下會遇見一道透明牆面，樓梯的尾端是海，班雅明的一步之遙。

偉貞師的《云與樵》裡這麼說：「歐洲最黑暗的時期，班雅明乖舛的一生，就像被他筆下的〈駝背小人〉，一幫『喜歡捉弄人、喜歡惡作劇的傢伙』，無論出現哪裡，都讓人空手而回。」熟悉班雅明的讀者會知道，駝背小人是《柏林童年》的尾聲，也是漢娜．鄂蘭為《啟迪》寫序時的引言，德國孩童在日常的諸種磕碰發生時母親們慣用的安撫：「笨拙先生向您致意。」

我們徘徊在金屬通道內裡讀著透明牆面上刻的字句，一對白胖女子央求我們離開，用法國口音說道這是嚴肅場合，如同她們不會在亞洲人的廟宇喧嘩。於是我們讓出通道，隨即金屬盒子傳來一陣陣歡快的回聲，正義是一種表演，是他者與環形時間的監獄。真恨自己臉皮薄，無法搬弄納博科夫的玩笑重演論，無法告訴她們「地球上最早有時間感的生物，也是第一個會笑的。」

然而重返地平線轉身回望，眼前大抵是我此生見過最清明的海，上演著離奇的鑲嵌術，班雅明、漢納．鄂蘭、博伊姆與蘇偉貞。

離開波港，我們途經菲格斯（Figueres），前往塞維亞（Seville）與黃碧雲碰頭，又是另一則故事。

（原文刊登於二〇二二年一月十七日 聯合報D3版）

緒論

鄉愁不知何起，一往而深

寫小說要從最熟悉的人和事物寫起，我身邊都是完全的臺灣本地人，如果把他們的語言用流利的普通話寫出來，那就沒有辦法表達。等到寫《不可告人的鄉愁》時，我就弄了個小小的實驗，因為那裡頭有我的祖父母一代人，我從小聽他們講那麼流利的閩南語，就想要完全用這種方式來表達，試圖把母語轉換成書面文字。

——林俊頴

同樣執拗的處女座俊頴，這回我也見識到了，過往走走看看就過的地方，總見他目不轉睛或一聲「你們先走我馬上跟來」。我特別記得他在知恩院本堂的那身影，平常我們大都沿廊下走一圈，有時懶得脫鞋穿鞋，就導遊似的說聲「我們在賣店等你們」。俊頴輕拉開還在使用中的本堂大廳、傳出低低嗡嗡的誦經聲，半晌他漲紅著臉回頭對我說，裡面的那陳設、雕飾、法器、華蓋……那細細金沙似的光，「完全是佛經裡的那描述」……（他那踽踽獨行的乾淨身影，年輕時我們常偷偷叫他小沙彌。）

——朱天心

彼處，拖胎入語，透過一個千層萬轉迷宮式的名字與認同，一個繞著一個：一個獨一無二的思鄉圓圈……在這個故事裡，我深深相信語言本身已滿懷嫉妒。

——阿布德卡比．卡他比

自九〇年代臺灣族群意識的崛起，批判論述逐漸導向漢人霸權以致於平埔族文化的衰弱，一方面要提倡臺語，一方面要恢復平埔族文化。我就讀建築所博班期間，某次欲進行清代市鎮研究之田調，回到老家鹿港，發現祖先曾與巴布薩族通婚，原以為不食牛犬的習慣是出自農耕社會或民間信仰，卻沒料想到與許與巴布薩文化有關。田調現場經常可見的論述暴力，是將霸權（Hegemony）視為一個太輕易的詞彙，為脈絡化而忽略文化及習俗養成的複雜度，也低估常民的能動性，構成既是受害者，亦是共謀的悖論。我傾向將之視為文化交融的結果，也曾自我質疑遺失了（從未擁有過的）巴布薩文化，彷彿總有一個隱藏版的兇手尚未被指認，這種焦躁感是否遭受某種未知的意識形態宰制而不自知，然而衍伸出來的提問是，主體是否需要自主性的背負歷史債務，為虛擬出來的鄉愁買單？

臺灣並非單一個案。安伯托・艾可（Umberto Eco）出版《布拉格墓園》（*Il cimitero di Praga*, 2010）的同年，發表對全球化（Globalization）滲透世界文化之憂，

> 全球化生產出提高個人生活水平的新要求和新慾望，生產出採用新的科技手段和實踐方法的新需求，也生產出了參與一種「世界文化」或適應一種新形式的單一文化的新需求，在這種單一文化中，不同人群之間將不再有任何差異，無論是他們的生活方式、音樂、服裝，還是其他那些一直以來構成單一文化特點的特徵——同時，在廣泛使用媒介語的壓力下，世界上現存的四千種或五千種語言中的大多數將會消失。[1]

從文化的逐步單一到語言的消失，聯合國教科文組織（UNESCO）出版《世界瀕危語言地圖集》（*Atlas of the World's Languages in Danger*）提出近三千種語言面臨

1 安伯托・艾可（Umberto Eco）著，張錦譯，〈裂縫、熔爐，一種新的遊戲〉，《跨文化對話（第28輯）：懷舊與未來專號》（北京：生活・讀書・新知三聯書局，2011年），頁5（3-13）。

消失危機[2]，聯合國更將二〇一九年定為國際原住民語言年（The International Year of Indigenous Languages）[3]。當國際反思全球化使英語成為強勢語言，是否壓迫其他語言生存時，臺灣反其道而行，打算推行二〇三〇雙語（英文與中文）國家政策[4]，證明全球化與本土化的難題方興未艾。德希達（Jacques Derrida）在他類自傳的《他者的單語主義：起源的異肢》裡，有個反覆出現的句子：「我只說一種語言，而這語言不是我的」，訴說他猶太人的身分擺盪在阿爾及利亞與法國之間的鄉愁，他如是看待與法國文化的關係，

> 我們必須對這個文化做研討，才能把這一個「彼處」，這一樁事件進行翻譯，吸引或勾引到這文化中。對這個彼處我早已自我出口，也就是說這個全然是他者的彼處，我得去保留他，因此而保全自己，同時又保留著我自己，就如同逃避一個可怕的謊言，一種沒有關係的關係，如同一個人防著另外一個人，無依無靠地等待著一個只知道讓人永遠等待的語言。[5]

為了保全自己，而保留這一個「不是我的，但我只會說的」語言，是一個「我

們必須自我解釋的交易（donne）」[6]。我們尚未檢視手上的牌面，自語言引發的鄉愁早已蔓延，閩南語、客語、福州話以及數不清的原住民語，彷彿巴別塔再現。但於市場經濟面前，或許都輸給英文。

第一節　故事的履端：抵達歷史自由的方法

《發達資本主義時代的抒情詩人》譯者張旭東，曾如是縷析班雅明（Walter Benjamin, 1892-1940）文本的雙重矛盾：在他的書寫之間，有股明確強調普遍性

2 Moseley, Christopher, ed. *Atlas of the World's Languages in Danger*. Unesco, 2010.

3 詳見網址：https://en.iyil2019.org/（檢索日期：2021年4月23日）

4 https://www.edu.tw/News_Content.aspx?n=D33B55D537402BAA&s=FB233D7EC45FFB37（檢索日期：2021年4月23日）

5 德希達（Jacques Derrida）著，張正評譯，《他者的單語主義：起源的異肢》（臺北：桂冠，2000年），頁76。

6 德希達（Jacques Derrida）著，張正評譯，《他者的單語主義：起源的異肢》，頁76。

與歷史脈絡的哲學批判力道；然而於此同於，也有一股宛如詩人般回到個體本身的內在經驗的敏感心靈。所以「思考和詩不分彼此地、自在地貫通為一了。因而班雅明的作品總是極大地超越了論述的問題，並且超越了這種論述本身。」[7]或許就是這位以波特萊爾（Charles Pierre Baudelaire）眼下觀察到現代性（modernité）瞬息萬變之特質為線索，有著重構「現代性史前史」雄心壯志的哲人班雅明，在一九四〇年辭世以後至今仍歷久不衰之因。他自云最大野心是寫一本全由引文纂繡而成的偉大著作，與時代及建構他思想的所有知識系譜糾纏一體，完全映照他對物件與文字的痴迷。正是這種矛盾與不合時宜，班雅明無法被安置在某段固定的歷史論述，「歐洲最後一位知識分子」難以在方正的知識系譜座標裡將之歸位。也正因此，他不是翻譯家，不是戲劇學家，不是哲學家，他的文體自成星系，影響難以計數的詩人、歷史學家、哲學家、社會學家、政治學家等等。

其中也包含提出離現代（Off-Modern）概念的藝術家／學者斯韋特拉娜・博伊姆[8]（Svetlana Boym, 1959-2015）。她從班雅明與漢娜・鄂蘭那裡，承繼了對自由的渴望，完成《離現代》（*The Off-Modern*）的寫作。那年她已癌症末期，筆下那條隱喻式的，與主流「現代」錯身但並行的路徑，被迫來到終點。離世後，同事兼好友的戴若什（David Damrosch）在《離現代》序言回憶起某日於紐約，當他們正激昂論辯著後現代主義，博伊姆走神被外頭景象吸引——聖約翰大教堂的花園與施工中架起的鷹架——這座歷經兩次世界大戰始終未完成的教堂，儼然已開始衰敗，陷入永遠的「暫停施工」。一隻大搖大擺的孔雀經過，這裡也是牠離鄉以後的棲身之所。[9]身世對照，這隻懷舊（nostalgia）的孔雀成為離現代的記號。博伊姆一生追

7 張旭東，〈譯者序：班雅明的意義〉，《發達資本主義時代的抒情詩人：論波特萊爾》（臺北：臉譜，2010年），頁30。

8 斯韋特拉娜・博伊姆（Svetlana Boym）為哈佛大學斯拉夫文學與比較文學系的Curt Hugo Reisinger教授。代表著作有*The Future of Nostalgia*. Basic Books, 2001; *Common Places: Mythologies of Everyday Life in Russia*. Harvard University Press, 2009; *Death in Quotation Marks: Cultural Myths of the Modern Poet*. Harvard University Press, 1991; *Architecture of the Off-Modern*. Princeton Architectural Press, 2008; *The Off-Modern*. Bloomsbury Publishing USA, 2017.

9 "One day in New York, she (Svetlana) interrupted an argument about postmodernism to photograph the peacock we found strutting amid industrial scaffolding alongside the garden of the Cathedral of St. John the Divine. The cathedral was very much Svetlana's kind of site: an anachronistic utopian monument begun in the fin de siècle but never completed, slowly decaying while permanently under suspended construction, just the place for a nostalgic peacock to make a home away from home." Damrosch, David. "Preface", *The Off-Modern*. New York: Bloomsbury Academic, 2017, p. xiv.

索一條需披荊斬棘的羊腸小徑，帶著騎士般勇者無懼的精神，將猶太人、俄國人、美國人等如影隨形的標籤擱置一旁，與之和平共處，希冀抵達歷史的自由。

從班雅明到博伊姆，牢牢將離散、歷史、自由等關鍵詞串連起來的，是抒情。在哲學與詩之間，班雅明走出「詩之所鍾，以情為度」的道路。並非耽溺於主觀情緒之中才叫抒情，像班雅明這樣的戀物者，能超越疆界，自由自在的游離於各個領域，告訴我們萬事萬物若無情感居中密謀，沒有作為情感主體的人介入，故事便難以為繼。抒情並不表示得背離言志，也非代表得走向極端的個人主義與浪漫主義；抒情可以是瓦解固態的、封閉成見之論述策略，在一個又一個千迴百轉的故事裡，不受媒材限制，見證所有的遭逢與抵達，提供主體凝視內在心緒的自由。那裡，也是本書的起點——「抒情離現代」由此而來。

為何將Off-Modern翻譯為「離現代」，其因有二：

一、回歸到華文語境，「外現代」難以強調Off-modern蕩析離居不歸其位的特質。

劍橋字典解釋Off是away from——離開當前所在地點或位置；是separated——隔開；是removed——移除、去掉、除掉、減掉；是not operating——切斷、停止運轉；是not at work——對安排好的活動終止或取消；是completely absent——因為被用盡或死亡所導致的消失；是對某人某事某物的不喜歡與不接受；於運動賽事將off side譯成「越位的」——所處位置不在允許範圍內的正常位置；網路世代使用社群媒體聯繫彼此時，Online與Offline譯為上線與離線，多義且複雜。我選用「離現代」來翻譯Off-Modern而非「外現代」，考量中文語境「離」作為動詞，具有分別、分開（離開），相隔（距離），遭受、觸犯（離法），背叛（背離），缺少等意義，而離字在中文源自一場誤會，《易經．離卦》裡離為火，《彖曰》：離，麗也。成雙成對，美麗美好，「離黃」原指黃鸝鳥，是美麗的黃色鳥兒，《說文解字》：「黃倉庚也。鳴則蠶生。从隹离聲。」到宋代《廣韻》才將「鸝為鸝黃，借離為離別」；加上博伊姆關注議題涵括diaspora——原指猶太人被逐出巴勒斯坦，開始亡鄉失土的流浪生活，中文語境被譯為「離散」，將Off-Modern譯為「離現代」可與之呼應。[10]

10 更詳細的檢視可參考黃資婷，《抒情之後，離現代——以林徽因、王大閎為起點談建築與文學相遇論》（臺南：國立成功大學建築研究所博士論文，2020年）。

二、就博伊姆創造Off-Modern一詞語境而論。

二〇〇一年三月，博伊姆在*The Future of Nostalgia*率先創造Off-Modern（離現代）新詞，於〈導論〉中首度出現[11]。二〇一〇年，南京譯林出版社出版的《懷舊的未來》中譯本，華文學界這才初識Off-Modern。

《懷舊的未來》花大量篇幅討論流亡美國的俄國作家納博科夫（Vladimir Nabokov）、布羅茨基（Joseph Brodsky）與藝術家卡巴科夫（Ilya Kabakov）拒絕返鄉，但無礙作品以記憶重返事實。她說道Off-Modernism的特質：

> 離現代主義同時批判被新事物迷惑與重新發明傳統，在離現代的傳統中，反省與渴望，疏離與鍾愛同為一體。此外，對於一些偏離傳統的二十世紀離現代主義者（亦即被文化主流認為是邊緣或過時的，從東歐到拉丁美洲）以及來自世界各地諸多的流離失所者，對鄉愁的創造性反思不僅僅是一種藝術手段，而是一種生存策略，一條歸鄉之所以不能的路徑。[12]

這些「流離失所者」自創書寫路徑，仿如西洋棋騎士棋子走日字又跨L形的能動性移位，逕入黑白方格之地，打破主流、直線思維，猶似「挑戰權威」[13]——如是行走路徑，亦提醒我們任何文化演繹有時可通過支系生成，且近且遠，並以記憶重返之書寫策略——博伊姆形容為「令人難以忘懷的文學賦格」（memorable

---

11 在 *The Future of Nostalgia* 中，Off-Modern 一詞出現五次，Off-Modernist 出現二次，Off-Modernism 出現一次。"There is in fact a tradition of critical reflection on the modern condition that incorporates nostalgia, which I will call Off-Modern. The adverb off confuses our sense of direction; it makes us explore sideshadows and back alleys rather than the straight road of progress; it allows us to take a detour from the deterministic narrative of twentieth-century history." Svetlana Boym, *The Future of Nostalgia*. New York: 2001, pp. XVI-XXII.

12 "Off-Modernism offered a critique of both the modern fascination with newness and no less modern reinvention of tradition. In the Off-Modern tradition, reflection and longing, estrangement and affection go together. Moreover, for some twentieth-century Off-Modernists who came from eccentric traditions (i.e., those often considered marginal or provincial with respect to the cultural mainstream, from Eastern Europe to Latin America) as well as for many displaced people from all over the world, creative rethinking of nostalgia was not merely an artistic device but a strategy of survival, a way of making sense of the impossibility of homecoming." Svetlana Boym, *The Future of Nostalgia*, p. XXII.

13 Svetlana Boym, *The Future of Nostalgia*, p. 30.

literary fugue）[14]，凸顯「總有個無法抵達的地理空間」的事實。

Off-Modern這個新詞，應了馬奎斯所說「那時世界太新，很多東西還沒有命名」[15]。

楊德友先生在簡體版的《懷舊的未來》，將Off-Modern譯為「外現代」[16]。但我考慮博伊姆為Off-Modern下的定義——"The Off-Modern frame is perspectival and hypertextual; It mobilizes imperfect maps of cultural memory, on and offline."[17]（Off-Modern之框架是具觀點且超文本的；它調動**上線與離線**、不完美之文化記憶地圖。）——命名的過程，其實就是應用的過程。

*The Future of Nostalgia*將Nostalgia從傳統「鄉愁」鬆綁，賦予穿越固著時空的「懷舊」冠名，實則nostalgia原本就有鄉愁、懷舊多義詞意，適時的交互代換，是對現代狀況的批判性反思；循此，本文不因襲既有「外現代」譯詞，順著博伊姆"on and off line"思考，肯定其"which I will call 'Off-Modern'"[18]之宣告，將Off-Modern中譯為「離現代」。

唯有為「離現代」定調，本文才好展開論述。

Off-Modern方法學建構，出於*The Future of Nostalgia*。但發展成熟，繫於博伊

姆指出了離現代框架的超文本性：亦即，Off-Modern不止存於文學／影視，文學／視覺藝術，也存在於文學／建築互文性。

文本互涉理論（intertextuality theory）一九六〇年代率先由茱莉亞．克莉斯蒂娃（Julia Kristeva）提出，[19]傑哈．吉內特（Gérard Genette）《羊皮紙文獻》（*Palimpsestes*, 1982）在克莉斯蒂娃互文理論基礎上，將文本互涉定義為「兩個文本

---

14 "What matters, then, is this memorable literary fugue, not the actual return home." Svetlana Boym, *The Future of Nostalgia*, p. 50.

15 賈西亞．馬奎斯（García Márquez）著，宋碧雲譯，《一百年的孤寂》（臺北：遠景，1982年），頁1。

16 《懷舊的未來》將Off-Modern引進中文學界，較早接觸並據以發展出論述的有蘇偉貞，〈另類時間：童偉格《西北雨》、林俊穎《我不可告人的鄉愁》的（不）返鄉路徑〉，《台灣文學學報》第35期（2019年12月），頁1-33。論文沿用「外現代」譯詞，但重心非在「外現代」詞意，主要用以詮解鄉愁／懷舊之辨。我在〈未竟的青春幻夢——以「離現代」論王大閎建築與文學文本〉一文中，亦曾說明為何與如何定義Off-Modern，並於本文中加以強化，感謝審查者的建議。

17 Svetlana Boym, *The Off-Modern*, p. 129.

18 "There is in fact a tradition of critical reflection on the modern condition that incorporates nostalgia, which I will call 'Off-Modern'." *The Future of Nostalgia*, p. XVI.

19 羅伯特．史塔（Robert Stam）著，陳儒修、郭幼龍譯，《電影理論解讀》（臺北：遠流，2002年），頁275-291。

有效的共同存在」[20]，提出跨文本性（transtextuality）、超文本性（hypertextuality）等五種跨文本關係。[21]所謂超文本，是在較早的文本上進行轉化、修改、闡述、延伸，旨在凸顯一個發聲與另一個發聲的關聯[22]，譬如喬伊斯（James Joyce）《尤里西斯》之於荷馬史詩《奧德賽》。

博伊姆脈絡裡的超文本，從塔特林塔（Башня Татлина, Памятник III Коммунистического интернационала）這個從未到來的現代建築臆測史，鋪陳二〇〇八年*Architecture of the Off-Modern*將Off-Modern用於論建築的轉化延伸；二〇一〇年*Another Freedom: The Alternative History of an Idea* 集中討論冷戰之後政治與藝術的關係，離現代能否作為「第三條道路」抵達另類的自由。遺憾的是，博伊姆癌逝於二〇一五年，這條勇者無懼的騎士之路止於那年的八月五日。所幸，它留下未及付梓之遺作*The Off-Modern*，順利在二〇一七年出版，向後世完整展示Off-Modern文學—藝術超文本論述地圖。

可以這麼說：Off-Modern作為跨藝術理論的四部曲，起於*The Future of Nostalgia*，承於Architecture of the Off-Modern，轉於*Another Freedom: The Alternative History of an Idea*，合於*The Off-Modern*。Off-Modern貫穿博伊姆學術一生，說是

其現代性宣言實不為過。

「宣言」冠稱，出自美國文學史家大衛．戴若什（David Damrosch），他形容「離現代」為博伊姆畢生學思試紙，為其不凡實驗證道：「離現代既是宣言又是自傳，是學術作品亦是藝術作品，是斯維特拉娜自視為融合學養及藝術自我之書。」[23]誠哉斯言，「離現代」學術研究成果充滿藝術創造性特質，然戴若什坦言它「非嚴格定義下的方法學」[24]。

即便如此，梳理Off-Modern方法論脈絡，不難發現Off-Modern雖脫胎自博伊姆流亡離散經驗，而「抒情」內核卻是方法論的底蘊與倚杖，給出本文沿著「抒情

---

20 羅伯特．史塔（Robert Stam）著，陳儒修、郭幼龍譯，《電影理論解讀》，頁283。

21 傑哈．吉內特（Gérard Genette）五種跨文本關係為：跨文本性（transtextuality）、近文本性（paratextuality）、後設文本性（metatextuality）、主文本性（architextuality）、超文本性（hypertextuality）。

22 羅伯特．史塔（Robert Stam）著，陳儒修、郭幼龍譯，《電影理論解讀》，頁286。

23 "The Off-Modern is both a manifesto and a memoir, a work of scholarship and a work of art, a book that Svetlana saw as integrating her scholarly and artistic selves." David Damrosch, "Preface", *The Off-Modern*, p. xii.

24 David Damrosch, "Preface", *The Off-Modern*, p. xii.

離現代」（The Off-Modern of Lyric）路徑探討依據。而「抒情」本身也成了本書重要的書寫策略與實踐。

第二節　林俊頴與三三：將自身鑲嵌進一個歷史性時刻

在眾多鄉土書寫的大家中，我並未博雜臚列出被歸類在鄉土書寫隊伍之名單一一論之，反而採取單位作家論之方法，以林俊頴為核，原因有三：一，試圖去尋找創作者「將自身鑲嵌進一個歷史性時刻」；二，考量鄉土幾乎是創作者們難以迴避的書寫題材，易有游魚漏網；三，若以年度出版品來總結鄉土書寫特色，容易忽略創作者的生命情境與自身書寫節奏，畢竟政治經濟等社會背景不是文本產生的唯一語境，故希冀能盡可能於歷史結構與創作者生命史並重的前提下，藉由對文本的深入探討，輻輳出抒情離現代概念。

關於「鄉土派」與「現代派」的歸類與類型化之必要，已有諸多學者提出精彩見解，於本書不再贅述，我的核心意旨並非批判派系的對立，正是派系的劃分，才能思考作為異數的林俊頴，為何總處於弔詭之位：他年輕時期參與《三三集刊》——一個因外省二代身分所代表的政治意識形態受獨派鄉土文學批判的文學團體；出身北斗「本省人」，他試圖尋找另一條談論「鄉土」的方法，對方言的嘗試卻又不走激進路線。兩種不甚協調的立場，讓他難以被歸類在鄉土派或現代派，這正是博伊姆的第三條路（the third way）[25]能引以為鑒的。

於上述前提下，林俊頴是非常適合以「抒情離現代」分析之作者。青年時期與朱天文、朱天心的友誼，作為小三三一員，儘管創作量不少，卻因為書寫題材與文風路數接近，稍稍失色；他書寫同志題材，卻又不全然只寫同志，迂迴與晦澀之特

---

25 社會學家吉登斯（Anthony Giddens）著有《第三條道路：社會民主主義的復興》（*The Third Way: The Renewal of Social Democracy*）一書，欲超越「老式社會民主」與「新自由主義」走出新路，礙於篇幅，我不贅述。博伊姆於俄國對史達林紀念碑的態度中，提到「第三條路」：「『如何對待紀念碑宣傳？』這是科馬爾（Komar）和梅拉米德（Melamid）一九九三年組織的一次競賽的標題。原來是蘇聯的、現在成了美國的藝術家提出對待極權主義的過去的『第三條路』：『對這些雕像既不崇拜、也不銷毀，而是創造性地與其合作』，通過藝術把紀念碑宣傳化為一個歷史教訓。藝術家們應該在人民那激烈而又具破壞性的衝動與國家那保護性而又具壓迫性的態度這二者之間調節。」斯韋特拉娜·博伊姆（Svetlana Boym）著，楊德友譯，《懷舊的未來》（南京：譯林出版社，2010年），頁101。

質難被拆解，待到同志文學立書之際，所占篇幅極短；寫鄉土題材，他在乎「鄉」更勝於「土」，一直到《我不可告人的鄉愁》（二〇一一）的嘗試，讀者震懾優雅的古漢字，辯難那道隔於城市與鄉村之間的疆界。借納博科夫的句子，

> 如果兩條平行線不能相交，不是因為它們不能相交，而是因為它們還有其他的事情要做。在《外套》中果戈理的藝術暗示兩條平行線不僅可以相交，而且可以扭動，可以瘋狂地纏繞在一起，好比倒映在水中的兩根柱子，如果水面恰恰泛起漣漪，則兩根柱子還會盡情地搖擺扭曲。[26]

水面晃動的漣漪是「抒情離現代」的特質，也是林俊頴作品的寫照。來看看朱天心《三十三年夢》如何描述這位相識大半輩子的友人：

> 俊頴，他高中我大學時結識的超過三十年的友人，是除了天文外我敢托六尺之孤的人，他與天衣同年與天文同為處女座，像是個比天衣要像多了的自己的弟弟妹妹。他生活方式、對耽美事物的盡收眼底卻過得不能再簡約、對自

己儉省對友人慷慨、知識狂……都像天文，天文寫作走在先，因此路數乍看神似的他，成績多少被輕忽了，直到他遲開花式的《我不可告人的鄉愁》出現，我真為他高興終有一大塊是嘿嘿天文再會寫也寫不來、寫不過俊頴的。[27]

「小沙彌」林俊頴，一九六〇年生，小朱天心（一九五八—）兩歲，處女座，彰化北斗鎮人。一九七七年《三三集刊》創刊時，朱天心十九歲，出版《擊壤歌：北一女三年記》被譽為高中版《未央歌》，林俊頴去信朱天心成了文友。兩年後，林俊頴也在十九歲那年發表〈樸素的呢帽〉於《聯合報．聯合副刊》，且在《三三集刊》發行後期與盧非易一同負責書訊的編務。林俊頴自政大中文系畢業後，赴紐約市立大學Queens College修讀大眾傳播碩士。一九九〇年由三三書坊出版第一本小說集《大暑》，陸續出版小說集《是誰在唱歌》（一九九四）、《焚燒創世紀》（一

26 納博科夫（Vladimir Nabokov）著，丁駿、王建開譯，《俄羅斯文學講稿》（上海：上海三聯書店，2015年），頁59。

27 朱天心，〈2011年、11月3日-11月11日　京都〉，《三十三年夢》（新北：INK印刻文學，2015年），頁407。

九九七）、《愛人五衰》（二〇〇〇）、《夏夜微笑》（二〇〇三）、《玫瑰阿修羅》（二〇〇四）、《善女人》（二〇〇五）、《鏡花園》（二〇〇六）、《我不可告人的鄉愁》（二〇一一）、《某某人的夢》（二〇一四）、《猛暑》（二〇一七）等，散文集《日出在遠方》（一九九七）、《盛夏的事》（二〇一四）。

他將待過的城市化為文字，承載情感的空間自臺北、紐約等國際大都會城市裡移轉，回望鄉園那些潛藏在偶然、轉瞬即逝、碎片化等等諸多現代性特質的城市下，慢慢浮現光芒的歷史肌理。民間信仰如何深深刻畫在常民生活，屬於臺灣的城市又有什麼特質？同樣是居住在「集合型住宅」裡，我們應該很難見到西方能規劃出一個「神明廳」的區塊，也很難在巷弄間偶遇王爺廟、媽祖廟等公共空間。都市化與暫時被歷史定住時間的鄉村生活之間沒有絕對，都僅是在朝向科技現代化的光譜中往前或者向後挪動一點，二〇一二年陸續獲獎的《我不可告人的鄉愁》（文化部第三十六屆金鼎獎「圖書類文學獎」、中時開卷「中文創作．十大好書」獎）一書，便在這些歲月的積累中寫出這種時差。朱天心為之作序，〈俊頴我輩〉提到：

儘管早之前俊頴已在八、九〇年代出過小說集，雖那都只是他沒沒沒停過寫量的四五分之一吧，但我早早察覺俊穎小說的困難，一言敝之，他太像天文了（不只一回，我聽人誇俊穎，最終總綴一句：就可惜太像朱天文！）……是故他和天文筆下的城市／當代，很難不被拿來並比，天文先寫先贏，這是俊穎魔咒一樣的困境。[28]

二〇一八年，林俊穎以《猛暑》拿下臺灣文學獎圖書類「長篇小說金典獎」，頒獎典禮上，他說道：「寫小說是一條漫長的道路，是與同業、更是與自己的馬拉松。我樂在其中。我也喜歡寫作在社會分工被歸為自由業的『自由』。我的理解，那意味著對自己的選擇、對這份工作、包括寫作時的眼光種種，負起完全的責任。」[29]既然是自己的馬拉松，勢必賽道不同。讓我們返回稍早的時光，二〇〇三年朱偉誠為林俊穎《夏夜微笑》作序時，比較《荒人手記》（一九九四）與《焚燒創世紀》（一九九七）的差異，

28 朱天心，〈俊穎我輩〉，《我不可告人的鄉愁》（新北：INK印刻文學，2011年），頁8-9。

29 臺文館，〈二〇一八台灣文學獎贈獎典禮 林俊穎《猛暑》獲長篇小說金典獎〉，二〇一八年一二月八日，網址：https://www.nmtl.gov.tw/information?uid=194&pid=140120

林俊頴慢了一步，被三三的同門師姊朱天文搶了白，九四年《荒人手記》的出現並且獲得大獎，成了一個巨大的陰影，使得林俊頴自創作以來野心最大的長篇《焚燒創世紀》，在三年後出版問世時，讀起來竟然有「仿作」的錯覺。這當然對林俊頴極不公平，因為坦白而論，這兩書在文字風格與思想態度上固然有其神似之處（畢竟系出同門），但在今日風潮沉澱之後來觀，卻不難見出，專就作為這兩書主體的同志此一主題來說，《荒》書華麗刺激、引人矚目，但《焚》書卻哀矜深沉、幾乎令人難耐其重。而造成此種差異的關鍵，主要是做為敘述者的「我」的意識內涵，以及他敘述的那種種同志故事的基調。相較於荒人頗為旁觀自外的主流心態，《焚》書的敘述者顯然要深陷得多，致所思所感無不切身。所以讀《荒》書中的同志人生百態，我們在嘆息之餘其實仍可悠遊，但《焚》書則不然，書中他人的情海沉浮讀來一如己受（包括敘述者與讀者），再加上敘述者自身之於異性戀家族傳承的困頓，對比起荒人的幾乎無所牽絆，應該就是此間差異之蹊蹺所在。[30]

林俊頴與朱天文少時文風相近，朱天文作為外省第二代作家的代表，與自幼生長在彰化農村的林俊潁有著截然不同的生命經驗，加上同志乃切己之事，日子久後生命處境與觀照視角不同，兩人書寫拉出距離。卻不影響林俊潁作為朱家最好的讀者與陪伴者，二〇二二年文學朱家紀錄片《我記得》上映，由林俊潁執導，他在訪談中如是回應如何調度影像與文字兩種體系的語言媒介：

寫作是一個人做有巢氏、燧人氏，一夕之間加入集體遊獵、採集，之所以可成，在於是侯孝賢導演的班底，拍攝過程因而形同自動駕駛，我得以專注在寫作與文學的軌道，看看以影像將二位傳主在這條道路走了四十多年的腳跡，能否立體且豐碩地呈現。[31]

簡言之，習慣使用文字與世界對話的林俊潁，若非機緣巧合，為幫友人們留下

30 朱偉誠，〈鏡花水月畢竟總成空？——序林俊潁《夏夜微笑》〉，《夏夜微笑》（臺北：麥田，2003年），頁003-004。

31 蔡素芬提問、林俊潁回答，〈一手寫作，一手導演：林俊潁談紀錄片《我記得》執導〉，《自由時報》電子報（2022年3月24日），網址：https://art.ltn.com.tw/article/paper/1507517

影像紀錄，與侯孝賢班底相助，促成《我記得》的完成，「紀錄片完成日，自由了，我不禁大聲歡呼，寫作是莫大幸福，一個人擁有無限的自由。宣傳行程結束後，我是該收心，專注寫新小說了。」[32]文字仍是他最慣用的創作工具。

回到文學史的軸線，從七〇年代的鄉土文學論戰（一九七七—一九七八）說起，當時臺灣因政治與外交之敗挫轉為強調小說的地域性（regionalism）及本土化，開始寫實主義V.S.現代主義是否受制於國家意識形態等二元論述角力，臺灣小說的史觀建構因長期處在政治主體妾身未明的狀態而浮上檯面。二〇〇四年范銘如提出輕鄉土小說，二〇〇七年提出後鄉土小說[33]修正前述，她注意到鄉土書寫已有別於七〇年代透過反西化與回歸鄉土來肯認（recognition）自身，寫實性的模糊、地方性的加強、多元文化與生態意識等特質出現在九〇年代之後的鄉土小說。「後鄉土小說」概念提出的十年之後，為服膺某種政治正確，而慣於將空間凌駕時間的論述策略已逐漸失效，「後」似乎已不足形容當代處境，於小說中旁敲側擊思考錯失之機與未被選擇的道路，以有否外於現代的狀態[34]的可能為題旨之創作與日俱增，如駱以軍創造出不曾擁有過的《女兒》、《匡超人》、《明朝》；林俊頴筆下永遠炙熱的夏季，《某某人的夢》與《我不可告人的鄉愁》從漢字拾回能對照現今臺灣話的詞彙，乃至《猛暑》打造「科幻抒情學」拋出疑問，當我們走向虛擬世界以後，是否還需要鄉土；童偉格《童話故事》細緻的擬造了納博科夫童年遺失的彩虹大王蝴蝶經驗，以及取材明鄭史料〈田園〉，借老農夫的日常與死亡重探鄉土，與

---

32 蔡素芬提問、林俊穎回答，〈一手寫作，一手導演：林俊穎談紀錄片《我記得》執導〉，《自由副刊》，2022年3月24日，網址：https://art.ltn.com.tw/article/paper/1507517

33 「我認為『後鄉土文學』一詞才比較能準確而整體性的解釋一代的小說品種。後鄉土文學的涵義有三。第一重指涉的當然是時間的先後順序，第二重則指後鄉土對鄉土文學形式與內涵上既延續甚或擴充超越的發展；第三重，也是最重要的，『後』（post）鄉土的基本精神與八〇年代後期以迄九〇年代襲捲臺灣知識界藝文界的後結構思潮，後現代、後殖民、女性主義、解構主義、新歷史主義等等的『後學』，一脈相承，因此對鄉土的固有概念或敘述形式不乏嘲擬、解構與後設性反思。後鄉土文學不是復古、懷舊式回歸人文傳統，亦非僅僅是時下臺灣本土意識或民粹運動的文學再現，而是綜合臺灣內部政社會文化生態結構性調整、外受全球化思潮滲透衝擊的臺灣鄉土再想像產物。」范銘如，〈後鄉土小說初探〉，《文學地理：台灣小說的空間閱讀》（臺北：麥田，2008年），頁252。於此之前，亦有周芬伶以鄉土文學論戰（1977）作為鄉土與後鄉土之分隔，解嚴（1987）受魔幻寫實影響為新鄉土。周芬伶〈歷史感與再現——後鄉土小說的主體建構〉，《聖與魔：台灣戰後小說的心靈圖象1945-2006》（臺北：印刻，2007年），頁119-135。

34 "'Off-Modern' is a detour into the unexplored potentials of the modern project. It recovers unforeseen pasts and ventures into the side alleys of modern history, at the margins of error of major philosophical, economic, and technological narratives of modernization and progress. It opens into the modernity of 'what if,' and not only postindustrial modernization as it was." Svetlana Boym, *The Off-Modern*, p. 3.

首部劇本集《萬物生長》擬定了〈歸鄉指南〉；或是黃崇凱《文藝春秋》向壁虛造聶華苓、王禎和、黃靈芝、鍾理和、狄克森等作家們「可能」的歷史，《新寶島》臺灣與古巴大交換；賴香吟《翻譯者》一則則政治事件成為時間遺址下面貌模糊的磚契，他們**同樣關心土地，也不只關心土地**，「以清明神智，義無反顧投身去奮鬥的，一場後設之夢。」[35]閱讀這些文本時，能否出現時空並重之取徑，來審視當代臺灣小說的鄉土書寫？離現代與懷舊對時間與空間並重之特色，成為我豐富鄉土想像的重要方法。

離現代不否認現代、不與之敵對，它提醒我們論述歷史容易將語境單一化的盲點，然而還有許多事件是存在於此語境以外，被視為「離題」[36]的地帶。鑑於曩昔懷舊往往承擔著復古主義之色彩，博伊姆二〇〇一年對「懷舊」的重新定義，在罹癌期間致力於文學、建築、攝影、藝術策展等多方面的涉入，二〇一五年不敵病魔離世，二〇一七年《離現代》終於付梓。她強調字詞意義背後涵括的時代性，用語意義會隨之改變，懷舊不再是對歷史束手無策的無病呻吟，面對全球化與賽博空間的襲擊，懷舊本質早已建立在虛擬之上，提供立論起點，對時間的重新理解來思考小說內部的空間議題，或許能鬆綁「鄉土」命題，解決過早的意識形態結論。博伊姆欽敬的哲人漢娜・鄂蘭（Hannah Arendt）在《過去與未來之間：政治思考的八場習練》（*Between Past and Future: Eight Exercises In Political Thought*）寫道：

> 如果有人準備撰寫我們這個世紀的思想史，同時不打算依循後繼世代的形式（這種形式中，歷史學家必須擁有時刻維持理論與態度之序列的正確無誤），而是採取單人傳記的形式，緊緊致力於以隱喻的方式，來接近在人們心靈中實際發生的事情；那麼這個人的心靈就會發展出，它曾不止一次、而是曾兩度迴轉：第一次是他從思想逃入行動，而且接下來則是行動或行動的終止，或許他再度返回思想。由此我們會不乏關聯性地注意到，對於思想的呼籲恰恰出現在古怪的「之間」（in-between）時期；有時候，當不僅後來的歷史學家，而是那些行動者、見證者，那些生活於彼時的人們自己，都開始在時間

---

35 童偉格，〈話語的歸返〉，《童話故事》（新北：INK印刻文學，2013年），頁243。

36 伊塔羅・卡爾維諾（Italo Calvino）在《給下一輪太平盛世的備忘錄》中提到「離題」這個概念，舉了愛爾蘭作家勞倫斯・斯特恩（Laurence Sterne）的書寫策略影響了狄德羅的小說，藉由離題來延緩故事的結局，透過將時間複雜化來迴避死亡。

中意識到一個全然由「不再之物」與「尚未之物」所決定的「間距」（interval），就這個時期就會將自身鑲嵌進一個歷史性時刻。在歷史中，這些間距不只顯示一次，他們或許蘊含著真理的時刻。[37]

從思想逃入行動，再度返回思想這條路徑，結合什克洛夫斯基（Victor Shklovsky）的小說《騎士的移動》（*The Knight Moves*），將西洋棋裡騎士作為唯一可跨越其他軍種之棋，以Z字形走法，與一般棋子（士兵與車）慣常一格格前行的直線隔出距離，產生疏離效果，可以橫向與縱向運動，穿過黑白方格，對既有的框架提出挑戰——便是博伊姆離現代式的第三條詮釋路徑／騎士之路[38]——既是飽受折挫的勇者之路，亦是一條創造性思維之路。

第三節　抒情・離現代・懷舊

我在《抒情之後，離現代——以林徽因、王大閎為起點談建築與文學相遇論》

於博伊姆「離現代」之理論基礎上，跨脈絡（cross-contextual）結合華人世界的「抒情傳統」，策略性的以「抒情」解讀離現代，旨在修正西方與東歐語境中的「離現代」。「抒情」——一個於博伊姆論述中未被正面提出，卻幾乎是她每篇文章的書寫技法與問題意識；置於中國文學傳統中，「抒情精神」亦是陳世驤、高友工等比較文學領域的學者，區分中國與西方文學精神最大差異之處。如果博伊姆側離主軸現代的方法，是以跨領域的姿態涵括創作者在歷史情境與生命情境中的掙扎與離散，那九〇年代之後那些溢出原訂鄉土書寫框架的文本，他們面對與處理的離散，已不是實際上物理空間的移動，而是「世界之大卻無處可逃」的離散。

---

37 漢娜．鄂蘭（Hannah Arendt）著，李雨鍾、李威撰、黃雯君譯，〈前言：過去與未來之間的裂隙〉，《過去與未來之間：政治思考的八場習練》（臺北：商周，2021年），頁10-11。

38 "In this instance modernity is different from mere 'modernization'; it is a critique of modernization, not from the antimodern but from a certain modernist humanist perspective, which allows for synchronicity, mediation, the coexistence of different temporalities and symbolic systems. In fact, the zigzag is also a familiar figure of modern art and literature—the shape of Vincent Van Gogh's strokes, of Victor Shklovsky's movement of the knight, which embodies his affection for the third way, the tortured oblique roads of unresolved paradoxes." Svetlana Boym, *Another Freedom: The Alternative History of an Idea*. University of Chicago Press, 2010, p. 63.

一、跨脈絡的離現代

《懷舊的未來》（*The Future of Nostalgia*, 2001）出版後九年，博伊姆在《另一種自由：觀念的另類史》（*Another Freedom: The Alternative History of an Idea*, 2010）寫道書寫一本關於自由的書比懷舊更孤獨，她試圖挽救另一種自由的歷史，並提出超越當今政治辯論的新詞彙，她說「自由只有在人類有限性的條件下，與對邊界的關注，才有可能。」[39]懷舊、自由再到離現代的層層推衍，皆立基於人類心靈在現代社會中的突變，博伊姆如何區分現代化（modernization）、現代性（modernity）與離現代？

我把現代化和現代性區分開來，前者通常指的是作為國家政策和社會實踐的工業化和技術進步，後者（這個詞是詩人波特萊爾在一八五〇年代創造的）則是對新的感知和經驗形式的批判性反思，現代性的結果往往是對現代化的批判，並明確地接受一種單一的進步敘事，而不轉向反現代、後現代或後批判。這種現代性是矛盾的；它可以把對現在的迷戀和對另一個時代的渴望結合起來，是懷舊和烏托邦的批判性混合物。最重要的是，對現代性的反思使我們成為批判的主體，而不僅僅是現代化的對象，並包括自由的維度以及對其邊界的認識。[40]

換言之，現代化是社會現象，現代性是對社會現象的反思，人們可以據此反轉能動性產生批判力，那離現代呢？「副詞off與這一討論有關的幾個意義包括『在旁邊』和『在臺下』（off stage）、『延展與衍生』、『有些癲狂和反常』（offkilter）、『離開工作或者任務』、『不協調的』（off-key）、『不規則的』（off-beat），偶爾也指變色的卻不是被拋棄的（off-cast）』。」[41] 她思考「現代」應該有所轉折之因，源於她重讀俄國前衛派藝術（avant-garde，另譯先鋒派）如構成主義（Constructivism）的作品時，那些藝術家頗具發想的計畫，因實驗性質太強難以落實，譬如塔特林（Vladimir Tatlin, 1885-1953）的第三國際紀念碑（Monument to the Third

39 "Freedom is only possible under the conditions of human finitude and with concern for boundaries." Svetlana Boym, *Another Freedom: The Alternative History of an Idea*, p. 4.
40 Svetlana Boym, *Another Freedom: The Alternative History of an Idea*, p. 8.
41 斯韋特拉娜・博伊姆（Svetlana Boym）著，楊德友譯，《懷舊的未來》，頁34。

International）最終淪為紙上建築，就是一個最好的例子。

但前衛派勇於打破既定常規的姿態，啟發博伊姆。她反省現代性論述時所觸碰到的侷限，以什克羅夫斯基（Victor Shklovsky）疏離理論思考龐大的現代性論述系譜——人們在審美的知覺過程中，受制經驗而難以感受到其獨特性，而藝術便是透過複雜化的手法，延長也增加感受的難度，讓人們在原先習以為常、司空見慣的事物至於新的脈絡中理解，獲得別於囊昔感受——這種離開／疏遠常態之姿，為的就是對抗當今「自動化」世代，並將小說《騎士的移動》（*The Knight Moves*）的隱喻理論化：西洋棋裡的騎士據Z／日／L字形移動，走出別於常道的異路，這條創造性思維之路是別於正反的第三條道路（The third way），可以解釋為何在現代性語境中，某些擁有現代主義特質的創作者卻無法服貼於現代主義論述。離現代並非反對現代，而是同樣在現代性這盤棋局裡，走出非常規的路。博伊姆進一步提出「離現代」自現代岔出的七條歧路：

一、「離現代」是對於現代計畫的另類系譜與理解，包含藝術、理論與歷史。

二、「離現代」是反常的地理學，另類的統一性，以及跨文化公共空間的重新出現。

三、「離現代」是基於文化和身分的多元性，而不僅僅是對外部多元主義或多元文化主義的持有異議的政見和藝術。不太可能的國際夥伴之間產生了選擇性的親密關係，而非他們對影響力的焦慮和對統治的記憶。

四、「離現代」涉及引發建築和社會關注的前瞻性懷舊和批判性都市主義，「保存現代化」的新場景學（scenography）是廢墟與構築場所（construction sites）之共存。

五、「離現代」通過改變藝術技藝而不僅是新設備來形塑另類新媒體。以知識與經驗來組織新的人文平臺。離現代是一種尚未被發明的前綴詞，而不是「超出」（hyper-）或「賽博」（cyber-）。

六、「離現代」是使用技巧而不僅是人工智能，去與「人為錯誤」和人類創造力接觸。重新思考理論和技術的影響與生產困境。

七、「離現代」不是批評的終止，而是無論多麼遲來和過時，都要激情的思考。[42]

---

42 Svetlana Boym, "History Out-of-Sync", *The Off-Modern*, pp. 6-7.

離現代自始至終的姿態皆非反對、貶斥現代／後現代論述，而是試圖於已僵化的論述框架中找尋其他可能的創造性詮釋；是願意低頭審視既有侷限，以「穿越」而非「超越」的態度思考文化、身分、歷史、政治、跨媒材藝術等等議題；它並不打算提出一個終極版本論述「現代」的視角，而是漢娜・鄂蘭式的提醒我們在脈絡化解讀歷史與未來的同時，不要忘記「激情的思考」。《離現代》（*The Off-Modern*, 2017）聚焦在荷蘭建築師庫哈斯（Rem Koolhaas）、阿爾巴尼亞藝術家兼市長埃迪・拉馬（Edi Rama）、南非藝術家兼導演的威廉・肯特里奇（William Kentridge）、Raqs媒體小組（Raqs Media Collective）與侏羅紀科技博物館（The Museum of Jurassic Technology）等文本討論，與《懷舊的未來》援引較多的文學作品分析已有差異，她傾注更多的心力打開不同藝術媒介的相遇（encounter），試圖在學術研究與藝術創作中另闢聲腔，她自云：

離現代之框架是具觀點且超文本的；它調動在線與離線、不完美之文化記憶地圖。離現代概念已成為集體爭辯的客體，從印度到阿爾巴尼亞，從墨西哥到中國的藝術家和思想家之間的對話，是共有的情況——一種共同對話與反思之狀態。它仍然是一個尚未發現演算法則的試錯過程。如是重複發明文化歷史與實踐之實驗，要求隨筆式的文類，是滲透且非線性的，而非系統的類型學。[43]

博伊姆的離現代提供很大的詮釋彈性，騎士勇於試錯之精神反映於創作者身上，不預設有一步到位、拍板定案的文學作品，那些不規則的犯錯與周折或許更貼合創作者的想法。

43 "The Off-Modern frame is perspectival and hypertextual; it mobilizes imperfect maps of cultural memory, on and offline. The conceptions of The Off-Modern have become an object of collective debate, a conversation among artists and thinkers from India to Albania, from Mexico to China, a shared condition—a state of conversing and reflecting together空. It remains a process of trial and error for which no algorithm has been yet invented. Such an experiment in reinventing cultural history and practice calls for an essayistic genre, porous and non-linear, and not for a systematic typology." Svetlana Boym, *The Off-Modern*, p. 129.

二、懷舊作為徵候：當「現代」也成為鄉愁

另一個核心概念懷舊（nostalgia）是諸多學者論辯的議題：記憶研究專家杜威・德拉埃斯馬（Douwe Draaisma）、差異主義（differentialism）哲學家雪維安・愛嘉辛斯基（Sylviane Agacinski，另譯西爾維婭・阿加辛斯基）、法國後現代主義（Postmodernism）巨擘弗里德里克・詹明信（Fredric Jameson）、全球化研究大家阿君・阿帕度萊（Arjun Appadurai）、離現代概念的提出者博伊姆、華裔文化研究學者周蕾（Rey Chow）等都提出精彩見解。

（一）全球化、後現代與懷舊

本書集中在博伊姆對懷舊的創造性詮釋，簡要爬梳其他學者對懷舊的省思。荷蘭學者杜威・德拉伊斯瑪（Douwe Draaisma）使用傾向精神科學的研究法，在懷舊與記憶研究之間的光譜中更偏向記憶；西爾維婭・阿加辛斯基（Sylviane Agacinski, 1945-）《時間的擺渡者：現代與懷舊》（*Le Passeur De Temps: Modernité et Nostalgie*）在全球化脈絡的考量下，論述現代與懷舊的關係因視覺影像等技術產

生之變革，她反思西方幾乎統一了人類對時間的概念，除了丈量時間的尺度以外，「時間價值簡化為工作時間的商業價值」[44]，認為時間概念的轉變較空間更能體現全球化的問題，在空間上遠離西方國家的社會，也在時間等於商業價值的邏輯下節約時間，走上快節奏的生活，「我們越來越少參看空間上的近或遠，或者是時間上的距離：世界化，像技術的全球化一樣，拉近了世界各個地區的距離，並使所有社會都處於同一個時代。」[45]導致「原始」社會的消失，化約為一件件工業化生產的「在地手工藝品」。

詹明信對懷舊的討論，主要是將電影文本置於後現代資本主義文化邏輯當中的一環。《後現代主義或晚期資本主義的文化邏輯》中分析八〇年代中期美國出現「五〇年代的復甦」，反思發達國家總免不了藉由懷舊浪潮再度肯定自身文化，從電影生產角度可獲得重新詮釋的契機。在一九五〇年代的歷史事實裡，只有高級文化才

---

44 西爾維婭．阿加辛斯基（Sylviane Agacinski）著，吳雲鳳譯，《時間的擺渡者：現代與懷舊》（*Le Passeur De Temps: Modernité et Nostalgie*）（北京：中信出版社，2003年），頁5。

45 西爾維婭．阿加辛斯基（Sylviane Agacinski）著，吳雲鳳譯，《時間的擺渡者：現代與懷舊》（*Le Passeur De Temps: Modernité et Nostalgie*），頁6。

有權決定知識生產與論述，但到了一九八〇年代詮釋的「五〇年代」，則象徵「墮落的大眾文化」之凱旋，高級文化與大眾文化的分野幾近消失，「顯然是將一九五〇年代的事實轉變成一個截然不同的東西——『五〇年代』——的再現，這種轉變使我們不得不另外強調所有我們賦予節日，換句話說，即這個時代自己的自我再現。」[46]懷舊並非古典的復興，它再造一個新的「X〇年代」，並隨著電影、媒體等快速傳播，詹明信以懷舊此概念分析「懷舊電影」（nostalgia film）這種表現形式，

> 因為唯有藉著所謂的懷舊電影，處理過去的某種適當的寓言方式才成為可能：就是因為懷舊電影的形式構造已經訓練我們去消耗以光滑的形象出現的過去，所以新而更複雜的「後懷舊」（post-nostalgia）聲明和形式才成為可能。……因此，雖然我們可以預期更多這類事物的出現，雖然對於這些事物的愛好相通於我們目前的經濟心理構造的較持久的特徵和需要，但是我們或許可以預期，另一種新而且較複雜、有趣的形式會很快地發展出來。[47]

詹明信認為這種象徵性解決階級之間的緊張關係，以意想不到且辯證性的關

係，展現出「懷舊電影的高度優雅」與「破除叛克電影的B級模仿」兩種電影模式的交會。它讓電影成為「階級的重新結合，這種事件尤其需要參與者的歷史判斷：歷史軌道的敘述，以及以懷舊情緒重新被喚起，但卻必然被拒斥或重新肯定的對過去時刻的評價。」[48]他區分了現代主義與後現代主義時期懷舊之差異，前者在緬懷過去時總是因「過去」難以重現在面前而感到痛苦，但後者總是傾嚮將舊事物調和成新的混合體，這種互文性（intertextuality）的特點，給了「過去」一個嶄新視野，在如是混雜的美學風格中打造新「虛構歷史」的深度；阿帕度萊認同詹明信指出晚期資本主義以「拼貼」與「懷舊」兩種手段作為生產與接收影像的核心模式，將懷舊政治與後現代社會的商品經濟構連，阿帕度萊列出族群景觀（ethnoscapes）、科技景觀（technoscapes）、媒體景觀（mediascapes）、財金景觀（finanscapes）、

46 弗里德里克・詹明信（Fredric Jameson）著，吳美真譯，《後現代主義或晚期資本主義的文化邏輯》（臺北：時報文化，1998年），頁337。
47 弗里德里克・詹明信（Fredric Jameson）著，吳美真譯，《後現代主義或晚期資本主義的文化邏輯》，頁344。
48 弗里德里克・詹明信（Fredric Jameson）著，吳美真譯，《後現代主義或晚期資本主義的文化邏輯》，頁345。

意識形態景觀（ideoscapes）等五個面向分析全球化，提出兩種懷舊：原始懷舊與替代性懷舊，替代性懷舊是透過虛構營造出「想像的懷舊」，阿帕度萊將之視為現代市場行銷的重要特點，即緬懷一個從未存在過的舊事物，只要消費者擁有懷舊的能力，就能透過廣告影像回憶一個自己從未擁有但貌似失落的過去[49]。

（二）斯韋特拉娜．博伊姆談懷舊

博伊姆則側重為懷舊立史，關注面向涵蓋城市文化、當代藝術、文學等等。從《懷舊的未來》到《離現代》，她提出三種懷舊：修復性懷舊（Restorative Nostalgia）、反思性懷舊（Reflective Nostalgia）、前瞻性懷舊（Prospective nostalgia），前瞻性懷舊是她晚年發展離現代概念時提出的概念雛形，致敬她心之所向的哲人漢娜．鄂蘭（Hannah Arendt），我會留至後面章節討論，本節將集中梳理她懷舊概念的框架與前兩種類型的懷舊。

自從赫爾穆特．伊爾布魯克（Helmut Illbruck）於*Nostalgia: Origins and Ends of an Unenlightened Disease*提到懷舊（nostalgia）的前現代起源可上溯至一六八八年，由瑞士醫生若哈納．豪菲爾（Johannes Hofer）發明，思鄉病（homesickness）

一詞則出現於一七五六年，被視為一種精神疾病。一七七〇年《牛津英語詞典》（*Oxford English Dictionary*）首次將nostalgia收入辭典，定義有三：1. sentimental yearning for a period of the past. 2. regretful or wistful memory of an earlier time. 3. severe homesickness. 博伊姆於〈心靈的疑病：懷舊、歷史與記憶〉也做了詳盡梳理（如表1-1）

表1-1：懷舊概念的演進

一六八八年 瑞士醫生 Johannes Hofer	借「Nostalgia這個詞的表現力來說明源於返回故土的慾望的那種愁思」。
	瑞士科學家發現，飲食與聽覺對懷舊有特別意義

49 阿君・阿帕度萊（Arjun Appadurai）著，鄭義愷譯，〈全球文化經濟的裂散與差異〉，《消失的現代性：全球化的文化向度》（*Modernity at Large: Cultural Dimensions of Globalization*）（臺北：群學，2009年），頁37-66。

一七八九年法國大革命 法國醫生 Jourdan Le Cointe	Nostalgia可以採用引發疼痛和恐怖的辦法醫治。
十九世紀 美國軍醫 Theodore Calhoun	Nostalgia乃是一種可恥的疾病，顯露出缺乏英勇精神和不思進取。是一種精神疾病和意志薄弱。
	作為大眾的疾病，Nostalgia的基礎是某種失落感，並不局限於個人的歷史。
二十—二十一世紀 比較文學教授 Svetlana Boym	十八世紀和十九世紀的醫生尋找過錯誤表徵的單一原因，一個所謂的病理性骨骼。然而，醫生們在病人的頭腦和軀體之中，都沒有找到Nostalgia的位置。
	Nostalgia的傳播不僅空間位移，而且也和變化的時間概念有關。Nostalgia乃是一種歷史的心緒，而不是心理學的發生過程。

資料來源：整理自斯韋特拉娜．博伊姆（Svetlana Boym）著，楊德友譯，〈心靈的疑病：懷舊、歷史與記憶〉《懷舊的未來》，頁1-64。

她著重城市文化、媒體藝術（Media Art）、文學作品等面向的「懷舊」，承接佛雷德．戴維斯（Fred Davis）於*Yearning for Yesterday: A Sociology of Nostalgia*（一九七九）對懷舊於空間之思考，懷舊之對象究竟是「精神原鄉」抑或「地理位置上的家園」等等的初步思辯，著手對「懷舊」進行詞源考據，nostalgia源自nostos（返鄉）和algia（懷想）兩個希臘字根，以往對懷舊的認知，

> 是對於某個不再存在或者從來就沒有過的家園的嚮往。懷舊是一種喪失和位移，但也是個人與自己的想象的浪漫糾葛。懷舊式的愛只能夠存在於距離遙遠的關係之中。懷舊的電影形象是雙重的曝光，或者兩個形象的某種重疊一家園與在外飄泊。過去與現在、夢景與日常生活的雙重形象。[50]

博伊姆二〇〇一年《懷舊的未來》出版後，二〇一〇年透過譯林出版社的翻譯引進中文學界，全書分成四個部分：〈心靈的疑病：懷舊、歷史與記憶〉、〈城市與

50 斯韋特拉娜．博伊姆（Svetlana Boym）著，楊德友譯，《懷舊的未來》，頁2。

重新發明的傳統〉、〈流亡者與想像中的故鄉〉、〈懷舊與全球文化：從外太空到網絡空間〉。作者追溯十七世紀以降懷舊如何成為一種「疾病」，「從思鄉病」到「世紀病」的過程；透過對莫斯科、聖彼得堡、柏林等大城市與後共產主義的記憶，在全球化與古建築及文物保存之間採取了「地方的國際主義」；並回到作者身世，以及種種離開故鄉入籍美國的作家／藝術家們，該怎樣面對永遠回不去的故鄉；懷舊又該怎麼面對全球化與賽博空間等問題：

> 從更廣泛的意義上看，懷舊是對於現代的時間概念、歷史和進步的時間概念的叛逆，懷舊意欲抹掉歷史，把歷史變成私人的或者集體的神話，像訪問空間那樣訪問時間，拒絕屈服於折磨著人類境遇的時間之不可逆轉性。……然而，這情感（懷舊）本身對錯位和時間之不可逆轉性的哀悼，是包含在現代處境的核心之中的。[51]

博伊姆將全球化的思考帶入「懷舊」，指出隨資本主義與網路技術發展，「普世的文明正在變成『全球的文化』，而地方的空間不只是被超越，而且被虛擬化」[52]

諸種前提下的懷舊，與我們之前理解的鄉愁——對某個地方（家鄉）固定的懷想等等，已進入完全不同的語境。懷舊從十七世紀的思鄉病到二十一世紀之間，已產生巨大轉變，它的本質便是建立在虛擬之上，是我們對於可能可以更完美的過去之想像，假裝一切可以重新來過，「是一種對時間和空間的新理解的結果，這種新理解使對『地方的』和『普遍的』做出區分成為可能。」[53]職是之故，她希望賦予懷舊新的力量，使之不全然是依附於現代性底下受資本主義宰制的歷史情緒。懷舊可以作為找回批判力道的方法，自浪漫主義時期開始便持續積累養分，又拒絕走向耽溺、耽美的路徑。懷舊總是流亡者——已離開故鄉又最接近故鄉的他者——的挾以自重。

《懷舊的未來》一開頭從自身自俄國流離到美國的經驗出發，以一則新聞報導為始，一位俄國的記者難以理解一對父母來自德國科尼斯堡的夫婦，面向普列高利

51 斯韋特拉娜·博伊姆（Svetlana Boym）著，楊德友譯，《懷舊的未來》，頁4。
52 斯韋特拉娜·博伊姆（Svetlana Boym）著，楊德友譯，《懷舊的未來》，頁12。
53 斯韋特拉娜·博伊姆（Svetlana Boym）著，楊德友譯，《懷舊的未來》，頁12。

雅河痛哭失聲，捧起一把故鄉之水洗臉，卻被早已飽受污染的河水刺傷皮膚，「一個人怎麼能夠懷念從來沒有居住過的房屋？……他夢想依靠最後的歸屬感來修補懷念之情。懷舊令他著魔，他卻忘記了自己實際的過去。這樣的幻覺在他臉上留下了火辣辣的傷痛。」[54] 抒情開場，已暗喻後續她將懷舊作為人類重要情感之一，該如何適度調動常人對懷舊既有的負面觀感。那些難以被言明的記憶像幽靈般縈繞於生活之中，尾隨她走過城市或者鄉村。對她而言，懷舊迷人之處在於，它不僅是一個單純的時間、空間、生活態度等單一面向之難，而是它無法具體被掌握，既涉及時間，也無法迴避空間：「事實上，全世界的懷舊者都覺得很難準確說出他們到底嚮往什麼：是某一個神聖的地點，抑或另外一個時期，還是某種更好的生活。」[55] 這種複雜的情感難以被化約、限縮，成了書寫動因，促使她完成此書。她認為「懷舊的」是「未來」之形容詞，它不永遠是關於過去的論述，而是具有回溯與前瞻性的，並引用蘇珊・史都華（Suzan Stewart, 1952-）之言「懷舊就是一種重複，它哀悼所有重複的非真實性，否定重複具有定義身分的能力。」[56] 懷舊與時空以及記憶之關聯，「懷舊是在時間上圖示空間，在空間上圖示時間，阻礙主體和客體之間的區分。它有亞努斯神前後兩張臉，就像一把雙刃劍。為了挖掘出懷舊的碎片，需要一種記憶與地點的雙重的考古學，有關幻想與實際操作的雙重的歷史。」[57]那有什麼類型的懷舊呢？她提出修復性懷舊與反思性懷舊：

表1-2：兩種懷舊

懷舊類型	Restorative Nostalgia	Reflective Nostalgia
中文翻譯	修復性的懷舊	反思性的懷舊
面向	強調「懷舊」的「舊」	強調「懷舊」的「懷」
與想像群體之關係	試著喚起民族的過去和未來，思考集體的景觀象徵與口頭文化代代相傳	著力個人的和文化的記憶，側重個人的敘事。

54 斯韋特拉娜．博伊姆（Svetlana Boym）著，楊德友譯，《懷舊的未來》，頁1-2。
55 斯韋特拉娜．博伊姆（Svetlana Boym）著，楊德友譯，《懷舊的未來》，頁2。
56 斯韋特拉娜．博伊姆（Svetlana Boym）著，楊德友譯，《懷舊的未來》，頁7。
57 斯韋特拉娜．博伊姆（Svetlana Boym）著，楊德友譯，《懷舊的未來》，頁7。

與過去之關係	民族主義者以紀念碑式的方法重建與修復過去歷史的榮光，試圖建構完整的歷史	過去是一種價值而非定點，承認已無法重返過去，不應將過去視為絕對真理，對歷史與逝去時間的思考更為重要。
抱持態度	發明一套「密謀理論」來恢復家園，懷抱政治、嚴肅性，強調對待歷史應嚴陣以待	傾向諷喻、幽默感，指明對歷史的懷想與批判並非對立，認為人們也可以從動人的記憶中做出判斷。
與懷舊對象時間上的距離和位移	企圖拉近與懷舊所指物的時間距離和位移。距離上通過親密體驗和所渴求物件的在場得到補償；位移則可依靠返鄉，最好是集體返鄉來醫治	總是與懷舊所指物維持一定的距離，反而能展現歷史多重詮釋，透過距離感來講述主體故事與過去、現在、未來的關係。
最終目的	認為「我們」是遭受迫害的群體，在物理空間重建家園和故鄉的徽章和禮儀，恢復固有文化傳統，以求征服時間，以空間展現時間	珍惜記憶的碎塊，將空間折疊進時間內裡，以時間來展現空間，拉出距離，以文學及藝術之神遊來重返故鄉，「漫長行程的目的是為了與自我會見」。

例子	猶太—共濟會密謀理論的傳播便是立基在修復性的懷舊	在酒吧裡反思每日的記憶。流亡與離散讓人懷念的並非過去與故鄉本身，而是主體與友人與同胞們分享文化這一個潛在的心理空間，它獨立於政治語境，並不立基在國家或宗教信仰，而是人與人實際相處互動產生的情感關係。
面對歷史採取的措施	修舊如舊，採取超歷史的返回本源手段。取消所有時間的痕跡，將西斯汀禮拜堂穹頂米開朗基羅的《創世紀》畫作回到最初明亮的樣態，重新打造消失的伊甸園。	修舊如新，與歷史拉出距離，喚醒意識的諸多層次，不預設能恢復什麼，而是在歷史的基礎上能創造什麼未來。
對應的史觀	編年紀事（chronicle）	可能的歷史（the history proper）、歷史詩學（Poetics of History）

於城市中的應用	在修復一個「有意義的紀念建築」中所涉及的是復原歷史上的某一個時刻，使它成為有現時意義的樣板。修復有意義的紀念物就是提出對於不死和永恆青春的需求，而不是對過去的需求：有意義的紀念活動是戰勝時間本身	非有意義的紀念物或者城市環境、多孔隙的庭院廢墟、過渡性的空間、具有歷史的相互衝突和不和諧印記的多疊層建築物，是和紀念活動的理念背道而馳的。這些建築物涉及物體的和人的脆弱性、老年的迫近和難以預料的變化。顯然，任何發明的傳統都不願意承認這些揭示死亡必然性的東西對群體身分是沒有用途的那正是應該被糾正的。無意的紀念物、有歷史即興創作的地方和對不同歷史時代做出不可預測對比的地方，都妨礙著選擇性地和美化地重建歷史。它們都多多少少揭示出另外一個時代生存的其他維度，帶有其物質的印記和光環可能變成反思性環境的空間。

說　明：修復性的懷舊與反思性懷舊並非截然二分，仍有例外狀態：新的紀念建築有時候建造得像是重大的廢墟，老的建築物僅僅恢復片段，引發反思和懷想。紀念建築的「傳記」——圍繞它們的辯論和爭論——可能是和其形式一樣重要的。

資料來源：引用自黃資婷，《抒情之後，離現代——以林徽因、王大閎為起點談建築與文學相遇論》。

如上兩種懷舊類型，前者強調懷舊當中的「舊」，後者則強調懷舊中的「懷」。它們「限定一個人與過去、與想像中的群體、與家園、與自我感受的關係」，並衍伸出個人（individual）與集體記憶（collective remembrance）的關係。修復性懷舊與反思性懷舊是談懷舊的「傾向」，而非「絕對的類型」，修復性懷舊區分了過去的習慣（age-old customs）與被發明出來的傳統（invented traditions），是建立在群體與凝聚力之失落感上，為個人的想望提供一件安慰性的集體腳本，博伊姆認為完全返回本源的修復，是在科技的幫助下超出歷史的範圍（如同我們用科技型塑出侏儸紀公園一般）；反思性懷舊所強調的記憶是個人私己的記憶，它熱衷與懷舊的實體保持一定距離，從歷史的遺跡當中更重要的是文化記憶之保存，延續據柏格森提出人類以生命衝動（elan vital，柏格森認為宇宙本質即是無限的創造力）抵禦機械式的重複和預言。

修復性懷舊不認為自己是懷舊，它試圖於現世落實一個物質空間的理想國；反思性懷舊很清楚的明白部分歷史實體早已經歷過第一次的死亡（符號性之死），而我們該注重的是避免它再死第二次（精神性之死）。從上表格可以發現，以集體為出發點的修復性懷舊與側重個體的反思性懷舊，並非二元對立，而記憶是導致兩種懷舊的重要因素之一。

在城市文化的應用中，她舉了莫斯科、柏林與聖彼得堡為例，

替代性質的城市想象允許我們懷念個城市未曾實現的想象中的過去，但是，這樣的過去能夠影響它的未在迅速改變的城市裡，這些自發的具有紀念意義的地點就是微型博物館，包含有在目前城市更新大潮中瀕臨消失的、多層虛擬的歷史機遇。我忽然想到，我和處於過度狀態的這些城市的關係，就像是愛情的最後一瞥，「曾一度被想像是可能之物，在片刻之後，就不再可能。」58

我們都在製造一種虛擬的過去，透過種種包裝，重構記憶與歷史，我們的未來瀰漫在「未曾實現的想像中的過去」，懷舊的對象不再是「精神原鄉」、「地理位置上的家園」二選一，它透過虛擬來重建黃金時代。與詹明信所云的後現代不同，她並未將懷舊視為體制內的階級流動問題，而是提出「離現代」翻轉既有成見，將懷舊涵括入裡，「一種現代狀況加以批判性的反思是包含懷舊的，我稱這一傳統為『離

現代』」[59]博伊姆利用修飾詞「離」創造對於混雜現況的理解，它既包含現代，亦被「包括在外」，它打亂現代性既定的方向感，走向以往忽略的陰影及小巷，它並不追尋嚮往進步的康莊大道，

它令我們繞過對二十世紀歷史的決定論式敘述。離現代主義既批判現代對求新的迷戀，也批判同樣時興的對傳統的重新發明。在離現代的傳統中，反思與嚮往、疏離與溫情並行不悖。而且有些二十世紀的離現代主義者來自非主流傳統（亦即，相對於文化主流而盲常常被認為是邊緣的或者偏遠的傳統，從東歐到拉丁美洲），還有許多在世界各地離開家園的人，對於他們來說懷舊的創造性思考不僅僅是一種藝術的發明，而且還是一種生存的策略，一種發現不可能返鄉之意義的途徑。[60]

58 斯韋特拉娜・博伊姆（Svetlana Boym）著，楊德友譯，《懷舊的未來》，頁93。
59 斯韋特拉娜・博伊姆（Svetlana Boym）著，楊德友譯，《懷舊的未來》，頁xvi。
60 斯韋特拉娜・博伊姆（Svetlana Boym）著，楊德友譯，《懷舊的未來》，頁xvi。

博伊姆改變了懷舊原先的負面意涵，轉換成具有主動性、創造性的發明，既然懷舊背後難掩其政治意識形態，切換思考進路，將之策略性的視為外（off），找到那些離開家園流亡在外的人們之生存處境，

離現代的藝術和生活方式探索了過去與現在的混合狀況……在這一變體的現代性中，依戀和反思互不排斥，而是相互說明，儘管張力依然沒有消弭，懷想無法醫治。……off這個奇特的詞，消解了表現時髦的壓力，以及把一己定義為前現代或者後現代的負擔。如果說在二十世紀初期，現代主義者和先鋒派憑借否認對於過去的懷舊來定義自己，那麼，在二十世紀末，對於懷舊的反思卻可能令我們重新定義批判性的現代性，及其在時間上的歧義和文化上的矛盾。[61]

簡言之，詹明信是在晚期資本主義文化邏輯下來思考懷舊商品，〈對現在的懷舊〉也僅是他書中的一個章節，它的論述核心仍然是要處理後現代文化的問題，博伊姆則不然，《懷舊的未來》是一本專書，於文字實質比重上便不對等，她企圖處

理現代生活中魍魎然的懷舊倒影之外，那些流亡在外不得其所人們心中的內在處境，並批判政府如何重新透過公共建築扭轉了莫斯科、柏林與聖彼得堡的城市形象。在眾多的××現代裡她試圖帶入的，是不被國家機器認可但又徘徊在外揮之不去的幽靈們，我們不再如同十七世紀一樣要求有特效藥能醫治懷舊，如何於現代性多元論述賴以維生的語言洞穴裡，不需血肉淋漓刨去歷史才得以拾回與自身和平共存的機會？離現代所具有的場邊觀察特質，可以跳脫前現代與後現代的論爭，並轉換成具有創造性的力量，才是博所關注的。

（三）華文學界談懷舊：周蕾

當西方的懷舊概念傳播到中文學界時，廖炳惠一九九八年為《後現代主義或晚期資本主義的文化邏輯》所書寫的導論中論及在歷史感喪失的今日，懷舊是後現代文化的通貌，懷舊風格的老歌、服飾、書籍、藝術，每時隔五到十年便一再重來：

61 斯韋特拉娜・博伊姆（Svetlana Boym）著，楊德友譯，《懷舊的未來》，頁34-35。

> 對活在九〇年代的人來說，七〇、六〇、五〇年代簡直已隔了世紀之久。但是念舊卻找不到念舊的真正對象，一切自消費及文化、藝術也往往是「擬像」（simulation），後現代的一大特徵就是人們不再只消費自身，而是消費符號（布希亞），符號（如玫瑰所代表的熱情、愛）被替代、超越了物自身。（玫瑰），而且帶來更多的快感。由於深度與歷史感的喪失，整個世界都在變，變得平面化而且更加雜匯，中心及主體也遭去除，這種雜匯的文化，政治是「精神分裂」式的，充滿了斷絕與混亂，同時批判距離（critical distance）也不見了，整個後現代的身體與身體之間的彼此流動，已無法區分，被更大的系統吸收、解除個別性。[62]

並在二〇〇二年將之編入《關鍵字二〇〇》。一九九九年周蕾於〈懷舊新潮：王家衛電影《春光乍洩》中的結構〉（"Nostalgia of the New Wave: Structure in Wong Kar-wai's *Happy Together*"）[63]亦提供一種有別中國華文電影處理懷舊議題總試圖回到「空間定點」或「歷史原點」的懷舊佈局，也不是典型的思想情緒與緬懷曩昔時光，歌頌「壯盛炫目的中國文化」[64]，而是一種「對虛構源頭」的懷舊，「我認為本片投射出的懷舊，其中最重要的面向是這種回歸的慾望——亦即慾望重回到想像成原初統一的某種不同生活狀態。」[65]與精神分析結合，「懷舊不再是種戀附於具體體驗過以及時序上已成過往的情感。確實來說，懷舊是戀附於想像的完整單一狀態、戀附於絕對交合而無差異分化的時刻，然而懷舊可能是以一種強烈、近似精神狂亂般的回憶方式出現。」[66]她雖未於本文中提出關於懷舊的一套理論框架，亦未直接應用到博伊姆的理論，但這種將回復／回返／回歸等概念融合到懷舊，「不如我們從新開始」無論從時間或空間層面，恰好呼應符合博伊姆「記憶與地點的雙重考古」，對照周蕾所云：「因為重新開始的慾望往往結果變成一再重複的慾望」[67]

62 廖炳惠，〈導讀：詹明信與後現代〉，《後現代主義或晚期資本主義的文化邏輯》，頁XI。

63 本篇寫於1999年，"Nostalgia of the New Wave: Structure in Wong Kar-wai's Happy Together"，原刊登*Camera Obscura* 42(1999)：30-49，經Duke University Press授權中譯。周蕾（Rey Chow）著，蔡青松譯，〈懷舊新潮：王家衛電影《春光乍洩》中的結構〉，《中外文學》第35卷第2期（2006年7月），頁41-59。

64 周蕾（Rey Chow）著，蔡青松譯，〈懷舊新潮：王家衛電影《春光乍洩》中的結構〉，頁45。

65 周蕾（Rey Chow）著，蔡青松譯，〈懷舊新潮：王家衛電影《春光乍洩》中的結構〉，頁48。

66 周蕾（Rey Chow）著，蔡青松譯，〈懷舊新潮：王家衛電影《春光乍洩》中的結構〉，頁48。

67 周蕾（Rey Chow）著，蔡青松譯，〈懷舊新潮：王家衛電影《春光乍洩》中的結構〉，頁47。

指出《春光乍洩》為何是部懷舊電影，它不在指涉具體的物質，而是人與人「多重意義下的聚合（togetherness）」[68]，亦即你是我的鄉愁；博伊姆也有類似概念的句子，「懷舊乃是重複不可重複的事物，把非物質現實物質化」[69]。在《溫情主義寓言．當代華語電影》中，周蕾爬梳電影理論脈絡，認為懷舊本身便是極具政治意涵：「早期電影理論中隱含的希望與未來，如今被發展終結後的某種懷舊情緒取代。於是，時間在電影景觀中變成化石，也在此獲得救贖……巴贊給我們的重要做示：電影影像隱含的戀舊情緒與未來願景一樣，都能傳遞強烈的政治訊息並引發行動。」[70]與詹明信討論懷舊電影的概念契合，但詹明信更傾向對晚期資本主義社會的批判。

三、抒情傳統的「發明」或「追認」

凡提及抒情傳統，不免從一九七一年陳世驤在美國亞洲研究學會的比較文學小組開幕詞談起，那句"Chinese literary tradition as a whole is a lyrical tradition."已極具表演性質的成為論及相關研究之起手式[71]。將焦點放在「抒情傳統」於臺灣的

68 周蕾（Rey Chow）著，蔡青松譯，〈懷舊新潮：王家衛電影《春光乍洩》中的結構〉，頁49。

69 斯韋特拉娜·博伊姆（Svetlana Boym）著，楊德友譯，《懷舊的未來》，頁xvii。

70 周蕾（Rey Chow）著，陳衍秀、陳湘陽譯，〈導論〉，《溫情主義寓言·當代華語電影》（臺北：麥田，2019年），頁23。

71 「其實早在抒情傳統提出之前，中國美學裡早有聖人有情無情之辯，可看出對『情』的重視，在這種傳統下產生的變異現代性，是背離現代主義強調理性與秩序之特質，而博伊姆『離現代』某種程度上與此變異相合，博氏為掌握『離現代』現象，涉及領域並不只限於建築及文學，還涵括攝影、視覺藝術、裝置藝術等等諸多範疇，她據情感出發的研究進路，與20世紀以降臺灣與中國顛狽頓躓之處境——身在濁世夾縫裡必須『動之以情』，乃至學者們前仆後繼爬櫛出『抒情傳統』之系譜，有著歷史上的巧合。」我於《抒情之後，離現代——以林徽因、王大閎為起點談建築與文學相遇論》的第三章〈自「離現代」降席：建築與文學於抒情傳統中歸巢〉已梳理抒情傳統之脈絡，並於本書中補述先前之缺漏。黃資婷，《抒情之後，離現代——以林徽因、王大閎為起點談建築與文學相遇論》。

傳播，高友工「抒情美典」[72]概念的引入，一九八七年十一月他先赴中興大學發表論文，後以臺大與清華為重鎮，同年客座臺大文學院，在清大人社學院主辦「文化文學與美學研討會」，高友工發表講題〈中國抒情美典〉，並將「抒情美典」相關之重要論述發表於《中外文學》，以「抒情美典」（內向美典）與「敘事美典」（外向美典）對照，抒情傳統／抒情美典遂為古典文學中的顯學，「高友工震盪」在台發酵，千禧年前已有蔡英俊編的《中國文化新論文學篇一：抒情的境界》（一九八一）與《中國文化新論文學篇二：意象的流變》（一九八二）、呂正惠《抒情傳統與政治現實》（一九八九）、張淑香《抒情傳統的省思與探索》（一九九二）、顏崑陽《六朝文學觀念論叢》（一九九三）、新加坡蕭馳《中國抒情傳統》（一九九九）等，二〇〇四年三月柯慶明擔任高友工《中國美典與文學研究論集》之編輯，同年十一月二十二至二十六日由鄭毓瑜主辦「中國文學的抒情傳統研習營」；二〇〇九年柯慶明與蕭馳主編《中國抒情傳統的再發現：一個現代學術思潮的論文選集》，蕭馳於二〇一一至二〇一二出版《中國思想與抒情傳統》三卷《玄智與詩興》、《佛法與詩境》、《聖道與詩心》，梳理六朝以降至明清時期，抒情詩學於玄學、佛學、理學等三大領域之演繹與嬗變，皆為「抒情傳統」於古典文論中重要的碩果。

二〇〇五年，黃錦樹〈抒情傳統與現代性：傳統之發明，或創造性的轉化〉處理抒情傳統與政治之間的關係，所謂「發明」是陳世驤對於「興」概念的創造性詮釋，他爬櫛普實克、陳世驤、高友工如何發明抒情傳統來回應沒有西方式的史詩與悲劇，且分述呂正惠、蔡英俊、蕭馳的觀點，這種看似內向、含蓄、超越社會倫理

---

72 陳國球對此有詳實梳整，「一九七八年十一月四日到六日，『中華民國第三屆比較文學會議』在臺中國立中興大學舉行。第二天第一場的論文發表人是留美廿五年後首度回臺灣客座的高友工，論文題目〈文學研究的理論基礎——試論「知」與「言」〉；講評人齊邦媛指出這是高友工專著《中國文學的抒情傳統》的第一章。當日在場發言的師範大學余玉照指出高友工的文章與論述在臺灣的影響，造成『高友工震盪』。在此之前，高友工與梅祖麟合撰的文章如〈分析杜甫的〈秋興〉——試從語言結構入手作文學批評〉、〈論唐詩的語法、用字與意象〉、〈唐詩的語意研究：隱喻與典故〉，由臺灣大學外文系黃宣範譯出，先後在《中外文學》刊登，已經轟動一時。這時高友工在臺灣大學客座，也在其他大學演講，年內撰寫了幾篇擲地有聲的文章，包括〈文學研究的理論基礎〉，以及〈文學研究的美學問題〉上、下篇；都一新臺灣學界的耳目；『高友工震盪』之說，並非虛言。／自此以後，一直在美國普林斯頓大學任教的高友工，繼續與臺灣學界保持聯繫，其中比較重要的兩次回臺訪問，都與清華大學有關。一九七八年夏國立清華大學人文社會學院主辦『文化文學與美學研討會』，高友工與葉維廉、詹明信等前來演講，高友工的論題就是〈中國抒情美典〉共四講。另一次是一九九三年十月清華大學文學研究所邀請高友工回台作系列演講，論題包括：〈中國詩傳統的形式藝術：聲語的節奏〉、〈中國詩傳統的形式藝術：形語的結構〉、〈文學藝術的道德層面〉、〈中國戲曲的寫實與象徵成分〉。」陳國球，〈美典內外〉，《抒情傳統論與中國文學史》（臺北：時報文化，2021年），頁164-165。

的美學風格，

> 抒情傳統的建構一直接近於一種文化烏托邦，審美烏托邦的建構，它的規範意義隱然有著現代的指涉——一種隱匿的中國性論述。審美主義預設的精神性的、感性的超驗主體，相對於五四以來盜火者引入的工具理性及普遍的理性主體，更可以看出抒情傳統之創造的特定政治面向——創造一個精神的自主場域——「以某種神秘的方式為自己立法，不承認任何純粹外在的法則」。[73]

黃錦樹引了于連（François Jullien，另譯朱利安）以「迂迴」來避免政治迫害之概念，抒情成為自衛的表述策略，並以胡蘭成為例，胡與朱家一脈未明說的抒情傳統——將政治審美化，以興為文學的本質，達到審美及政治的效果。三年後，王德威〈「有情」的歷史——抒情傳統與中國文學現代性〉[74]一文與之回應，以「抒情」作為中國文學現代性主體建構的一個面向，試圖屏除世人對抒情之成見，調度查爾斯．泰勒（Charles Taylor）、彼得．蓋依（Peter Gay）、霍克海默（Max

Horkheimer）和阿多諾（Theodor Adorno）、貝爾（Daniel Bell）等哲人對啟蒙理性的反省，現代化的惡果出自主體喪失感性之能力，並以雷蒙・威廉斯（Raymond Williams）提出的情感結構（structure of feeling）——於時代語境中，社會整體層層積累出的情感認同——來取代慣用的意識形態（ideology），對照中國文學中的「抒情」，以沈從文〈抽象的抒情〉為起點，與文批大家不同，從創作者之視野談抒情為何必要，連結陳世驤以抒情之姿論抒情，再到高友工將抒情理論化與系譜化，王德威以大量情之「我輩」的作品確立五四時期文學裡的浪漫表述可視為抒情傳統進入二十世紀的體現，並以陳世驤、高友工、普實克代表了現代語境中的「興與怨」、「情與物」、「詩與史」三方向，認為

既然在「現代」的情境裡談抒情傳統，我們就無從為這一傳統劃下起訖的時間

73 黃錦樹，〈抒情傳統與現代性：傳統之發明，或創造性的轉化〉，《中外文學》第34卷第2期（2005年7月），頁176（157-185）。

74 王德威，〈「有情」的歷史——抒情傳統與中國文學現代性〉，《中國文哲研究集刊》第33期（2008年9月），頁77-137。後收錄於王德威，《現代抒情傳統四論》（臺北：臺大出版中心，2011年）。

表，也無法規避西方理論所帶來的衝擊。更重要的，抒情傳統所召喚的歷史意識必須持續與時空經驗裡的，而非只是本體論的，「當下此刻」相互印證。因此出現的駁雜動機和變數，就有待我們的檢視反省。陳世驤無從解釋五四以來抒情傳統所參雜的浪漫主義的特徵；沈從文後半生的沉默透露抒情主體自我抹銷的危機；普實克就著抒情構想史與詩的相互證成，但當史詩的威力大到席捲一切抒情嘗試時，他的抒情理論自然有了破綻。但也因為這些因素的介入，使我們對抒情傳統「如何現代」的思考更成為一項深具對話意義的工作。[75]

為抒情傳統走向現代，預期抵達「新感性」的一端，做了詳實縝密的考察。曩昔王德威在《現代抒情傳統四論》的序言開篇直陳「『抒情』在現代文論裏是一個常被忽視的文學觀念。」[76]若就相關專書與論文出版的速度，至今已有新局面，抒情傳統儼然已從古典文論跨越至現代文論，成為難以忽略的論題。以學術專書為例，二〇二一年便有謝世宗《侯孝賢的凝視：抒情傳統、文本互涉與文化政治》與陳國球《抒情傳統論與中國文學史》兩本巨著；近年的博士論文中，鍾秩維《抒情與本土：戰後臺灣文學的自我、共同體和世界圖像》（二〇二〇）、陳凱倫《臺灣「中國抒情傳統」論述的反思與未來的方向》（二〇二一）也是以此為題。

借陳國球《抒情傳統論與中國文學史》廣袤博雜的梳理，抒情一詞於古典文學傳統中乃常見詞彙，陳先是回顧「抒情」於中文語境的起點，集中於「抒」一字之分析，

屈原在〈惜誦〉篇說「發憤以抒情」，「抒」字一作「杼」；據王逸《楚辭章句》和朱熹《楚辭集注》，「抒」字又作「舒」或「紓」。姜亮夫《楚辭通故》則以為「杼」字之用可能在魏晉以後「抒」的釋義是「渫」或者「挹」，也就是宣泄、傾注，或者汲出；用於「抒情」一語，即是屬於主體內在的「情」基於某

75 王德威，〈「有情」的歷史——抒情傳統與中國文學現代性〉，《中國文哲研究集刊》第33期（2008年9月），頁128-129。

76 王德威曾於多處提及此事，如替陳國球《抒情傳統論與中國文學史》作序時亦然。王德威，〈序〉，《現代抒情傳統四論》，頁i。

> 種原因往身外流注，或者這流注達成某種效應。[77]

簡言之，自戰國以來，抒情便是指主體內在情感向外流動的狀態，以宣泄與傾注等形式呈現。陳國球羅列「抒情」於中文語境之例證[78]，把抒情於文學史中的歷史軸線拉長，可視為與朱自清之對話[79]，也是回應龔鵬程[80]之質疑——雖於翻譯時使用"lyrical"一詞——足以證明「抒情」並非僅是舶來品，也是再次應答王德威抒情傳統必須中西並陳理解之。在陳國球的論述中，與其說是陳世驤「發明」了抒情傳統，倒不如說是「追認」——如同闡明希臘羅馬以降的抒情詩體系亦得歷經的過程。陳國球就「抒情」與「lyrical」之字源分析，

> 在中國文化傳統中，「抒情」的意義在「情」之流注，此種流注往往以詩賦等文學形式，以直述或者暗喻的語言透露。西方的「lyric」源出與樂器演奏相關的「歌」，而其「音樂性」（musicality）在印刷文化成主導以後，漸漸蛻變為一種隱喻，音樂的流動感常常被詮釋為情感的流動，而這正是後來浪漫主義論述籍以發揮的據點，也是中文翻譯為「抒情詩」的主要原因。[81]

指出「中國文學傳統的『抒情精神』本來就很豐富；然而，以其為中國文學傳統主要特色，卻是西方的『lyricism』觀念流轉到中國以後才漸次萌發的思想。以之對照『現代主義』觀念流轉的情況，或者可以看到現當代文學面對『現代』的微妙態度。」[82]他仔細還原陳世驤「抒情傳統」、高友工「抒情美典」、普實克（Jaroslav Prusék）「抒情精神」等論述形構與轉換之語境，且與他們各自之生命史扣合，給予那個年代深情的回顧，並以林庚、胡蘭成、司馬長風為例，分析他們如

---

77 本文首發為：陳國球，〈「抒情」的傳統——一個文學觀念的流轉〉，《淡江中文學報》第25期（2011年12月），頁173-198。後收入於陳國球，〈導論：「抒情」的傳統〉，《抒情傳統論與中國文學史》，頁34-35。

78 詳見陳國球，〈導論：「抒情」的傳統〉，《抒情傳統論與中國文學史》，頁19-53。

79 朱自清於《詩言志辨》提到「『抒情』這個詞組是我們固有的，但現在的涵義卻是外來的。」轉引自陳國球，〈導論：「抒情」的傳統〉，《抒情傳統論與中國文學史》，頁34。

80 龔鵬程〈不存在的傳統：論陳世驤的抒情傳統〉一文，質疑抒情傳統指出以西方「抒情詩」之類型（尤其是浪漫主義抒情詩的概念）來回望中國詩，乃方法論之錯亂，據此為模型只討論詩經、楚辭、樂府、賦等文類有簡化之嫌。詳見龔鵬程〈不存在的傳統：論陳世驤的抒情傳統〉，《政大中文學報》第10期（2008年12月）。

81 陳國球，〈導論：「抒情」的傳統〉，《抒情傳統論與中國文學史》，頁42。

82 陳國球，〈導論：「抒情」的傳統〉，《抒情傳統論與中國文學史》，頁43。

何論述中國文學史中的抒情與詩性，紮實考據也提醒後繼研究者與其把「抒情」視為西方移植產物，不如理解成「抒情」在不同的時代精神下，意義越趨豐饒。[83]

除卻文學學門之外，不同領域亦經常有對「抒情精神」之討論，我在〈林徽因的「紙上建築」——以〈九十九度中〉為核重構三〇年代民國北京胡同與合院生活〉[84]亦從抒情傳統與緣情論的脈絡裏，重新省思林徽因重要的美學概念「建築意」：「抒情」於此扮演著轉化與吸收外界事物賦予主體的影響，進而讓主體達到與空間心領神會之狀態，便是把「抒情」視為跨領域研究的切入點。

這也是《印刻文學生活誌》二〇一〇年七月的李渝專訪中，編者提問李渝是否「反抒情」時，她的回應：「可以這麼說，如果『抒情』是美化，或者感情溢於言表。但是如果你也可以認為像卡夫卡、魯西迪那樣荒誕的，像英國畫家培根那樣猙獰或者美國畫家Edward Hopper那樣冷漠的，也是抒情，我就一點也不反抒情。」[85]亦是德勒茲（Gilles Deleuze）的探討《電影：影像—運動》裡的「抒情抽象」，或者「感官感覺的邏輯」分析培根，以「差異」討論柏格森：

一種抒情性的主題貫穿了柏格森的全部著作：一曲向新生之物、不可預見的東西、發明、自由致敬的讚歌。這不是一種哲學的遁隱，而是一種深刻的、原初的嘗試，以便發現哲學的特有領域，以便在可能的、因果的秩序之外觸及事物本身。目的性、因果性、可能性總是關係到已經完成的事物，總是假定被給予的並非「整體」。當柏格森批評這些觀念並向我們談論不定性（indétermination）時，他沒有勸說我們拋棄理性，而是勸說我們重新連接正在形成的事物的真正理性，這種哲學理性不是規定性，而是差異。[86]

上述案例雷同之處皆在「抒情」。王德威為《抒情傳統論與中國文學史》作序，提及陳國球彙整陳世驤、高友工、普實克三大抒情傳統大家之論點時，呈現兩種相

83 陳國球，〈導論：「抒情」的傳統〉，《抒情傳統論與中國文學史》，頁43。

84 黃資婷，〈林徽因的「紙上建築」——以〈九十九度中〉為核重構三〇年代民國北京胡同與合院生活〉，《建築學報》108期（2019年6月），頁81-102。

85 印刻編輯部，〈鄉的方向：李渝和編輯部對談〉，《印刻文學生活誌》第6卷第11期（2010年7月）。

86 德勒茲（Gilles Deleuze）著，董樹寶、胡新宇、曹偉嘉譯，《《荒島》及其他文本：文本與訪談（1953-1974）》（南京：南京大學出版社，2018年），頁38。

反的結果：陳高二人以抒情來對照革命以後文學的現代化，普實克則認為正是抒情才啟動了中國的現代性革命，達到與「史詩」的結合。是果是因，是「發明」或「追認」，皆再再強化抒情的重要性。

第一章

理解他者心靈：以抒情離現代重探鄉土

All of the Antilles, every island, is an effort of memory; every mind, every racial biography culminating in amnesia and fog. Pieces of sunlight through the fog and sudden rainbows, arcs-en-ciel. That is the effort, the labor of the Antillean imagination, rebuilding its gods from bamboo frames, phrase by phrase.

——Derek Walcott, *The Antilles: Fragments of Epic Memory*

如果我們認為民族是倫理共同體的現代範式，那麼這種對比（關愛）就會十分生硬。一個典型的民族通常被定義為這樣的一種社會，對祖先懷有共同的幻覺而對鄰人抱有敵意。因而，民族意義上的關愛紐帶取決於虛假記憶（幻象）和對不屬於我們的人的敵意……作為一個歷史事實，許多民族的團結紐帶在很大程度上依賴於對鄰人的敵意，無論這種敵意是行動上的還是精神上的。

——阿維賽・馬格利特（Avishai Margalit），《記憶的倫理》（*The Ethics of Memory*）

它（離現代）令我們繞過對二十世紀歷史的決定論式敘述。「離現代」主義既批判現代對求新的迷戀，也批判同樣時興的對傳統的重新發明。在「離現代」的傳統中，反思與嚮往、疏離與溫情並行不悖。而且有些二十世紀的「離現代」主義者來自非主流傳統（亦即，相對於文化主流而常常被認為是邊緣的或者偏遠的傳統，從東歐到拉丁美洲），還有許多在世界各地離開家園的人，對於他們來說懷舊的創造性思考不僅僅是一種藝術的發明，而且還是一種生存的策略，一種發現不可能返鄉之意義的途徑。

——斯韋特蘭娜．博伊姆，《懷舊的未來》（*The Future of Nostalgia*, 2001）

第一節　還時興鄉土嗎？

中文學界對七〇年代的鄉土文學運動已有非常多的評述及回顧。張誦聖從文學場域論的立場，如是檢討「鄉土派」與「現代派」的對立，

一九七七、一九七八年間爆發的「鄉土文學論戰」實際上成為了黨政體系和非黨政體系以文學為藉口的鬥爭，而具有自由主義傾向或非政治性的「現代主義」派知識分子反而成為游離於兩者之間，地位較不重要的第三者。／在狹義的文學主張上，鄉土文學論者為了抵制西化，並動員文學為社會上的經濟被剝削者的權益代言，因而反對現代主義的個人主義、形式主義和內向化，提倡社會寫實。但是，由於大多數論者對現代主義的批評過分趨於道德化，對寫實主義的解釋又概以「簡單反映論」為根基，企圖以服務社會的教條公式來規範所有作品，所以反映出來的往往是十分粗糙簡陋的文學觀。[1]

她引王文興一九七七年於耕莘文教院「鄉土文學的功與過」的演講，說明鄉土派與現代派的歧異，於王眼中「西化」是互惠結果而非文化殖民，與承認文學藝術自有階級區別等[2]，這些回應在當時激昂的論戰氛圍下被忽略，論者依舊僅揀選自

1 張誦聖，〈現代主義與台灣現代派小說〉，《文學場域的變遷——當代台灣小說論》（臺北：聯合文學，2001年），頁18。
2 張誦聖，〈現代主義與台灣現代派小說〉，《文學場域的變遷——當代台灣小說論》，頁18。

身想聽到的答案，在〈文學史對話：從「場域論」和「文學體制觀」談起〉中，再度強調「一個縝密的理論框架應該可以幫助我們避免情感性或政治性的化約，而達到系統性分析這個基本歷史現象的目的」[3]，她的說法正是德希達（Jacques Derrida）《他者的單語主義：起源的異肢》（*Le monolinguisme de l'autre*）的提醒：「許多有關歸屬的辯論，常是武斷地假設認同與自身之間一個透明的關係」[4]；換言之，無論是自身的認同或者假想他者的認同，涉及歸屬問題容易被策略性曲解，從七〇年代據政治角度立論「鄉土」與「現代」，再到九〇年代鄉土書寫的轉折，若以「鄉土」與「現代」的對位式閱讀（contrapuntal reading）[5]，承認聲部本身既獨立又彼此呼應，或許可以解套過分訴諸情感與政治的論述僵局。

陳惠齡在二〇一〇年將新鄉土研究成果集結成書時，便已於緒論自我批判「前輩學者多質疑『新鄉土』的概念，認『在理義上難以成立』，然而我心匪石，不可轉也，實因新鄉土書寫確然有新變的軌跡，若能處理得宜，對於臺灣文學中鄉土轉向的歷史脈絡和美學變化，必然有深層的意義。」[6]她歸納鄉土書寫核心意旨與內容的轉移時，提到創作者對鄉土概念的解構，無論是老一輩的黃春明或是中生代甘耀明、童偉格等，皆不認同被冠上鄉土／新鄉土小說家等刻板印象。

她意識到「新／後鄉土小說敘事自身的變革和轉型的內在問題」[7]，且針對周芬伶以一九七七年鄉土論戰後具有魔幻寫實色彩的創作來劃分鄉土、後鄉土之盲點，難以論斷黃春明、鄭清文等以童話形式書寫的作品；回應范銘如定義的後鄉土未及之處，與周芬伶同樣難以辨析鄉土老將的書寫轉向。陳惠齡指出以「新鄉土」論之，乃出自線性時間軸的「新」、書寫樣貌的「新」、解嚴以後的「新」，故不延

3 張誦聖，〈文學史對話——從「場域論」和「文學體制觀」談起〉，《重寫臺灣文學史》（臺北：麥田，2007年），頁165。

4 德希達（Jacques Derrida）著，張正平譯，《他者的單語主義：起源的異肢》（臺北：桂冠，2000年），頁15。

5 艾德華・薩依德在《文化與帝國主義》借古典音樂的對位法（punctus contra punctum）來詮讀歷史，「在西方古典音樂的多聲部樂曲中，各個主題互相替代，只給予某一個主題以短暫的突出地位。在由此而產生的復調音樂中，有協奏與秩序，有組織的相互作用。它是一種來自主題，而不是來自作品之外的嚴格的旋律或形式上的原則。」且據此強調對位式的閱讀，必須將「帝國主義」與「對帝國主義的抵抗」兩個過程皆考慮到。艾德華・薩依德（Edward W. Said）著，李琨譯，《文化與帝國主義》（北京：生活・讀書・新知三聯書店，2016年），頁68。

6 陳惠齡，《鄉土性、本土化、在地感：台灣新鄉土小說書寫風貌》（臺北：萬卷樓，2010年），頁5。

7 陳惠齡，《鄉土性、本土化、在地感：台灣新鄉土小說書寫風貌》，頁9。

用范銘如提出的「後鄉土」。

陳惠齡已完成非常詳實的新／後鄉土小說相關論述之釐整[8]，說明《鄉土性、本土化、在地感：台灣新鄉土小說書寫風貌》一書的鄉土，是以「地方感」、「鄉土性」作為判準，我僅能就其研究成果反思，如是圍繞著解嚴的歷史情境解讀九〇年代鄉土寫作，存在兩個盲點：一，簡化了經濟史、傳播史、流行文化、出版產業乃至常民生活等脈絡變遷，隱隱暗示著政治開放讓一切不證自明，忽略解嚴非一蹴可幾；二，為便於歸納而擱置創作者的意志，不願被學院論述納入新鄉土／後鄉土的麾下，實為對原有的鄉土想像去典律，創作者努力想透過作品呈現多元及多樣性的社會，最終又被框限於××派別。

被列為新／後鄉土小說隊伍的童偉格，曾於訪談中反躬對鄉土文學之理解：

> 我滿期待被一體用「鄉土文學」統合的各種作品，以後能漸漸在光譜中被分別出來，比較細緻地呈現它們各自的特異。我試著理解「鄉土」這概念，發現它在二〇年代最初的臺灣文化場域中提出時，是以整個臺灣作想像範圍。這多少說明它的內在定義不比外部參照框架重要：**因為外部對應的框架不一樣，**

所以「鄉土」在二〇、三〇和七〇年代內在定義也變了。也因為外部參照框架變了，所以「鄉土」這概念從德國借到臺灣時，才會從右翼滑到左翼，這麼一想，倘若我們執著於強調文學外的某些精神性的論述，那它再滑回右翼，恐怕也不會是太奇怪的事。我擔心的是這個。因為這樣，現在學界所使用的「新鄉土」，在我看來基本上還是面向文學的，所以作出的分類學，或用此顯示我們確實沒有在思索外部參照框架……就我個人而言，我想我不是在寫「鄉土」，而是在寫對它的基本困惑。[9]

可發現臺灣在鄉土書寫之定義歷經的概念轉移，慣以外緣的參照框架建構貌似本質性的假設，包含日治時期對抗殖民母國，以及戰後以本土抵擋西化現代等邏輯，無論是認同與自身之間，或者自身與他者之間，確實忽略了更內部的探索。鄉土文學在臺灣一發軔便是抵抗日人之姿，政治成為後繼研究難以揮去的陰影，然在

8 詳見陳惠齡，《鄉土性、本土化、在地感：台灣新鄉土小說書寫風貌》，頁14-32。

9 粗體為我加註。童偉格、陳淑瑤，劉思坊記錄整理，〈細語慢言話小說——陳淑瑤對談童偉格〉，《印刻文學生活誌》第78期（2010年2月），頁60（54-61）。

走入多元文化兼容並蓄的今日，無論是「鄉土派」或「現代派」，皆難免帶入既有的意識形態中，如何以抒情離現代作為重探鄉土的方法？或者，為何「新」與「後」都不足以詮讀鄉土書寫的航途？

回顧臺灣文學史上的兩次鄉土文學論戰，皆與政治有關：三〇年代發生於日治時期的鄉土文學論戰，知識分子以「臺語」為號召，提出「言文一致運動」，用以抵抗日本殖民政府，主張使用漢字記錄臺語，且多與左翼思想結合，又稱臺灣話文論戰；一九七七年王健壯主編的《仙人掌雜誌》四月號，由王拓〈是「現實主義」文學，不是「鄉土文學」〉、銀正雄〈墳地裡哪來的鐘聲〉、朱西甯〈回歸何處？如何回歸？〉三篇文章掀開第二次鄉土文學論戰序幕，同年八月余光中發表〈狼來了〉指稱鄉土文學與中國的「工農兵文學」暗合後，無論是鄉土文學、現實主義等概念皆被政治化解讀達到高峰，國民黨召開文藝會談要求作家堅持「反共文學」立場，一九七八年一月的「國軍文藝大會」由楚崧秋與王昇代表官方出面，呼籲回歸到發揚中華文化以及國族大愛，化解戾氣，暫為爭端畫下休止符。兩次鄉土文學論戰共同點皆以「民族主義」作為號召，政治哲學家阿維賽．馬格利特在〈普遍的倫理共同體〉提到民族概念的建構，除仰賴對陌生人的關愛之外，更大成分在於對不屬於我們的、他者的敵意[10]，這種憎恨難以被瓦解，只能透過不同形式反覆移轉。誠然「鄉土」二字並不等於「民族」，但鄉土文學論戰卻涉及透過文學來建構民族認同，三〇年代與七〇年代兩次鄉土論戰皆以「官方」作為抵制對象，除了反霸權以外，也形成另一種文學史的暴力，潛意識也將審美立場與官方相近但並非在官方庇蔭下茁壯的他者們一併排除。

張誦聖指出七〇年代之後，鄉土文學論戰分成現代派（Modernist）與鄉土派（Nativist）兩大陣營，與其將之視為美學立場的對立，不如說是政治意識形態的相左。如是便能解答為何鄉土派代表作家陳映真亦有具現代主義色彩之作。換言之，鄉土文學概念提出之際便不是純粹的界定文學屬性、題材取向或美學風格，其論述的建構隱含誰才是臺灣這塊土地上的正統（掌握主要發言權）文學的爭論，這也是

10 如本章開頭的第二段引文，馬格利特討論了關愛與憎恨，「作為人類記憶的另外一個因素——憎恨，卻時時侵擾著我們，因為人們認識到它的真實存在。這裡，我特意選擇的詞句是『它的真實存在，而不是它的真理性』，也就是說，作為一個歷史事實，許多民族的團結紐帶在很大程度上依賴於對鄰人的敵意，無論這種敵意是行動上的還是精神上的。」阿維賽・馬格利特（Avishai Margalit）著，賀海仁譯，〈普遍的倫理共同體〉，《記憶的倫理》（北京：清華大學出版社，2015年），頁68-69。

為何「鄉土」一詞如此多義難有定論，也反映書寫城鄉對照題材於八〇年代公式化後，當反思性批判逐漸成為政治意識形態的角力，又或者流於溫情取向而佳作漸減[11]。到了九〇年代，鄉土題材再度從文學獎書寫脫穎而出，有別於三〇年代及七〇年代的寫作手法，評論界與學界以「新鄉土」、「後鄉土」為之命名，且探究此類型文學的生產機制，如是標籤雖能快速區隔與七〇年代的書寫差異，卻某種程度上削足適履的框架創作者之能動性。

據此，本書嘗試以離現代對懷舊與鄉愁的重新理解作為方法，回推創作者對過去與歷史的態度，論析他們所欲建構與抵達的鄉土。博伊姆《懷舊的未來》劃分修復性懷舊與反思性懷舊的核心差異是前者總以民族主義為號召，試圖恢復某個黃金時代；而後者是立基於人與人彼此間實際的情感關係，回到個人的敘事語境，認為歷史應有多重的詮釋。博伊姆點出為何以往懷舊始終被視為負面詞彙理解之因，「懷舊是悖論的，因為，懷想可以使得我們和他人溝通，然而在我們設法以歸屬修補懷想、以重新發現身分來修補失落恐慌感的時候，我們和他人常常分手，中止了互相的理解。」[12]九〇年代臺灣已走向更多元的族群融合，意識形態與派系帶來的歸屬感不再是論述鄉土書寫的重點。時至二〇二一年，稍稍抽離遭受政治壓迫的時代語境，已有餘裕檢討當我們論及鄉土時該為誰與對誰而戰，又為何而戰，走出一條兼具情感與批判性思維之道。解構鄉土中的政治性，並非否定政治在文學中的重要，也非再度標籤誰是鄉土／輕鄉土／新鄉土／後鄉土之書寫者，而是正視論述與實際創作之間的縫隙，如同我們回顧七〇年代鄉土書寫者，那些經由時間篩選過後而留下的文本，不單只是保留地方的風土人情，甚至黃春明筆下的宜蘭、王禎和的花蓮與鹿港等等與現實皆有落差，但他們貼近那個時代的心靈，正如現代派被後人記得之因。現代也好、鄉土也好，不等於哪一方的意識形態勝利，而是我們能否「愛文學」勝過「愛意識形態」[13]，且理解時代詮釋的局限，趨近他者的心靈。

---

11 楊照、李順星、陳錦玉、黃健富皆有相同觀察，詳見黃健富，〈「鄉土書寫？」：實存與建構的軌跡（1980~2010）〉，《傷、廢與書寫：童偉格小說研究》（嘉義：國立中正大學臺灣文學研究所碩士論文，2010年），頁27-45。

12 我據楊德友翻譯稍微調整。斯韋特拉娜·博伊姆（Svetlana Boym）著，楊德友譯，〈導言〉，《懷舊的未來》，頁4。

13 本處借用黃錦樹〈「自己的文學自己搞」〉的概念，他論析馬華文學的本土問題時，直言「國家文學確實是個不是問題的問題。反過來看，恰是由於它的拒斥讓馬華文學免於成為官方文學，免於受官方意識形態的干涉，其實是件幸運的事。被拒絕也是一種福氣啊。／但我們首先應該愛文學，而不是在這個問題上把國家扯進來。很愛國但寫不好又有什麼用？」黃錦樹，〈「自己的文學自己搞」〉，《時差的贈禮》（臺北：麥田，2019年），頁98。

第二節　鄉土文學的建構與解構：從文化化走回文學化

九〇年代到底發生了什麼？王志弘觀察九〇年代以降的臺灣，文化議題充斥於日常[14]，於這樣的脈絡下，從政治、經濟、媒體乃至社運與學院系所的「文化化」，不難想見對文學產生的影響。本節梳理范銘如、邱貴芬、陳惠齡等學者如何建構輕鄉土、新鄉土、後鄉土等將文學「文化化」之論述，且回應黃健富回到實存論對「鄉土」的除魅與解構，借離現代視角從文化化走回文學化。

二〇〇七年，范銘如〈後鄉土小說初探〉賡續〈輕・鄉土小說蔚然成形〉的觀察，為之定義：「後鄉土文學不是復古、懷舊式的回歸人文傳統，亦非僅僅是時下臺灣本土意識或民粹運動的文學再現，而是綜合臺灣內部政治社會文化生態結構性調整、外受全球化（Globalization）思潮滲透衝擊的臺灣鄉土再想像產物」[15]便是文化化的視角，認為全球化論述介入讓鄉土書寫產生質變。范氏梳理後鄉土小說形成脈絡，源於臺灣多元文化讓鄉土意義產生改變，創作者不再獨屬於閩南人或男性，也不再限制於國族領地的範疇，自然與環保等議題也出現在創作之中，范欲將七〇年代鄉土文學的外殼注入八〇、九〇年代「後學」的認識論框架，來理解鄉土意義的擴張，並分析九〇年代以降文學獎得獎作品與官辦的地方文學獎作品題材取向，歸結出後鄉土小說的「寫實性模糊」、「地方性加強」、「多元族群」、「生態意識」[16]四特徵：以袁哲生、吳明益、童偉格文本解釋寫實性的模糊；以臺南官方與

14「一九九〇年代以降的臺灣，是文化當道，也是文化衰敗的時代。文化的當道顯見於文化政策、文化產業、文化消費、學界文化分析、相關課程及系所成立，乃至於社會運動的文化訴求，以及象徵經濟、美學設計、奇觀展演、地方行銷、青少年次文化、在地文史、庶民書寫、集體記憶、社區意識、認同政治、多元文化主義等論述和實踐的盛行。諸多文化議題（或者，更準確的說是各種議題的『文化化』）橫跨政治、經濟、媒體、學術等領域，充斥於日常生活中……文化衰敗則是許多過往文化內涵的漸趨頹疲，如工作倫理、勤儉慣習、尊師重道、道德情操、人文素養、中華道統、精緻與通俗的分野等；既有的價值、規範與信念崩解，匯聚成為文化的淪喪衰頹感。這多重但顯現兩極感受的歷史潮流，標明了文化是個多義但遍在的概念，也是捲入所有人群和活動的場域。文化這個廣泛而模糊的語詞，揭示了不能不面對的理論分析和經驗實踐課題。」王志弘，〈文化如何治理？一個分析架構的概念性探討〉，《世新人文社會學報》第11期（2010年7月），頁4（1-38）。

15 范銘如，〈後鄉土小說初探〉，《台灣文學學報》第11期（2007年12月），頁24（21-49）。此文亦收錄於《文學地理：台灣小說的空間閱讀》，頁251-290。

16「後鄉土小說使用的語言、描述的背景和對象雖然與前期的類同，批判性、寫實主義的色彩卻淡化許多。相反地，後鄉土小說第一個明顯的特徵就是寫實性的模糊，在寫實主義的主要敘述形式中混雜許多非現實的元素，即使觸及到現實議題也保持著一定程度的敘述距離。甚至，鄉土被轉換成藝術自覺下虛構、想像的題材或空間，既非問題的所在亦非思歸的純真原鄉。第二個特徵則是加強地方意象與區域特性，而不再如之前僅僅將鄉土當成人物故事的背景或是視為一個整體的範疇。最後兩個特徵則是多元族群與生態意識的增加。」范銘如，〈後鄉土小說初探〉，《台灣文學學報》第11期（2007年12月），頁32（21-49）。

民間共籌的「南瀛學」解釋「地方性的加強」；以甘耀明、夏曼・藍波安、霍斯陸曼・伐伐、王嘉祥、瓦歷斯諾幹作品說明「多元族群與生態意識」之面向。據此脈絡，後鄉土囊括書寫技法、主題乃至類型，從寫實主義、現代主義、地方性、原住民文學、自然文學、海洋文學、生態文學等等都在範圍之內。

我認同范銘如羅列的後鄉土寫作者之能動性，但對鄉土概念的超譯有所困惑。鄉土作為書寫的題材，應取較為廣義的定義，冠上「新」與「後」修飾之，則遇上翻譯的難題。鄉土究竟是中文語境的鄉土，還是西方語境的regional還是native？借鏡西方哲學與文化研究與鏡中的前綴詞「後」（post-）是否能超越它所要補充說明的主詞「鄉土」？

邱貴芬在「臺灣文學虛擬博物館」網站撰寫「後鄉土文學時期」[17]詞條，認為解嚴以後，地方政府開始有意識保存在地作家的文學作品，地方文學獎的籌辦也促進鄉土題材的書寫，並直接將促成此類型書寫之轉向，歸功於本土化運動及政黨輪替。在臺灣所發生的兩次鄉土文學論戰，鄉土二字皆被泛政治化解讀。但九〇年代以降鄉土書寫的豐富性，於邱貴芬的脈絡下仍是因政治條件鬆綁才讓書寫內容更為多元？鄉土、本土、地方與區域等概念之混用，乃至家鄉究竟能被放大至何等範圍

（山與海甚至原住民的宇宙觀），或者被限縮成方寸之地（舉辦地方性文學獎的城鎮，那臺北文學獎屬於城市文學，磺溪文學獎屬於地方）？不只鄉土，城市版圖的擴張，以六都直轄市為例，處處可見山區與荒野之地也被納入「市」的範疇，那地方文學獎究竟要被歸類在鄉土文學，還是城市文學？

范銘如引用阿帕杜（Arjun Appadurai）、梅西（Doreen Massey）、鮑瑞嘉（Robert A. Beauregard）對「地方」概念，論析：

> 總而言之，地方是個變動性的相對範域，當與之應對的板塊——地方、國家或全球——產生位移就可能會帶動原始版塊的重組；反過來推論，為了因應

17 邱貴芬列出後鄉土文學代表作家書單如下：零雨《木冬詠歌集》（2000）、袁哲生《秀才的手錶》（2000）、黃錦樹《刻背》（2001）、駱以軍《遺悲懷》（2001）、唐捐《無血的大戮》（2002）、陳育虹《河流進你深層靜脈》（2002）、施叔青《臺灣三部曲》（2003）、鴻鴻《土製炸彈》（2005）、胡淑雯《哀艷是童年》（2006）、凌煙《扮裝畫眉》（2008）、陳玉慧《海神家族》（2009）、甘耀明《殺鬼》（2009）、童偉格《西北雨》（2010）、吳明益《複眼人》（2011）、林俊頴《我不可告人的鄉愁》（2011）。有趣的是，黃錦樹《刻背》也經常被列入離散文學的代表書單。網址：https://www.tlvm.com.tw/zh/History/HistoryCont?Id=40&Kind=1&LIid=17（檢索日期：2021年4月9日）

調整後者，地方是一個不可或缺的立足點，他的功能不僅是本土化與全球化的對立掣肘，也能確保本土化的複數性。[18]

從地方概念建構之必要到地方文學獎的設立，涉及政府資源的資助與對地方的文化治理（cultural governance）[19]，徵文簡章多半表明需書寫地方風土民情來包裝文學與政治的共謀，號召民眾共譜地方意象，建構地方特色，創造集體記憶讓居民產生認同，這種重構歷史的工程並非民眾的自主記憶（voluntary memory），而是加工過後的想像。或許更值得思考的是，為何國家啟動地方文學獎作為記憶裝置，卻沒有再生產出以往典型的鄉土印象？難道八〇年代與三三集團走得很近的侯孝賢鏡頭下的鄉土不能算是鋪陳？這是創作者的努力而非國家功勞。若真有「後鄉土」，我更傾向范銘如提出全球化視野進入臺灣以後為鄉土書寫帶來新局面，後鄉土小說的四大特徵與地方文學獎徵文主旨貼合，但又保有創作者能動性之因，也可視為受制經濟須投稿維生，便在命題作文的框架下偷渡自身關心的議題。「寫實性的模糊」可視為美學上對地方政治的叛逃，「地方性加強」則是讓文本更契合徵文主題。但仍不乏鄉土書寫者溢出這四項特質，譬如王定國的寫實或林俊頴。馬華學

者作家黃錦樹致思臺灣地方文學史的建構，

> 臺灣太小，但本土化的強大動力能把芝麻放大……因此所謂的地方的，也就是全國的。地方文學史不可能只記述他們留在故鄉的時間，而是以其整體的文學表現為對象，管他走到哪裡、走過哪裡。反過來，外來者除非夠重要，否則地方不會把他的名字留下。那名字被留下的，文學史也只關注他抵達以後的作品。[20]

---

18 范銘如，〈當代台灣小說的「南部」書寫〉，《文學地理：台灣小說的空間閱讀》，頁219（213-250）。

19 「文化治理即：『藉由文化以遂行政治與經濟（及面向）之調節與爭議，以各種程序、技術、組織、知識、論述和行動為操作機制而構成的場域』。立即要指出的是，文化治理相對於特定社會結構和關係網絡中，不同的個人和集體行動者，秉持其結構位置上的不同資源、能力和利益，於文化治理場域中操持著差異化的慾望、意向和言行。因此，文化治理也涉及了主體化或主體的反身性形構。綜言之，在文化治理之為場域的概念下，文化治理分析的要項包括了：構成場域的結構化力量、具體操作機制與技術、主體化歷程，以及權力運作下的文化爭議和抵抗的動態。」王志弘，〈文化如何治理？一個分析架構的概念性探討〉，《世新人文社會學報》第11期（2010年7月），頁5（1-38）。

20 黃錦樹，〈在欉熱〉，《時差的贈禮》，頁86。

他洞中肯綮點出「聲名超出自己家鄉的偏鄉之子」留在故鄉的甚少，「如果能力夠，必然能以大都會為舞臺；如果連小小的故鄉都走不出去，重要也有限」[21]，使我更進一步反省討論城市、鄉土、地方等概念，往往擱置時間因素，以空間、地理等角度切入而有所侷限。對新鄉土、後鄉土概念的解構，是想從「文化化」走向「文學化」，鄉土的曖昧與多元，源於它是「空間」加上「時間」；換言之，時間是使鄉土動態化的核心，這也是為何我探討「鄉」的字源，釐清「鄉」於中文語境的語意。

陳惠齡將「鄉土」視為研究對象與理論視角，探討其語境發展過程中的衍異與增生，界定鄉土文學的四個概念：

（一）植基於地方的經驗或想像

（二）有關地理空間意象與區域地誌

（三）具本土元素或鄉野題材，如多元方言、俚語，民間信仰習俗等

（四）載記族群歷史風物等，作為鄉土作品的判準。[22]

又回到如何定義地方循環論證中，究竟是regional、local還是place？提姆・克瑞茲威爾（Tim Cresswell）《地方：記憶、想像與認同》據政治地理學家阿格紐（John Agnew）析論區位（location）、場所（locale）、地方感（sense of place）三面向，是地方作為「有意義區位」之基礎，克瑞茲威爾進一步闡述歸屬感讓空間（space）成為地方（place）[23]，若書寫者心中認為有歸屬感的地方是大都會，且不適應鄉村呢？儘管陳惠齡已於註腳交代分類的目的是便於後續研究，但亦難忽略這其中的論述縫隙，也假定了家即鄉村的預設。

陳惠齡點出鄉土文學與現代性的關聯，認為「在農業文明轉向工業文明的過程中，作家踐跡鄉土的書寫，實鳩合著人類面對時空差異、傳統萎頓等複雜的情態與

21 黃錦樹，〈在欉熱〉，《時差的贈禮》，頁86。

22 陳惠齡，〈「鄉土」語境的衍異與增生——九〇代以降台灣鄉土小說的書寫新貌〉，《中外文學》第39卷第1期（2010年3月），頁94（85-127）。

23 提姆・克瑞茲威爾（Tim Cresswell）著，徐苔玲、王志弘譯，〈導論：定義地方〉，《地方：記憶、想像與認同》（臺北：群學，2006年），頁6。

樣貌，因此臺灣鄉土小說也可以認定是現代性的一種文學體驗。」[24]梳理三〇至九〇年代臺灣鄉土文學書寫的兩大系譜：鄉土寫實派與鄉土寫意派（又稱批判派與謳歌派），並把中國代表作家當作參考座標，點出七〇至八〇年代之後鄉土書寫多半參雜寫實與寫意，九〇年代出身學院的創作者增加，對鄉土有更複雜的理解。

我認為鄉土概念的嬗變，與創作者如何認定家鄉有關，也對「學院派的新世代作家」有些疑惑。一方面從五〇至九〇年代學習風氣的轉變，大學入學率提高，有志於寫作者就讀碩士也是常態，二則文學與視覺藝術仍有差異，素人畫家於院派畫家會在繪畫技法上有顯著不同，然而文學領域學院能教予的文學史觀與系譜實為有限，多半還是在創作者額外的閱讀。與其認為是學院賦予現代性史觀回探鄉土，不如說是當時自八〇年代以降出版社大幅度增加，到了九〇年代「這個時期的臺灣出版業可說呈現空前的多元化，任何主題都可以出版，政治的、本土的、性別議題、電腦等，而且每個領域都有獨領風騷的一群出版社……『翻譯著作』成為這個時期出版品的主流，這股熱潮並延燒至今。」[25]出版界也翻譯大量現代性相關的書籍，出版品與取得知識的管道更為多元，拓寬審美的範疇與深度。

也有借鑑德國鄉土文學（Heimatkunst）定義回望臺灣的學者廖毓文、朱貞品，他們梳理德國鄉土文學背後有著回到家鄉田園定居的夢想，敘事傾向美化家園，「描寫家鄉經驗的文學，特別是鄉下的風景和人物」[26]，認為「德國的鄉土文學偏向於『鄉村』和『田園文學』，臺灣的鄉土文學卻偏向於『本土』和『民族』文學。」[27]那鄉土究竟是題材、技法還是策略？寫／現實主義裡頭，難道也包含了如夢似幻的、對兒時美好家園記憶的想像？當論者以民族主義與意識形態框架某部分鄉土書寫的作品時，後繼所有書寫到鄉土元素的創作者，皆須沿用此框架？解嚴以後，已來到文學難免政治，但文學不只有政治的世代，如何重新省視鄉土書寫，或是更廣義的空間書寫？或者說將文本裡迫於時代的針對性標籤取消後，作者希望

24 陳惠齡，〈「鄉土」語境的衍異與增生——九〇代以降台灣鄉土小說的書寫新貌〉，《中外文學》第39卷第1期（2010年3月），頁97（85-127）。

25 王乾任，〈鳥瞰戰後臺灣出版產業變遷：從出版社、經銷發行到書店通路的變化〉，《臺灣出版與閱讀》總號第3期（2018年9月），頁51-52（50-57）。

26 Deutsches Universal Wörterbucj A-Z, (1989: 680)，轉引自朱貞品，〈德國鄉土文學與台灣鄉土文學淵源之比較〉，《淡江外語論叢》No.16（2010年12月），頁67（63-95）。

27 朱貞品，〈德國鄉土文學與台灣鄉土文學淵源之比較〉，《淡江外語論叢》No.16（2010年12月），頁83（63-95）。

能帶領讀者抵達的普世性，可否重現天日？我認為文學與政治的關係更接近纏繞式的影響而非因果論，甚至文學應走在政治之前，若文學作品能反映時代的感覺結構與問題，政治應是針對問題所做出的解決之道。

第三節　故鄉的歸返與落空：以鄉愁重勘鄉土

黃健富「八〇年代至世紀初的臺灣『鄉土書寫』演繹／衍義：以五六年級作家為主要觀察對象之論者詮釋一覽表」清楚羅列一九九三至二〇〇〇年間，新聞知識庫、各大文學獎評語等渠道如何建構新鄉土與後鄉土，且「在文學獎會議上屢屢獲獎，頻頻被知名論者在文學評審會議與他們的相關書評中所倡揚」[28]提出尖銳批判，

許多論者，在文學獎上還是校長兼撞鐘，既是作品的選取者，又是論述的產出人。論者的關懷本就在此，加上左翼、全球化、空間理論、世代論述的相

關資源頗為便捷，不難想見，在如此推波助瀾，甚至可說各路論者齊聚一堂、同下指導棋的狀況下，種種相關類型的作品還會持續的繁衍並拉拔出檯面。[29]

也是我的反思，理論家與創作者於論述中對史觀的建構，與文本實際呈現的精神世界之落差。我認為前行研究在建構鄉土文學的論述範疇時，有兩個時代的原罪：一，以意象區別城鄉差異；二，忽略「鄉土」最原初之定義。新鄉土、後鄉土等看似自然篩選成形的文學體系或風格，實為文學場域運作之結果而非革新。

回應第一個盲點。文學論戰伊始，「鄉土」的類型化與去框架實為一組對稱概念，立基「鄉土」二字詮釋的彈性，以及城鄉定義的混亂。城市文學與鄉土文學該如何界定？鄉土究竟是實際上地理空間的指涉，還是形而上某種生活方式的情懷想像？若「鄉土」的定義是指「農村」，借助建築與都市計畫等領域對城鄉議題之研

28 黃健富，《傷、廢與書寫：童偉格小說研究》，頁44。
29 黃健富，《傷、廢與書寫：童偉格小說研究》，頁45。

究，雖有將城市（乃至大都會）與鄉村視為一組二分概念的習慣，當論及鄉村透過觀光產業都市化，與大都會周邊郊區的形成時，皆反應城鄉差異並非如此決絕，且普遍認為城市必須保有歷史發展的痕跡；換言之，城鄉應是概念上的類比，而非實質上一分為二的對立。臺灣於日治期間，日本殖民政府為便於統治建立完整的行政體系，在「工業日本、農業臺灣」的政策下，臺灣城鄉差距不大，一九三一年九一八事變後，服膺殖民母國的戰備需求，臺灣經濟重心逐漸轉往軍需工業，林子新據臺灣總督府內務局資料分析，認為「農民離農」、「都市化」、「區域失衡」等城鄉逆轉的現象，是直至臺灣戰後才出現，

一般認為，城鄉逆轉有三個可能的因素，分別是農業生產基礎的破壞、現代大工業的崛起、以及對外貿易擴張。不過，這三個因素，無一是臺灣戰後城鄉逆轉的主要驅動力。首先，臺灣農民離農不僅先於農業沒落而形成，甚至出現在農業生產力大幅提升的時期。其次，當臺灣人口開始向著都市快速集中的時候，臺灣城市工業部門的生產規模還很小，因此，儘管其所得水準對農業人口很有吸引力，但既不是龐大城市人口的主要謀生部門，也不是農民

離農並進城謀生的主要因素。最後，臺灣各經濟區域間的不均衡發展，更是一反常態地發生在貿易緊縮的進口替代時期。結果，若說農業社會的工業化以及出口導向經濟之建立，乃臺灣社會現代化的主要進程，那麼，城鄉逆轉非但不是臺灣社會現代化的結果，更可能是它的歷史前提。[30]

林子新認為城鄉逆轉是臺灣步入現代化的歷史前提，而非結果，加深城市與鄉村貌似對立，實為詮釋的權宜之計，非絕對的本質差異。小說裡頭再現的城鄉差異不全然是歷史事實，而是為了處理作者發問的難題所見建構的紙上城鎮，譬如將城市（尤其是臺北）視為現代化之惡的淵藪，鄉村則是保有純真質樸的烏托邦等等二元對比，反映更多的是知識分子與創作者的時代焦慮。或許有助思考現代主義文學傳播至臺灣，雖非在與西方相近的危機意識中產生，但物質生活的改變同樣也會發生在精神生活，鄉村與鄉土儼然已成為某種原鄉情節的懷舊想像，絕對的鄉村與絕

30 林子新，《用城市包圍農村：中國的國族革命與臺灣的城鄉逆轉（1945-1953）》（臺北：國立臺灣大學建築與城鄉研究所博士論文，2013年），頁57。

對的大都會並不常見，須明確斷定何處為鄉鎮與都市的場合，多半是政府機構為方便治理所執行的「統計地區標準分類」。都市社會學家柯司特（Manuel Castells）指出我們普遍認為城市與鄉村的矛盾，實則是「『區域問題』前提下所描繪的不均發展的辯證」[31]，我用意並非屬地主義式的把鄉土限縮於某個地點，文學裡的鄉土更是想像中的鄉土，指涉地理位置的模糊或許是鄉土文學的特質、原罪與基調，如是一來隨著人口結構的改變，內政部移民署指出九〇年代以降新移民女性大增，多為中國籍、越南籍、印尼籍，她們產下的第二代，若書寫關於家鄉的記憶，能否稱之為「鄉土」？他們生產的文學屬於臺灣[32]，還是屬於他們來自的地方？又或者在異地工作之人，可通過視訊與親友聯繫，那賽博空間裡的虛擬現實（Virtual Reality）能否成為全人類共有的故鄉？我的答案是肯定的。

黃健富批判鄉土文學的界義模糊，乃因三〇、七〇、九〇年代對文學的語言論、本土論再到政治論的辯難皆以鄉土一詞概括[33]，他據此提出存有式的解套方法：「『鄉土』作為一種居寓的空間，它的空間性質，以及帶給寓居其中的人的存在感受、化為文字後出現的美學意義與效應，方才是文學論者更需要詳加辨明的地方」[34]為童偉格小說撕去「X鄉土」的標籤。我與之看法相同，認為不應以××文學框架作者。在這三次的文學論爭的共同點，皆是想像的本土臺灣與敵人化的他者之混戰，這個從日治時期過度至今的「想像的本土臺灣」，族群成員從閩南人、客家人，陸續加上原住民、新移民，當賽博空間逐漸成為日常發生的重要場景，是時候該解除對本土臺灣的假想，承認多元與殽雜。本書不打算把林俊潁列入鄉土文學之列，而是重勘他筆下鄉土書寫裡的鄉愁，一個永遠無法抵達的地點，讓不願回返梓里的流亡／離散書寫，轉換成對鄉土的遙祝與懷想。

回應第二個盲點。若從「鄉愁」字源的理解來尋找上述關於鄉在何方的解答，

31 柯司特，〈都市問題（1975年後記）〉，夏鑄九、王志弘編譯，《空間的文化形式與社會理論讀本》（臺北：明文，1993年），頁195。

32 甚至臺灣二字，已潛意識的排除了澎湖、金門、馬祖等於戰爭時期總是前哨的離島人民。

33 「我之所以要不厭其煩交代這樣的歷史進程，是想表述一件弔詭的事：這三次文學史上的『鄉土』論戰，三〇年代是語言論；五〇年代則為本省與外省籍作家遭遇後的反應，強調本土文學傳統與臺灣特殊性的立場；最後，七〇年代則為題材敘事的關切以及潛藏的對當權者的政治抗抵，強調現實意識的回歸；論述方向其實頗不相同。然則，在前人撰述的論述裡，竟然都能以『鄉土』一詞來簡要概述，正說明了語言的含混性，德希達的語言幽靈，又再次竄出地表，悠悠潛行。」黃健富，《傷、廢與書寫：童偉格小說研究》，頁24。

34 黃健富，《傷、廢與書寫：童偉格小說研究》，頁25。

法國精神分析學者芭芭拉．卡森（Barbara Cassin）與博伊姆對nostalgia一字有別見：

「鄉愁」，在nostos這個詞上，完全是希臘語發音，意味「返家」，而algos，意味「疼痛」，「痛苦」。鄉愁，就是「返鄉之痛」，既有離井背鄉的痛苦，也有返回時的傷痛……然而「鄉愁」並不是希臘詞彙，在《奧德賽》裡找不到這個詞。這不是希臘詞彙，而是一個瑞士—德語詞彙，說實話這是一個直到一七世紀才編入疾病目錄的詞彙……如果我堅持這個說法，那是因為這個詞的來源在我看來作為本源極具代表性：這個包羅了《奧德賽》的詞，根本無本源，無始祖，簡言之，無「希臘語」。它在歷史上經歷了製作、雜交……如同所有的本源一樣，用於追述以往的目的性。[35]

博伊姆與卡森都認同引發主體鄉愁的場所，不一定是個實體的空間，而是承載難以言明的情感記憶。兩者差異在於博伊姆的脈絡裡，返鄉的瑞士軍人不藥而癒；然而卡森以文學的根源探之，「鄉愁」看似如假包換、且幾乎貫穿《奧德賽》主軸

的希臘語，實為瑞士德語，她更強調返鄉後的傷痛，揣懷鄉愁之人回到故里總是落空，因引發愁思之物乃是「青春」而非故里，又或者回到故鄉以後的物是人非誘發鄉愁，補充了鄉愁的複雜性。鄉愁一字的無根，於中文語境有「情不知所起，一往而深」可為對照。由此得知鄉土與鄉愁的複雜乃是情感記憶與空間有關，隨指涉主體而異，鄉土概念涵蓋範圍已產生變遷，七〇年代或許指涉農村，隨生活結構的改變，農村已不在是人們普遍的桑梓。韓國在二〇二〇年疫情期間，推出一檔國內旅遊的綜藝節目서울촌놈[36]，幾個自小在首爾長大的「城市俗」演藝人員體驗鄉村生活，收視率極高。城市俗與鄉巴佬的對照，反映每個人都有自己的鄉土，越來越多人土生土長於城市之中，便應重新理解鄉土字意，鄉土應大過鄉村與城市的區隔，它代表「家鄉的土地」與「民間習俗」。若綜合博伊姆與卡森對鄉愁的研究，鄉土文學應是致力從美好想像與落空中，嘗試創造出新敘事，那離散、眷村、新移民乃

35 芭芭拉．卡森（Barbara Cassin）著，唐珍譯，《鄉愁》（上海：華東師範大學出版社，2020年），頁10-12。

36 直譯為《首爾鄉民》（臺灣翻譯成《首爾鄉巴佬》）。網址：https://zh.wikipedia.org/wiki/首爾鄉巴佬（檢索日期：2021年4月13日）

至科幻，都可以視為廣義的鄉土書寫。陳惠齡曾以「解構」二字，論甘耀明、童偉格等人不認同被貼上「新鄉土作家」標籤。與其說是解構，不如說是作家與學者面對文本的基本立場不同，當學者們欲將題材類型化的同時，創作者更傾向回歸鄉土原意。

表2-1：「鄉」字源流

甲骨文	金文	戰國文字

合集23378	集成11732（鄉鉞）	睡·日乙75

合集31042	集成5395（宰甫卣）	睡·日甲140背

說　明：甲骨文字形像兩人張口相向對坐，就皀（簋字的初文）以進食，為宴「饗」字的初文。鄉字引申為趨向，而分化出專屬的嚮字；假借為基層行政單位的鄉里，而轉注為饗字；引申為鄉

老，而分化出專屬的卿字。金文承甲骨文字形而來。戰國文字「兩人張口相向對坐」訛變為從，皀字訛變為皀聲。從篆文到楷書皆承戰國文字作「從、皀聲」。在六書中屬於異文會意。

資料來源：引用自宋建華編撰，蔡信發審查，〈漢字源流（鄉）〉，《中華語文知識庫・漢字源流彙編》，網址：http://www.chinese-linguipedia.org/search_source_inner.html?word=鄉

鄉土一詞在尚未接受西方理論化以前，在中文語境中已有非常具體的指涉：「鄉」字通「饗」亦通「向」，甲骨文（合集31042）做二人對食貌，為「饗」的古字，取二人相聚以酒食款待對方之意，金文（集成11732（鄉鉞））更為明顯；《釋名》記載「鄉，向也，眾所向也。」《說文解字》與《廣韻》做「鄉」，借代為行政區域：「國離邑，民所封鄉也」、「萬二千五百家為鄉」，離國都稍遠之地的人口聚集處；《荀子》「天下厭然，與鄉無以異也」意為天下安穩，與過去、往日無異，鄉在此處指涉時間；《左傳・僖公三十三年》「秦伯素服郊次，鄉師而哭。」面對、朝向之意，指秦穆公對著打敗仗的將士們哭泣。[37]綜觀鄉字，有饗宴、行政區域、朝向、往日等意義，範圍隱含時間與空間，而鄉土一詞自甲骨文有兩人聚於一塊土

37 參考《漢典》解釋。

地上共食之意，到「眾所向之地」是為鄉土，衍伸成「家鄉的土地」與「民間習俗」，涉及家鄉的認同。但於臺灣文學史建構的脈絡中，加上文學二字之後，鄉土不再是不證自明的鄉土，關於時間、空間等主題的討論被削弱，且覆蓋上前現代的想像，化約成鄉下地方與農村的代名詞，進而轉向書寫政治的疑難。這也是我選擇以鄉愁重勘鄉土回應上述盲點之因。

第四節　離現代視野下的鄉愁與鄉土

一、渴望特殊性的懷舊—鄉愁？

本書沿用楊德友nostalgia一字的翻譯採用懷舊而非鄉愁，是為了強化時間扮演的角色，但不代表空間是次要的，nostalgia亦涵括鄉愁，故強調與鄉土之間的關係時，將使用「懷舊—鄉愁」。

全球化對定義鄉土究竟帶來何種影響？與懷舊—鄉愁之間的關係為何？人人皆有自己的鄉土，也從他者身上映照出自身的鄉土。因此，鄉土書寫難與懷舊脫鉤，當罹患全球流行性懷舊病（global epidemic of nostalgia）的懷舊者故地重遊帶著溫情眼光，哀歎物換星移，感傷故鄉不再是原初記憶裡的模樣，然而現實生活中，僅是仍居住在原地的人們，為了讓時光前進，發展出來的生存之道。如「故鄉的歸返與落空：重勘鄉土」一節，我回到中文語境對「鄉土」二字的梳理，「鄉」對時間的指涉於當代經常被遺忘，於懷舊—鄉愁便是在鄉土在時間中發生作用所產生的情感狀態，無論是主體的柔情投射，或他者的憂鬱凝視，「懷舊—鄉愁不是對象本身的屬性，而是主體與客體之間、真實場景與心靈場景之間互動的結果。」[38]我無意臚列全球化、反全球化等概念自一九八〇年代形成的龐大知識辯證譜系，而是回到博伊姆離現代的脈絡如何思考懷舊—鄉愁與全球化、賽博空間的關係。「在家園和故鄉之間建立直接的聯繫與把個人的嚮往注入歷史事實和集體歷史，可能是有問題的。」[39]她對資訊科技崛起伴隨而來的全球化影響憂心重重，

38 我據楊德友翻譯稍微調整。斯韋特拉娜·博伊姆（Svetlana Boym）著，楊德友譯，〈懷舊與全球文化：從外太空到網路空間〉，《懷舊的未來》，頁399。

39 斯韋特拉娜·博伊姆（Svetlana Boym）著，楊德友譯，〈大流散的親密關係〉，《懷舊的未來》，頁284。

隨著近期資本主義和數字技術的發展，普世的文明正在變成「全球的文化」，而地方的空間不只是被超越，而且被虛擬化了。然而，如果陷入對於具有不同地方習俗的前現代空間概念的懷舊式理想化，就可能是危險的；歸根結底，這些習俗各有其地方的傳統的殘酷；「超社團語言」不僅是官僚行政的，而且也是人權、民主和解放的語言。最重要的是，懷舊不單純是一種地方的懷想的表現，而是一種對時間和空間的新理解的結果，這種新理解使對「地方的」和「普遍的」作出區分成為可能。懷舊者把這種區分內在化，但是，他沒有爭取普遍性和進步，而是限於回顧過去，渴望特殊性。[40]

全球化衝擊了人們對待歷史與前現代之看法，激發大眾緬懷過往的黃金年代，流於感傷主義走向極端的懷舊者，為區分地方與普遍，依據遺留下來的文獻打造理想的過去，用以證明自身文化之特殊性，「懷舊者從來不是本地人，而是一個被放逐的人，他在地方因素和普遍因素之間做中介。」[41]博伊姆考察諸多民族皆宣稱鄉愁的不可翻譯——德語、俄語、西班牙語、捷克語、波蘭語、葡萄牙語等等，都有個特殊詞彙涵括民族特色來指稱鄉愁。在她看來，「不可譯」展現每個民族皆渴望獨特性；在《變革地圖集》（*Atlas of Transformation*）[42]裡，博伊姆為Nostalgia撰寫詞條，提醒讀者當意識形態告知人們一個重建家園的承諾，背後隱藏的話語是要我們一併放棄批判思維，服膺於盲目的情感樞紐，她反對過度感傷將懷舊推向危險境地：「懷舊的危險在於將實際與想像的家混為一談。在極端的情況下，它可能製造

---

40 斯韋特拉娜．博伊姆（Svetlana Boym）著，楊德友譯，〈從治癒的士兵到無法醫治的浪漫派：懷舊與進步〉，《懷舊的未來》，頁12。

41 斯韋特拉娜．博伊姆（Svetlana Boym）著，楊德友譯，〈從治癒的士兵到無法醫治的浪漫派：懷舊與進步〉，《懷舊的未來》，頁13。

42 "Atlas of Transformation is a book with almost 900 pages. It is a sort of global guidebook of transformation processes. With structured entries, its goal is to create a tool for the intellectual grasping of the processes of social and political change in countries that call themselves 'countries of transformation' or are described by this term." 有實體紙本與網站版。Zbynek Baladrán (Editor), Vit Havránek (Editor), *Atlas of Transformation*. Prague: JRP Ringier, 2010. http://monumenttotransformation.org/atlas-of-transformation

一個幻影故鄉（phantom homeland），且為此人們已做好赴死或殺戮的準備。」[43]她多次提醒我們Nostalgia（鄉愁／懷舊）可以試種詩意的創造（poetic creation）、個體的生存機制（individual mechanism of survival）、反主流文化的實踐（countercultural practice），但別接受他人為我們預鑄（prefabricate）的鄉愁模板。

博伊姆指出賽博空間的出現，讓美蘇二國作為冷戰轉移的太空競賽對空間的佔領與宇宙想像走向懷舊化，「懷舊伴隨了現代化的每一個階段，具有不同的體裁和形式，對時間錶施展種種把戲／每種新媒體都影響著距離與親密感之間的關係，那是懷舊情感的核心。」[44]她在二十一世紀初下了斷言，「當代的懷舊，與其說關係到過去，不如說關係到迅速消失的現在。」[45]馬格利特在《記憶的倫理》（*The Ethics of Memory*, 2015）談論人們如何將集體記憶與鄉愁構連時，也檢討鄉愁對事實帶來的影響：「鄉愁的本質特徵是多愁善感。在特定情況下，多愁善感所涉及的問題在於它以可引發道德後果的特殊方式扭曲了現實。鄉愁通過美化現實而扭曲了往事，源自過去的人物、事件和物品被賦予了童真般的面貌。」[46]他呼籲必須理性看待貌似童真的假象，也肯定對故鄉懷有情感的可貴，「我對鄉愁的批評僅限於它的感情用事的一面，而不是指責它對過去或過去的情感因素」[47]。無論從全球化或是政治倫理的角度，博伊姆與馬格利特的疑慮，便是檢討我們是否在以本土化作為對抗全

43 "Modern nostalgia is paradoxical in the sense that the universality of longing can make us more empathetic toward fellow humans, yet the moment we try to repair 'longing' with a particular 'belonging'—the apprehension of loss with a rediscovery of identity and especially of a national community and a unique and pure homeland—we often part ways and put an end to mutual understanding. Álgos (longing) is what we share, yet nóstos (the return home) is what divides us. It is the promise to rebuild the ideal home that lies at the core of many powerful ideologies of today, tempting us to relinquish critical thinking for emotional bonding. The danger of nostalgia is that it tends to confuse the actual home with an imaginary one. In extreme cases, it can create a phantom homeland, for the sake of which one is ready to die or kill. Unelected nostalgia breeds monsters. Yet the sentiment itself, the mourning of displacement and temporal irreversibility, is at the very core of the modern condition." Svetlana Boym, "Nostalgia", http://monumenttotransformation.org/atlas-of-transformation/html/n/nostalgia/nostalgia-svetlana-boym.html（檢索日期：2021年4月16日）

44 斯韋特拉娜．博伊姆（Svetlana Boym）著，楊德友譯，〈懷舊與全球文化：從外太空到網路空間〉，《懷舊的未來》，頁390。

45 斯韋特拉娜．博伊姆（Svetlana Boym）著，楊德友譯，〈懷舊與全球文化：從外太空到網路空間〉，《懷舊的未來》，頁396。

46 阿維賽．馬格麗特（Avishai Margalit）著，賀海仁譯，《記憶的倫理》，頁55。

47 阿維賽．馬格麗特（Avishai Margalit）著，賀海仁譯，《記憶的倫理》，頁56。

球化的核心方針下，不自覺得淪落為地方主義（localism）或「排除的地理」（geographies of exclusion）？類似概念也出現在大衛哈維（David Harvey）的論述當中，他認為「地方記憶的生產，只不過是延續特殊社會秩序的一種元素，試圖犧牲其他記憶來銘刻某些記憶。地方不會一出現就自然具有某些記憶依附其上，相反的，地方是『競逐定義的爭論場域』。」[48]地方與鄉土概念的混淆，是不同群體競逐話語權的結果。

我在此處要討論的是，我們挾以自重的本土與其他國家如出一轍，並非僅有臺灣出現鄉土多元化的現象。建築領域裡法蘭普敦（Kenneth Frampton）提出批判性地域主義（Critical Regionalism）便是對現代主義國際樣式的反思；亦或者全球本土化（Glocalization）、全球地方感（a global sense of place）等理論概念的出現，皆證明臺灣並非孤例，背後反映文化的流動性，以及全球化與新自由主義如何滲透至我們的日常。「現代性的另一個不可分割的性質，是它在任何階段、任何時刻都始終是『在什麼東西之後的（post-something）』現代性。」[49]齊格蒙．包曼提出液態現代性（liquid modernity）[50]概念後的十多年，重新作序談現下的人類境況是於黑暗中摸索，適應與面對全球化之影響及其衍伸的後果，「一百年前，『成為現代』

意味著追求『最後的完美狀態』——如今，它則意味著無止境的完善，沒有在望的『終極狀態』，也不渴望有。」[51]在全球化的社會模式底下，不同的國度或許各自處在程度不一的「液態階段」。包曼在一九九八年反思全球化之影響時，就已提出當代對空間的理解不再如同以往能以距離遠近測量，

簡而言之：由於技術因素而導致的時間／空間距離的消失並沒有使人類狀況向單一化發展，反而使之趨向兩極分化。它把一些人從地域束縛中解放出

48 轉引自提姆·克瑞茲威爾（Tim Cresswell）著，徐苔玲、王志弘譯，〈解讀「全球地方感」〉，《地方：記憶、想像與認同》，頁102。

49 齊格蒙·包曼（Zygmunt Bauman）著，陳雅馨譯，〈2012年版序言〉，《液態現代性》（臺北：商周，2018年），頁17。

50 齊格蒙·包曼解釋液態現代性與流動現代性的差異「『流動』現代性（fluid modernity）則是解除參與承諾、捉摸不定、輕易逃離及無望追逐的年代。『液態』現代性（liquid modernity）中，是那些最為捉摸不定的人、那些可不引人注意地自由移動的人在進行統治。」換言之，流動現代性不等同於液態現代，前者是固體轉化成液體或者氣體的階段，最終可能揮發殆盡；而液態現代性是指掌握移動權力的人取代了政治實體來統治人民。齊格蒙·包曼（Zygmunt Bauman）著，陳雅馨譯，《液態現代性》，頁200。

51 齊格蒙·包曼（Zygmunt Bauman）著，陳雅馨譯，〈2012年版序言〉，《液態現代性》，頁17。

來，使某些社區生成的意義延伸到疆界以外——而同時它剝奪了繼續限制另外一些人的領土的意義和賦予同一性的能力。對某些人來說，這預示著史無前例的自由，使他們能夠無視物質的障礙，享有聞所未聞的遠距離移動和行事的能力。對其餘的人而言，這預示著他們再也不可能享用和安於這塊他們沒有機會棄之而去的土地。由於「距離不再有任何意義」，因而被距離所分隔的地域也失卻了意義。[52]

他認為移動性是當代社會的特質。當網路科技為生活帶來改變，我們不需要在物理世界奔走，只消點開網路頁面，便可得知天下事，「如今，『擁有全球流動權』才被提升到了階層劃分要素的首位。它也展現了一切特權和喪權，無論它們是多麼本土化，都具有全球性的特點。我們中有的人沒有任何證件就享受到新的活動自由，而其他一些人因同樣的理由卻不能留在原地。」[53]包曼進一步談新自由主義帶來的全球化改革，有別於以往強調秩序的固態現代社會，液態社會中的市場經濟，為了讓資本能更自由流動，進而逐步取代政治的地位，導致政治的解構[54]。這樣的社會現象同時也發生在臺灣，並非在野黨掙脫政治的壓迫贏得思想自由，而是全球化導致的必然趨勢，戒嚴現象的解除實為一連串政治事件的結果，無法在一九八七年七月十五日瞬間完成，而文學也難以簡約成政治的代言人，或許可以解答為何在鄉土書寫中鄉愁／懷舊總是如此多元。

52 齊格蒙·包曼（Zygmunt Bauman）著，郭國良、徐建華譯，《全球化：人類的後果》（北京：商務印書館，2013年），頁17。

53 齊格蒙·包曼（Zygmunt Bauman）著，郭國良、徐建華譯，《全球化：人類的後果》，頁84。

54 「現今的政治制度正置身於這樣的一種過程之中：或明或暗地放棄（至少在削弱）其在議程與法則之設立中的作用。但這並不意味著（無論如何都沒有這樣的必然性），基於同樣理由，消極自由的領域，或者說，個體選擇的自由在擴展。這不過意味著設定議程與法則的功能，愈來愈從政治（亦即，選舉的以及從原則上能控制的）制度那裡割讓給了各種勢力。『去除管制』意味著限制國家調控的作用，而不必意味著調控的削弱，更不是調控的終結。國家的隱退或自我約束有其最突出的效果：選擇者在更大程度上受到本質上非政治勢力之強制（議程設定）與灌輸（法則設定）的影響，主要是與金融、商品市場有關的各種勢力的影響。」「如果我們為現代幾場主要的自由之戰繪制一幅常規地圖，那麼，很容易看到，最新趨勢指向了終結強制性議程設置這一方向。然而，問題在於，議程選擇依然在設定，並沒有因為不是政治設定的緣故而少一些強硬與強制的色彩。議程設定一如既往，只是一個新到的、非政治性的運作機制擠走了它的政治性的前任，至少現在它成了第一把手，而不再是副手。市場壓力是主要的議程制定者，正在取代政治性的立法活動。」齊格蒙·包曼（Zygmunt Bauman）著，洪濤、周順、郭台輝譯，《尋找政治》（上海：上海人民出版社，2006年），頁64、65。

二、未完成的前瞻性懷舊如何借鑒臺灣的鄉土書寫

在緒論已擷撮博伊姆懷舊概念的演進，以及修復性懷舊、反思性懷舊兩者的差異，這些概念皆在她二〇〇一年出版《懷舊的未來》提出，此後她持續醞釀離現代概念，並在辭世前提出第三種屬於離現代的懷舊——「前瞻性懷舊」（prospective nostalgia）[55]，與前兩種懷舊不同的是，前瞻性懷舊是一種藝術家（而非理論家）的視野，更貼近創作者的思維，她認為將前瞻性（指向未來）與懷舊（指向過去）兩個看似矛盾的概念組合在一起，是對不可逆的時間的再度反叛，是殫心竭力想超越時空所給的局限，

前瞻性懷舊涉及兩個相互關聯的計畫：擴大當前現行的制度，與擴大歷史中的自由。對前瞻性懷舊來說，過去既非隨機事實的數據庫，亦非一個與暴力和不可避免之災難循環相關的發展及進步之不朽敘事。前瞻性懷舊主義者將自由的幽靈投射到歷史中，這往往需要以較慢的速度，違背當前獲取和速度文化的規律來創造意義。在漢娜．鄂蘭的定義中，自由的經驗是「一種不確定的不可能的奇跡」，它經常發生在公共領域，包括對世界的判斷和共同創造的

蓄意行動，以確保新的開始的可能性。在離現代小望遠鏡的幫助下，我們可以探測到文化內部的多元性、異議傳統以及歷史上的「失敗者的尊嚴」。這些同行者既非勝利之士也非受害者，他們往往對他們那個時代的創傷產生了清醒的認識，即使他們的見解和遠見卓識的夢想沒有被載入大寫的「H」的歷史。前瞻性懷舊主義的倫理道德是用一個小「e」來寫的，與那些聲稱要恢復其民族遺產，或為了新的發展而將其抹去的人的自以為是截然不同。前瞻性的懷舊者不僅僅是恢復非個人的過去的地質層，而是繼續與我們遙遠的想象中的朋友進行跨文化、跨歷史的對話。[56]

---

55 我自譯，並將此篇短文的全文翻譯置於附錄。“Prospective vision is often connected with an orientation towards the future and the foreign horizon, while nostalgic longing is directed towards the past where the lost home is irretrievably hidden. What brings them together in spite of the different vectors of direction is a rebellion again the irreversibility of time, and a striving beyond the temporal and spatial confines of the present.” Svetlana Boym, “Prospective Nostalgia”, *The Off-Modern*, 2017, pp. 39-42.

56 Svetlana Boym, “Prospective Nostalgia”, *The Off-Modern*, pp. 39-40.

眼尖的讀者可以發現與漢娜．鄂蘭《過去與未來之間：政治思考的八場習練》有所呼應。鄂蘭解讀了卡夫卡的〈他〉（"HE", 1946）

> 他有兩個對手：第一個從後方，從源頭驅迫他；第二個則封閉了向前的道路。他同時與這兩者作戰。確切來說，第一個對手因為想要將他往前推，而支持他與第二個對手戰鬥，同樣地，第二個對手則因為要將他向後驅趕，而支持他與第一個對手戰鬥……他的夢想是，在某個沒人防備的時刻（這會需要一個比以往任何一個夜晚都更加黑暗的夜晚），他將跳出這戰鬥的行列，並憑藉他在戰鬥中的經驗，而得以躍升到一個仲裁者的位置，以評斷那兩個相互戰鬥的對手。[57]

在這篇寓言性質強烈的小說裡，〈他〉的戰鬥始於行動走完了他自身的進程，作為行動結果的故事，等待著「在繼承、追問它的心靈」完成的時刻。在這裡，鄂蘭強調的便是理解與思考本身，若無法稍稍抽身觀看全局，便會陷入自我的戰鬥之中。鄂蘭獲得了這樣的收穫，兩個競爭的對手分別是過去與未來，從總是生活在過去與未來之間距中的人看來，時間絕非一個連續光譜，絕非一個不受干擾的序列之流；它從中間，從「他」所站立的節點斷開；而「他的」站力點，並非我們通常所理解的現在，而是一個藉由「他的」持續戰鬥、藉由「他」與過去、與未來的對抗，而得以維持的「裂隙」（gap）。惟當人被置入時間之中，且站立於其地基之上，無差別的時間之流才得以斷裂為不同時態（tenses）。[58]

過去與未來是並存的，如果沒有「他」在其中阻擋過去和未來停駐，這個裂隙就難以維持，因為「他」在其中，所以才將時間之流分割開來。而這個時代必須做的，即是「每一個將自身置入無限過去與無限未來之間的新生人類，都必須重新探

57 卡夫卡這段小說的翻譯轉引自漢娜．鄂蘭（Hannah Arendt）著，李雨鍾、李威撰、黃雯君譯，《過去與未來之間：政治思考的八場習練》，頁7-8。

58 漢娜．鄂蘭（Hannah Arendt）著，李雨鍾、李威撰、黃雯君譯，《過去與未來之間：政治思考的八場習練》，頁12-13。

索，重新將其緩緩鋪就。」[59]前瞻性懷舊是博伊姆與鄂蘭的對話，續寫在歷史中如何自由，在全球流行性懷舊病（global epidemic of nostalgia，博伊姆語）的疫情下，離現代的懷舊如何可能。且批判修復性懷舊試圖以民族主義作為凝聚虛構的歷史與情緒之手段，試圖把他人排除在外，這項反思應用在臺灣文學在現代派與本土派的劃分，也打開了可能的向度，我認為前瞻性懷舊也是九〇年代以後臺灣鄉土書寫的特質。

從七〇年代書寫農村的鄉土，再到九〇年代的新鄉土或後鄉土，看似是書寫對象的轉換，實則是對家鄉定義的擴增。九〇年代是臺灣拼經濟的年代，也是出版產業最輝煌的時代，這些社會現象雖未直接構成九〇年代小說反思議題與書寫主軸，卻影響著我們對空間與地方的想像，生活方式與產業結構的改變。農村人口比例驟減，真正的「鄉村經驗」不見得存在於創作者的童年，家鄉也不再只是農村的近似詞，空間書寫的題材越顯多元。大眾運輸工具的便捷以及一九八九年以後全球資訊網（World Wide Web）的發明，大大改變人類的生活形態，各類搜尋引擎百花齊放，鄉愁不在人間，在0與1組成的世界；一九九四年智慧型手機問世更是攻池掠地的打破時空衡軛，乃至模糊虛擬與真實的界線，人人皆能成為普魯斯特小說裡博聞強記的學者，〈古都〉的經典提問「難道，你的記憶都不算數……」成了假命題，手機附加的拍照、錄音、錄影功能讓事件檔案化。在當代，失蹤變成好難的事，只要有網路，手機自動幫你定位，無所不在的監視器錄下你的影像，一切都是為了便利。包含二〇二〇年新冠肺炎大爆發，僅是再度驗證麥克魯漢（Marshall McLuhan, 1911-1980）的無地方感的地球村（global village）成真。村裡的人紛紛染病，機場成為病毒轉運基地，為了防疫，不少國家工作與上課模式改成視訊。無論從物理空間還是網路空間，人人皆成了旅行者。又或者，早在Google Maps發明時，人們逐步丟掉手上的紙本地圖，甚至出現以3D街景旅遊者，間接也促成地方文學獎的寫手們，不必真正去到「那裡」，變成在發光的螢幕前完成鄉愁及旅行。前瞻性懷舊要捕捉的便是如何在未來生活裡，不以勝利者或受害者的姿態，不強調只有同族之人才能進入大寫歷史，不斷章取義的與歷史對話，在多元史觀中獲得自由。

59 漢娜．鄂蘭（Hannah Arendt）著，李雨鍾、李威撰、黃雯君譯，《過去與未來之間：政治思考的八場習練》，頁17。

第五節　抒情離現代作為方法

一、承認文化的多元與龐雜

近年學界兩大概念抒情傳統（lyrical tradition）與華語語系（Sinophone）的論爭，皆有各自鞏固的意識形態。抒情傳統背後隱隱然的中國幽靈，以及華語語系以定居殖民主義（settler colonialism）指控中國以受害者之姿掩蓋帝國的事實[60]，或許只是「換個鐘意的神祇」[61]的話語權之戰。

柯慶明與蕭馳主編的《中國抒情傳統的再發現》已經梳理「抒情傳統」作為一種學術形態／知識形態，由陳世驤、高友工於臺大中文系培養出來的學生輩，形構出一條龐大的抒情傳統隊伍：「我們此遂將『中國抒情傳統』界定為：承陳（世驤）、高（友工）的學術思路而來、自中國思想文化的大歷史脈絡，或比較文化的背景去對以抒情詩為主體的中國文學藝術傳統（而非局限於某篇作品）進行的具理論意義的探討。」[62]自抒情傳統發明以來，一直是臺灣文學場域中熱門的論題。鍾秩維借境卡勒（Johnathan Culler）爬櫛彙整文學史重要詩例，以歸納法處理抒情（lyric）通則之策略，試圖自臺灣現代主義語境中梳理出「如何談論抒情」之議題

（而非「如何抒情」），嘗試將討論中國文學之抒情傳統與臺灣現有的抒情論述連結[63]，以「臺灣文學本土論」與「中文抒情傳統」的纏繞辯證，再一步步從本土走向世界。他梳理抒情傳統背後的「中國（文化）民族主義」，也檢討當代該如何打造／發明臺灣版本的抒情傳統／華語語系有精闢見解，然我亦有些許疑惑。鍾引用朱天文〈《悲情城市》十三問〉：

60 詳見史書美，《反離散：華語語系研究論》（臺北：聯經，2017年）。

61 朱天心，〈一九九四年、十月下旬：京都〉，《三十三年夢》，頁192。

62 柯慶明、蕭馳編，《中國抒情傳統的再發現》（臺北：臺大出版中心，2009年），頁6。

63 「抒情傳統論述的形構和臺灣現代派的展開其之軌跡平行並進，它們共享類似的（臺灣）時代氛圍與（西方）知識資源，本文後設地視之為『臺灣的抒情論述』。於是可以這樣說，抒情傳統論與臺灣現代派乃是本地文學與文化圈的抒情論述中相互闡發的兩個運動，而非『規範性的理論（前者）vs個別的文本（後者）』的從屬關係。」如是理解臺灣抒情論述的脈絡，旨在屏除以抒情傳統分析古典文學越發走向民族文化之傾向，回返陳世驤於比較文學脈絡提出「抒情傳統」是為了打開與西方對話的精神。鍾秩維，〈抒情的政治、理論與傳統：重探一個台灣文學的批判論述〉，《中外文學》第48卷第2期（2019年6月），頁176-177（169-226）。

第五問——抒情的傳統還是敘事的傳統？

嘿嘿會不會跑出混血兒。

……張愛玲寫道、「陳世驤教授有一次對我說：『中國文學的好處在詩，不在小說。』有人認為陳先生不夠重視現代中國文學。其實我們的過去這樣悠長傑出，大可不必為了最近幾十年來的這點成就斤斤較量。」

小說如此，遑論新興毛頭電影。……

陳世驤說，中國文學與西方文學傳統並列時，中國的抒情傳統馬上顯露出來。[64]

鍾的反思是「在當代追求轉型正義的臺灣，『中文抒情傳統』應該如何捍衛自己的合法性的尖銳提問。」[65]點出「畢竟時至今日，若只是如陳世驤、朱天文乃至前一代研究者那般，僅是無垢地視抒情傳統為中國文化的本質最典雅的顯現，一方面無法說服其他被可能是國民黨、共產黨又或其他版本的中國民族主義迫害禁聲的弱勢者（minorities）；另一方面固然也無力抗拒當代中共對於『中國』話語權的全面收編。」[66]這段自我批判，我想還原朱天文對談的脈絡，她以西方傳統在「悲劇」、中國傳統在「詩」為對照，闡述侯孝賢這部外省導演反思「二二八事件」的《悲情城市》，並不打算救贖姿態，而是以張愛玲是的「參差美學」來處理歷史創痕：

> 詩的方式，不是以衝突，而是以反映與參差對照。既不能用戲劇性的衝突來表現苦痛，結果也就不能用悲劇最後的「救贖」來化解。詩是以反映無限時間空間的流變，對照出人在之中存在的事實卻也是稍縱即逝的事實，終於是人的世界和大化自然的世界這個事實啊。對之，詩不以救贖化解，而是終生無止的綿綿詠歎，沉思，與默念。[67]

---

64 轉引自鍾秩維，《抒情與本土：戰後臺灣文學的自我、共同體和世界圖像》（臺北：國立臺灣大學臺灣文學研究所博士論文，2020年），頁39。

65 鍾秩維，《抒情與本土：戰後臺灣文學的自我、共同體和世界圖像》，頁62。

66 鍾秩維，《抒情與本土：戰後臺灣文學的自我、共同體和世界圖像》，頁65。

67 朱天文，〈《悲情城市》十三問〉，朱天文作品集7《最好的時光》（臺北縣：INK印刻，2008年）。

難道也是「國民黨、共產黨又或其他版本的中國民族主義」的幫兇？要去除的究竟是「中國（共）」話語權，還是更加廣義的、看似「既得利益者」的漢文化？朱天心頗具爭議的《三十三年夢》裡回顧鄉土文學論爭，這群離散至臺灣落腳的外省族群面臨雙重離散，在臺灣高唱轉型正義時被推上火刑臺，

> 推前十五年的鄉土文學論戰，我對自己站穩文學立場抗拒政治正確的部分是有自信的，對被指摘為資本主義／國民黨走狗幫凶部分我更覺不值一顧一想（因自己既未像劉克襄陳水扁入過國民黨，我眼前熟悉的無論眷村或身邊友人並無一人看起來或未來與他們所描述的資本主義會有任何勾聯），但我對他們在做此指摘時巨大真實的憤怒感到困惑不解，我企想知道在此我熟悉的世界之外是否存有另一平行世界，在那裡，我們被視為幫凶、惡魔、加害者、既得利益者……而我們不自知？
>
> 希臘悲劇中，俄狄浦斯在不知情的狀況下殺父娶母，其治下的底比斯從此災禍瘟疫不斷，之後他從神諭得知這一切源自自己釀成的大禍儘管所有皆出於不知，但他不覺自己可以是不知者不罪可以是全無罪懲的。他決定選擇戳瞎

雙眼、自我放逐而去。

我亦覺得也許我們在另一平行世界裡或許依然並未犯有罪行，或連我們的族裔曾做出傷害一時一地之人的事都不知……但我不覺得自己可以虎著臉沒事人般過日子。[68]

現實生活裡，生長在解嚴時代的我輩天然獨，並不認同轉型正義得走向非我族類皆為敵人才能取得歷史的公平。慧日破諸闇，如同漢娜·鄂蘭、包曼、博伊姆、馬格利特、哈維等等太多理論與猶太大屠殺的相關研究，都在提醒後繼研究者凡是涉及鄉土與國族認同，都不能輕易接收他人給的鄉愁（包含創傷），歷史光譜裡沒有絕對的勝利者，也沒有從一而終的受害者。在許多二二八與白色恐怖的案例中，我們總期待有個惡魔或者兇手，它可以是黨國，也可以是為求自保的鄰人，如同耶

68 朱天文，〈一九九四年、十月下旬：京都〉，《三十三年夢》，頁189。

路撒冷的艾希曼。那究竟是誰需要這些歷史創傷（historical wounds）？[69]誰又有資格拿起石頭砸向罪人？轉型正義的提出，譬如在原住民的劃分，認定山區為弱勢，僅注重高山族而忽略平埔族。迄今為止，平埔族十二個族群：噶瑪蘭（Kavalan）、凱達格蘭（巴賽Basay，Ketagalan）、龜崙（Kulon）、道卡斯（Taokas）、巴布拉（Papora）、貓霧捒（巴布薩，Babuza）、洪雅（Hoanya）、巴宰（Pazih）、邵（Thao）、馬卡道（Makatao）、西拉雅（Siraya）、大武壠（Taivoan），唯有噶瑪蘭一族被原民會承認[70]。不少平埔族在漢化過程中，遺失自身的文化及語言，這樣的歷史債務如何清償？孫大川分析番語漢化、漢語番化之現象時，提到「『多元』、『差異』並不是拿來『尊重』用的，**承認自己的羼雜**，才是『尊重』的開始。」[71]架構宏觀論述的同時，總能創造出理想化的共同體作為參度樣本，然而走入歷史細部，幾乎不存在典型案例。本書不打算加入政治／去政治，中國／去中國的論戰中，除了平埔族作為本土之例，我再借用ICOMOS（International Council on Monuments and Sites，國際文化紀念物與歷史場所委員會）二〇二一年大會主題「複雜的過去：多樣的未來」（Complex Pasts: Diverse Futures）[72]，從本土到全球，「承認自己的羼雜」與「多樣性的未來」這看似心靈雞湯的標語，卻是現階段最好的答案。

69 譬如臺南文化資產保存的現場，提案方「台南市文化資產保護協會」將臺南市中西區友愛街115巷11號以「湯德章故居」為名要求大眾買單，一般咸認故居定義為：出生地、死亡地、長年居住地，實際上湯德章本人僅短暫居於此處不滿兩年，卻以此為號召，背後募資的嘖嘖平臺收了百分之八宣傳費與百分之十二回饋品製作與行銷宣傳費用，導致多位創會理事長選擇離開協會。

70 參考https://zh.wikipedia.org/wiki/平埔族群，李仁癸整理。

71 其中引用傅大為對原住民漢語書寫的反思，至今讀來仍十分有力：「『百朗』一詞，是臺灣原住民或泰雅語的『漢音』字，意為漢人或平地人，取音於鶴佬話中的『壞人』，在原住民的漢文書寫中時而會用這個字。全文之中我一概以『百朗文化』來稱呼所謂的『漢文化』，但我仍保留了『漢文』來稱呼所謂的漢文，也許有種不協調感，特解釋如後。百朗文化的權利中心拒絕使用原住民的漢文自稱『原住民』，卻在大漢沙文主義之外沾沾自喜於自稱『漢文』、『漢文化』。本文雖然漢文書寫，但也拒絕那種沾沾自喜，更因在討論原住民的的漢文書寫，為了敬重原住民的『百朗』稱呼，故全文一概使用百朗文或文化。話說回來，就自己血緣及社會位置均非原住民，故在討論漢文書寫之時，仍使用『漢文』一詞。我並不浪漫地去掩蓋自己的身分，也暴露出我的某種『漢文』意識，因為我發現自己若使用『百朗文』會有點勉強。總之，上述那種『不協調』其實是我自己書寫主體的特殊位置所致。本文不站在所謂『漢文化立場』發言，但也沒有資格站在原住民文化立場發言，換言之，那種『不協調』在我目前的情境中是必然的。但私衷希望這種刻意的不協調，對本文的漢文書寫本身，也能產生某種顛覆的作用。」孫大川，〈從生番到熟漢——番語漢化與漢語番化的文學考察〉，《台灣原住民族研究季刊》第1卷第4期（2008年12月），頁190-191（175-196）。

72 詳見18 April 2021 Complex Pasts:Diverse Future, https://www.icomos.org/en/focus/18-april-international-day-for-monuments-and-sites/90551-18-april-complex-pasts-diverse-futures（檢索日期：2021年4月16日）

二、抒情離現代

我基於承認文化的多元與龐雜的脈絡下，提出「抒情離現代」。「抒情離現代」並非再度把「離現代」置入「抒情傳統」此一龐大研究系譜之脈絡裡頭，比起「傳統」，我更側重「抒情」二字中的「情」，它既可以是文化交融中受浪漫主義魅惑之情，也可以是《說文解字》裡「從心，青聲」的形聲字，更可以是當代難以輕忽的、面對新自由主義、棲居於賽博世代的人們日日在面對的情感政治（或情緒勒索）。「情」是「離現代」之動能，是在博伊姆回應西歐版本現代性後長出東歐版的基礎上，嘗試再度從「離現代」降席——「抒情離現代」將「離現代」視為華人世界的參照，它不合群，不遵守現代性強調理性與啟蒙等特質，情感成了魍魎然的幽靈，卻也是讓這襲衣裳更合身的方法。

想像如果我們漫步在有歷史痕跡的城鎮裡，偶爾歧入羊腸小徑，位於兩側的建築物，有些房間總是西曬，有些房間總是不見天日，不會有人央求應接收到均等的陽光與黑暗才是公平，居民自能找出應對之道：

就我看來，貫穿博伊姆「離現代」方法論的核心關鍵詞，除（潛藏在流亡者身世背後）的「懷舊」之外，未直接被博伊姆點出，亦或者是在其論述中擔綱創造性思考的方法，便是「抒情」——那一條專屬於戰亂時代的流亡通道，這些具有「離現代」特質的創作者，總有個無法抵達的物理空間。彌合之道是情感，所以尼采的「永劫回歸」在流亡者眼裡是浪漫不過的神話，對於這群尚在尋找離散終點，靜候塵埃落定以前惶惑不安的狼狗時刻過於漫長的創作者，故鄉與初戀一樣回不去了。你無法拿著情書向戀人兌換永恆的諾言，就像你無法拿著過期的護照，要求重返故里。[73]

博伊姆離現代的核心思考，是以她自身的流亡（exile）與離散（diaspora）經驗出發，圍繞在對歷史的批判性反思、對懷舊的重新定義、對未來的創造性思維三層級，離現代不是反現代（antimodern），如本章開頭的第三段引文，離現代不是指稱邁向現代化美好生活的那條康莊大道，是去尋找在歷史主流論述背後的其他線索，離現代也非在傳統與現代的兩極光譜中，走一條折衷之道，那些彎彎繞繞的曲

73 黃資婷，《抒情之後，離現代——以林徽因、王大閎為起點談建築與文學相遇論》，頁121。

線與弧度，是讓看似二元對立的詞組，有並肩行走的可能。離現代沒有打算重新發明傳統去爭取或創造新論述的霸權，它僅是提醒我們注意在主流文化（西歐與美國的現代性）以外，仍有些微小的光暈。作為一個在斯拉夫語及比較文學系任教的學者，美籍俄裔的身分，她面對歷史迎向未來的姿態，是值得借鏡給非第一批直接受現代性影響的國家與殖民地，如何消化現代背後隨之而來的「新」。

博伊姆並未直接點名離現代裡的抒情，已透過文字實踐之。「離現代是給流亡者溫柔的擁抱。告訴他們，不是的，你們不僅是被收編如是簡單，你們跟所有主體一樣皆具有能動性，你們都以個人去抵擋大時代的暴力。」[74]我在《抒情之後，離現代——以林徽因、王大閎為起點談建築與文學相遇論》嘗試從「離現代」降席，模仿博伊姆從「西歐與美國的現代性」出走般，再度從「離現代」出走，以抒情傳統中和之。抒情離現代是一種感覺結構（structure of feeling），如同包曼強調現代此一概念永遠都在「生成變化（becoming）」之中，離現代亦是如此，反映臺灣接收現代概念的多元與混雜。

博伊姆將西洋棋裡騎士Z字形（另稱日字形或L字形）走法，視為勇者無懼的離現代之路；人文地理學者段義孚在《浪漫主義地理學》中也運用了騎士的概念，以騎士與僧侶作為對照，前者「不識文斷字，卻是浪漫傳奇的主角」[75]，後者「不配稱為浪漫，因為他們只模擬已知的東西」[76]，差異在於騎士找尋聖杯（Holy Grail）——承載耶穌鮮血的器皿——的探索之心：

雖然書本知識仍受人推崇，探索——或是探求——的意識卻逐漸更為世人看重。正如中世紀的騎士動身尋找耶穌基督最後晚餐時用的聖杯，近代早期的學者們著手探求難以理解的知識。逐漸，他們從事的工作成了對更好理解自然的探求，或是對科學的探求。如前所說，探求是浪漫傳奇的核心……他們並不考慮世俗的報酬。在山頂上或是在沙漠裡，天文學家在顯微鏡前長坐不動，凝視著明亮的、但實際上億萬年之前已不復存在的星光。如果奇怪他們何欲何求？可能的答案是，有的人喜愛浩瀚無邊，遙遠無垠。儘管他們一絲

74 黃資婷，《抒情之後，離現代——以林徽因、王大閎為起點談建築與文學相遇論》，頁116。
75 段義孚著，趙世玲譯，〈兩極化的價值觀念〉，《浪漫主義地理學：探尋崇高卓越的景觀》（臺北：立緒，2018年），頁37。
76 段義孚著，趙世玲譯，〈兩極化的價值觀念〉，《浪漫主義地理學：探尋崇高卓越的景觀》，頁37。

不苟，他們是浪漫主義者。[77]

博伊姆與段義孚兩人核心一致，騎士披榛覓路的姿態，是浪漫主義，也是抒情。然本書為保有概念的彈性，使用抒情二字，而非與現代主義關係密切的「浪漫派」，其因有二：一，博伊姆語境中的浪漫主義與段義孚《浪漫主義地理學》有所差異，她梳理鄉愁／懷舊概念時傾向把「浪漫主義」視為加深懷舊二字的負面意涵[78]，將過去時光過分理想化的用詞，而非在較嚴謹的哲學定義下考量，她指稱的浪漫主義是極端浪漫主義，傾向修復性懷舊（Restorative Nostalgia），容易陷入貴古賤今的迷思，採取超歷史的返回本源手段，回到想像中的黃金時代，並且減去時間的痕跡。譬如將西斯汀禮拜堂穹頂米開朗基羅的《創世紀》畫作，回到最初明亮的樣態，重新打造消失的伊甸園。二，以離現代借鏡華人世界，實際遇上的文化差異。我先前研究中，從林徽因與王大閎身上，見證他們直抒胸臆，但在情感的收放又屏棄極端的個人主義與浪漫主義，抒情但不感傷，可溯源至「抒情傳統」。最廣為討論的是陳世驤一九七一年於美國加州研究學會（Association for Asian Studies）比較文學討論組的開幕致詞，以中國抒情傳統來對比歐洲「史詩」與「戲劇」的傳統，並非耽溺於主觀情緒之中才叫抒情，像班雅明這樣的戀物者，能超越疆界，自由自在的游離於各個領域，告訴我們萬事萬物若無情感居中密謀，沒有作為情感主體的人介入，故事便難以為繼。抒情並不表示得背離言志，也非代表得走向極端的個人主義與浪漫主義；抒情可以是瓦解固態的、封閉成見之論述策略，在一個又一個千迴百轉的故事裡，不受媒材限制，見證所有的遭逢與抵達，提供主體凝視內在心緒的自由。[79]

77 段義孚著，趙世玲譯，〈兩極化的價值觀念〉，《浪漫主義地理學：探尋崇高卓越的景觀》，頁38。

78 「作為一種歷史的情緒，懷舊在浪漫主義時期成熟，和大眾文化的誕生是同時的。懷舊始於十九世紀早期的回憶熱潮，這一熱潮把城市有教養市民和地主的沙龍文化變成了一種對於逝去的青春、逝去的春天、逝去的舞蹈、逝去的機遇的禮儀式的紀念。隨著書冊藝術的完善、寫詩活動和繪畫的展開、在女士書冊中夾藏乾花草葉的時興，每種歡愛殷勤都幾乎變成人生易老的提示。但是，這種沙龍文化的紀念卻是遊戲性的、機動的和互動性的；這是社會戲劇性的一部分，它把日常生活變成藝術，儘管也不是什麼傑作。」斯韋特拉娜．博伊姆（Svetlana Boym）著，楊德友譯，〈從治癒的士兵到無法醫治的浪漫派：懷舊與進步〉，《懷舊的未來》，頁18。

79 黃資婷，《抒情之後，離現代——以林徽因、王大閎為起點談建築與文學相遇論》，頁5-6。

我嘗試調度抒情傳統來調和博伊姆的離現代概念，以班雅明為引，談「建築與文學於現代性走出歧路，於抒情裡合流」。回到文學，臺灣不是流亡者，但牽扯到主體認同很難不受意識形態影響，以致主流史觀改變時，便急於清算或挖除前朝遺址，譬如國民黨政府的去日本化與再中國化，民進黨政府的去中國化與隱隱然的再日本化[80]，抒情離現代的提出，也是嘗試拋棄政治——淪為派系鬥爭，不再純粹是眾人之事時——的歷史債務。

第六節　小結：他者對故鄉的憂鬱凝視

本書不斷重申理解他者與撕去意識形態的框架，目的是回應當下人類的生存處境。二〇二〇年二月，新冠肺炎疫情甫爆發，病毒見證了全球化的無遠弗屆。彼時韓國電視臺MBCLife放映籌劃多時的VR紀錄片《遇見你》（너를 만났다）。初心很簡單，以VR技術彌補遺憾。其中一則故事，節目組為難以走出喪女之痛的母親張智成（장지성），重建母女彼此擁有美好記憶的晚霞公園，讓罹患「血球貪食性淋巴

組織球症」的女兒娜妍（나연）在猝逝後兩年復活——當母親穿戴VR裝備對著綠幕擁抱虛擬的娜妍，在公園裡為她慶生，她許下希望母親不再哭泣的願望時，母親顫抖咽音說出我愛你——節目組將影像上傳至YouTube引發爭議，短暫轉移人們對疫病的焦慮。不少網友認為背後隱藏倫理問題，人怎能死而復生？科幻電影裡才能圓滿的場景，怎能搬演至人世？批判製作團隊撕裂傷口，讓母親再度失去女兒。直到母親在網站寫下失去娜妍的夜裡，總夢見她怨懟的眼神。參與節目拍攝後，她拾回娜妍微笑的記憶。

網友們暫時擱置了對節目組的撻罰。

對母親而言，有女兒娜妍在的地方才能稱得上家。女兒離開後，母親罹患了思鄉病，在記憶裡迷失，VR在返回正常生活的軌道旁點盞小燈，讓夢擬真，她不再害怕經過晚霞公園，因為在那裡，女兒總是微笑著。這段九分多鐘的影片至今點閱率

80 在文化資產保存領域尤為可見。一九二二年總督府頒布「臺灣總督府官舍建築標準」，大量興建官舍，有其時代價值，但官舍的空間配置與施工規格皆有一套統一模式，建築特殊性較低，然而臺灣近年保存過量的日治宿舍群且加以修復，導致日本建築學者來臺訝於臺灣審美，竟如此喜歡官舍的錯覺。

已超過三千四百七十五萬[81]。

包曼曾在他的課堂上告訴學生，以往固態現代的「文明史」總告訴我們遊牧是原始／反文明的，進步是需找個場所定居象徵「領土的征服、併吞與殖民」[82]，然而在液態現代性的時代裡，已成「快者」與「慢者」的競逐，占領及殖民反倒需要投入大量資本治理，「相當程度地限制了外來的行動自由……造成了讓勝利者無法動彈的結果」[83]，勝利成了詛咒。

上述兩則看似無關的案例，將「家」與「定居」兩個概念問題化，病毒感染的軌跡則意外將這條虛線做實。當人類用來理解世界的工具不斷推陳出新，在大流散世代裡，我們對待鄉土的眼光與方法勢必有所調整，如果我們還信仰文學，如《遇見你》的隱喻一般，還信仰有女兒（文學）在的地方，便能稱得上是家（鄉土）。

包曼引戈提梭羅與德希達為例，「藝術的故鄉不只一個。並不是無家可歸，藝術的祕訣是在哪個家園中都能感到自在，祕訣是在每個家園中都同時是它的局內人也是局外人，祕訣是結合局外人的批判性眼光與親密性、結合疏離超然與參與涉入——這是定居者不可能學會的祕訣。」[84]擴大對離散的定義，這是液態現代與離現代的特質，包曼提的「疏離」與博伊姆心有靈犀，她筆下具有離現代特質的俄裔創作者納博科夫、布羅茨基、卡巴科夫等，「把溫情和疏離結合了起來，堅持理智與情感之間的區別，發展出一種記憶的倫理學」[85]疏離作為一種生存策略，若再縮合段義孚「浪漫主義地理學」裡騎士尋找聖杯的線索，從物理空間上的流亡到自我離散，諸種不安於一個定點的姿態，生成以外部世界反身自我，且再度立命於世的方法。

一九九二年，德里克・沃爾科特（Derek Walcott, 1930-2017）的諾貝爾得獎感言〈安地列斯群島：史詩記憶的碎片〉（"The Antilles: Fragments of Epic Memory"），給居住在原地的人們一個溫情詮釋。他反思旅人夾帶自身憂鬱，凝視他的故里安地列斯群島（Antillas Menores，又名加勒比群島）時，與定居者產生落

81 https://youtu.be/uflTK8c4w0c（檢索日期：2023年6月14日）
82 齊格蒙・包曼（Zygmunt Bauman）著，陳雅馨譯，〈共同體〉，《液態現代性》，頁291。
83 齊格蒙・包曼（Zygmunt Bauman）著，陳雅馨譯，〈共同體〉，《液態現代性》，頁291。
84 齊格蒙・包曼（Zygmunt Bauman）著，陳雅馨譯，〈補論〉，《液態現代性》，頁320。
85 斯韋特拉娜・博伊姆（Svetlana Boym）著，楊德友譯，〈歷史的天使：懷舊與現代性〉，《懷舊的未來》，頁287-288。

差：「歷史可以為符合觀者的觀點而改變目光與移動的手，可以在回聲中為懷舊而重新命名地方，可以在散文裡將熱帶強光調和為千篇一律的哀悼，在康拉德的語帶批判裡，在特洛勒普的旅遊日誌裡。」[86]好似島嶼裡的一切努力都只是模仿，這些悲情的投射是種誤讀，他們或許反映島民們未竟志業，但加勒比文化並非是「發展中」，而是「已成型」，不該由旅人或流亡者來論斷它是否稱得上一座城市或一種文化，而是由在地居民與建築來衡量的。[87]

換言之，有誰有資格論述遊牧與定居孰高孰低？論斷某地的文化，不該以「現代化至某種程度」視為核心的價值判斷，才能稱得上是已開發，沃爾科特提醒我們是否總帶著已成型文化的框架想像，將他者低幼化來凝視我們不曾久住的地方；甚至，我們是否依附在主流的審美想像，把熱情的光照曲解為哀悼，將自身他者化？沃爾科特這席對鄉土書寫的省思，讓我反身檢視作家如何書寫自身鄉土，而論者又以什麼濾鏡視之。這也是博伊姆對全球懷舊拍賣會（the global nostalgia auction）的疑惑——家本身已被取代且蓄意的重新想像[88]——譬如《綠野仙蹤》裡桃樂絲穿上紅寶石鞋，敲三下鞋跟喊著沒有地方像家一樣（There's no place like home），便能回到家中：「……紅寶石鞋的真正秘密，不是沒有地方像家一樣，而是不再有

86 "History can alter the eye and the moving hand to conform a view of itself; it can rename places for the nostalgia in an echo; it can temper the glare of tropical light to elegiac monotony in prose, the tone of judgement in Conrad, in the travel journals of Trollope." Derek Walcott, "The Antilles: Fragments of Epic Memory", Nobel Lecture, 1992.12.7。引用自https://www.nobelprize.org/prizes/literature/1992/walcott/lecture/（檢索日期：2021年4月6日）

87 他進一步批判格雷厄姆・格林與李維史陀以悲情視野解讀加勒比文化，原文如下："By writers even as refreshing as Graham Greene, the Caribbean is looked at with elegiac pathos, a prolonged sadness to which Levi-Strauss has supplied an epigraph: Tristes Tropiques. Their tristesse derives from an attitude to the Caribbean dusk, to rain, to uncontrollable vegetation, to the provincial ambition of Caribbean cities where brutal replicas of modern architecture dwarf the small houses and streets. The mood is understandable, the melancholy as contagious as the fever of a sunset, like the gold fronds of diseased coconut palms, but there is something alien and ultimately wrong in the way such a sadness, even a morbidity, is described by English, French, or some of our exiled writers. It relates to a misunderstanding of the light and the people on whom the light falls. ╲ These writers describe the ambitions of our unfinished cities, their unrealized, homiletic conclusion, but the Caribbean city may conclude just at that point where it is satisfied with its own scale, just as Caribbean culture is not evolving but already shaped. Its proportions are not to be measured by the traveller or the exile, but by its own citizenry and architecture. To be told you are not yet a city or a culture requires this response. I am not your city or your culture. There might be less of Tristes Tropiques after that." Derek Walcott, "The Antilles: Fragments of Epic Memory", Nobel Lecture, 1992.12.7.

88 "...... home itself has been displaced and deliberately reimagined." Svetlana Boym, *The Future of Nostalgia*, 2001, p. 258.

家這樣的地方；當然，除了我們建造的家，或者為我們建造的家，在奧茲國：它在任何與所有地方，除了我們開始之地。」[89]此處又引發另一個反思，稍稍回應了本章開頭的疑問：「為何『新』與『後』都不足以詮讀鄉土書寫的航途？」因為每個人的歸路總是不同，鄉土書寫裡對桑梓的覓索不代表要固著在最初的位置，重勘鄉土的目的亦不是為了在現世重構美好田園想像，且立基於官方與在野的意識形態角力中召喚民族主義。如果《遇見你》的故事告訴我們VR技術藉由「讓夢擬真」逐步走回鄉園，文學便是對固有鄉土想像的解構——它總會找到新的技術——而我們以為返回最初的地點，實際上我們抵達的，是除了最初所在地以外的所有地方。

89 "…… the real secret of the ruby slippers is not that there is no place like home, but rather that there is no longer such a place as home; except of course, for the home we make, or the homes that are made for us, in Oz: which is anywhere and everywhere, except the place from which we began." Svetlana Boym, *The Future of Nostalgia*, 2001, p. 258.

第二章

內在光爆：抒情離現代與時間的邂逅術

噢，Rosy，前兩天我在電視上看到一個老和尚講末世亂法四個字，我突然被電擊了一下，不是才世紀初嗎，可是我真的覺得就是末世亂法，好像沒有一樣東西是永恆可信的。宗教與救贖可以被行銷，不稀奇，但我不相信虛無可以。如果我自己不能先堅定的相信，到時候我怎能大聲快樂的去推銷？

——林俊頴，〈以玫瑰之名〉

破爛、甚至結著一團團發霉的黑塊的小帳棚裡，黃黃的有些昏的燈光，那臨時圍起的鬆垮的空間，怎麼？我們要如何形容？空間可以被物理性的分隔，但時間呢？可以像冷凍箱裡的冰塊，暫時凝固在一種狀態裡？愛麗絲的兔子洞，衣櫃裡的王國，桃花源，遊仙窟，我相信、我推測時間的行進途徑，想必有著乳酪塊上的氣孔，石灰岩地形的伏流洞穴，讓人窩藏，躲過時間的獵殺。

——林俊頴，〈幻時間〉

我後退，碰到一根黑柱，是唯一尚未被敲碎的鏡壁。

神殿消失了。我曾經讀過，關於褻瀆的字源，最初的意思不過是指將祭祀物搬出神殿之外，脫離了那神聖的場域，人與神的契約、權利位階解除了，眼光足以大膽放遠，兩腳敢於撒開大步。出來神殿之外，保護罩之外，素樸的立著一個人也是一隻獸，人思考，獸奔跑，獸反芻，而人遲疑索愛，憂患開始。

——林俊穎，〈萌〉

博伊姆建構懷舊與離現代的另類史觀時，提到「對時間的不同體驗。感覺好像進入了另外一個時區，在這裡，人人都姍姍來遲，但不知為何似乎時間總是充裕。」[1]且強調懷舊對「錯位」與「不可逆的時間」之哀悼，皆是現代處境的核心，是一種時代的症狀，與「進步」概念是雙生子，用以抵擋進入工業時代與資本主義社會裡對於未來一定會更好的懷想。博伊姆進而衍伸現代人對於幸福（bonheur）的看法「不只是對幸福的嚮往，意味著忘卻和一種新的時間感受。」[2]幸福又與現代性緊密相關，她舉波特萊爾《惡之華》與拉蒂格（Jacques Henri Lartigue）攝影作品為例，以文字或攝影等技術捕捉某種運動時帶有不完美的缺憾之情境，並且試圖暫停時間，產生詩意的懷舊感。這種擺盪在失去與獲得、缺憾與滿足之間的情感，便是現代人向過去索求幸福的懷舊時光。如是對於時間感知、進步敘事、現代處境之省思，也出現在林俊潁的小說之中。

第一節　聖與俗之間，線性與循環之間

一、經血：以玫瑰之名的陰性時鐘

我認為林俊潁慣常營造神聖與世俗之對比，又或者混用佛教、基督教的世界

1 這也反映共產世界中缺發私人空間，讓人們意識到時間的私有性，進而從「沉思時間的緩慢節奏促成對自由的夢想。」斯韋特拉娜．博伊姆（Svetlana Boym）著，楊德友譯，〈導言〉，《懷舊的未來》，頁4。

2 斯韋特拉娜．博伊姆（Svetlana Boym）著，楊德友譯，〈歷史的天使：懷舊與現代性〉，《懷舊的未來》，頁21。

觀，來批判現代社會的功利主義之外，於美學手法上鋪陳不同環境與世代彼此對時間節奏感知之差異，譬如城市與鄉村、紙本與數位等，於普遍認知的線性時間觀中製造歧路，從而訂做抒情離現代的時間幻術。如本章第一段引文，林俊頴〈以玫瑰之名〉借行銷達人傑洛米之口，道出以商業利益為優先的世界，宗教與救贖皆可兜售，但虛無不行。永恆與信仰的消亡便是「末世亂法」，無起點也無終點的滲入每個日子裡。關於末世論，博伊姆曾分析其盲點：「在習慣上，都把『線性的』猶太—基督教的時間，視為對抗『週期性』的永恆返回的異教時間，而且借助於空間比喻來討論二者。這樣的對立態度所**掩蓋的是時間感受在時間上和歷史上的發展**，而這一感受從文藝復興時代起變得越來越世俗化，和宇宙論的觀點分開。」[3] 如是，線性／週期性、猶太—基督教／異教、時間／空間之詞組對照，把時間概念限縮於可量化的數字，擱置「時間感受」，隨後進入工業化、現代化社會，在「時間等於金錢」口號下日漸世俗化，離感受的本質越來越遠，在已離工業革命有段距離的當代，產生變化：

> 從十七世紀到十九世紀，表示時間本身的方式起了變化；原來是寓言式的人

體——一個老頭子、一個拿著沙漏的青年盲人、一個赤裸上半身、代表命運的女人，從這樣的形象變換成為非人格的數字語言：火車時刻表、工業進步的上升曲線。時間不再是緩慢漏下的沙粒；時間就是金錢。但是，當今的時代也允許存在多重的時間觀念，而且使得對於時間的感受更具個人性質、更具創造性。[4]

正因人們對時間已被資本主義滲透的覺察，經歷過諸多哲學家與創作者的反思，博伊姆對時間觀的多重與多元非常樂觀，離現代語境裡的時間不再單向，且擁有更多詮釋與創造的可能，與林俊頴小說透過不同時間感的層次施展時間幻術相吻合，林對於線性或者週期性的時間觀的批判，讓他嘗試以各種視角來度量時間，譬如《鏡花園》（二〇〇六）〈幻時間〉借各式各樣重複的新聞標題、星座本周／本月運勢等等，僅是替換掉一些無關痛癢的字眼，帶出生活彷彿是以年為周期無限重複

3 斯韋特拉娜．博伊姆（Svetlana Boym）著，楊德友譯，《懷舊的未來》，頁10。
4 斯韋特拉娜．博伊姆（Svetlana Boym）著，楊德友譯，《懷舊的未來》，頁10。

迴圈，déjà vu（既視感）讓舊日的鬼魂不斷重返；又或者藉由城鄉議題帶出對時間的反躬，從鐘錶時刻回歸到康德（Immanuel Kant）「時間是種內在經驗的形式」——於臺灣這座小島之上，城鄉之所以產生距離，除了地理位置、現代化的生活方式及思維、資本主義透過科技結合數位世界大數據運算法則幾乎成為新時代之神等顯而易見之緣由，關隘在於兩個不同場域感知時間的結奏不同。這番對時間的觀察於林俊頴書寫脈絡中，明確的轉折點始於《玫瑰阿修羅》（二〇〇四）。

別於早期如《大暑》（一九九〇）以寫實筆法著墨男女愛情故事，《是誰在唱歌》（一九九四）祖母原型首度登場亮相，《焚燒創世紀》（一九九七）、《愛人五衰》（二〇〇〇）或更名再版的《夏夜微笑》（二〇〇三）中的同志書寫；《玫瑰阿修羅》（二〇〇四）與《善女人》（二〇〇五）以情慾烘托且挪用不少宗教時間觀，來打破資本主義／現代性的時間。林擅寫人身色相於《焚燒創世紀》、《愛人五衰》已見真章，此時期的性於他筆下並非止於一晌貪歡，也非薩德侯爵式的將殺戮視為情色的極致風景，更多是主體認同的糾結與自懺；到了《玫瑰阿修羅》裡〈以玫瑰之名〉、〈阿修羅的酒〉、〈獨孤有巢氏〉、〈每天與宇宙的光〉、〈彼岸花〉五篇短篇將性的難題昇華至人不斷於聖俗的情境之間擺盪拉扯。呂奇芬以〈以玫瑰之名〉為例，論析當代小說的巫者氣質，提出「後現代巫者」以身體經驗作為感悟神聖性的實踐進路，認為罕有小說如林俊頴自香氛產業視角出發，行銷者傑洛米是個沉淪於物質文化的瀆神者，卻透過廣告文案形塑芳療、薰香是當代人淨化內在的個人儀式，將古老神秘的宗教儀式重施魔法（re-enchantment），包裝成符合現代時尚形象的符碼之外，還能獲得類於崇拜的宗教感。呂論析林俊頴筆下的巫者與朱天文、朱天心不同，可看出林對此現象的反思批判。[5]或許傳播學院的訓練讓林俊頴對媒體行銷與建構消費神話體系特別敏銳，我認為〈以玫瑰之名〉借氣味賦予此短篇儀式感之外，至少帶出兩個層次的理解：一，作者透過修辭技法頻頻將性與宗教精神類比；二，宗教精神的唯心論成為受資本主義收編的可兜售產品之一。據此引導出當職場成了修羅場，〈以玫瑰之名〉打造以女性月事來暫停資本主義循環的陰性時間概念，作為中止商業社會以性為潛在的契約關係，且批判資本主義的消費邏輯剝奪宗教儀式背後的象徵意涵。小說彰顯女性肉身於職場中具備神聖與卑賤雙重特質，性雖然

5 呂奇芬，〈後現代巫者的氣味祭儀、薩滿文化復興及其身體實踐——新探三部台灣當代小說〉，《中外文學》第41卷第2期（2012年6月），頁119-156。

未被明碼標價，卻是附加條件或禮物，從小說主角Rosy與傑洛米互動可窺知一二：

> 她精靈似仰頭望，望見他眼裡閃過肉食動物凌厲的凶光。當下嗅出他的心思，他是幻想自己米開朗基羅的大衛王雕像的踝足，肆意踩壓她的臉與胸的惡虐滋味。而她要因畏而愛，甘於接受那雄性權勢的蹂躪，並且嬌喘軟吁以示感恩。臉上因此有腳汗的青翳，舌尖微有酸苦，雙乳則在滿月月光裡飽脹，浮現烏紫拓痕。[6]

傑洛米施加於歷屆女伴諸多苦痛，女性既是精靈也是被玩躪的獵物。Rosy初次應徵面試，長官傑洛米問了她最喜歡辦公室的哪個收藏，她反問，傑洛米選了芭比娃娃。入職以後，Rosy很快發現自己是其中之一的收藏品，之前尚有諸多芭比娃娃一號阿妮塔、二號關、三號雪兒、四號艾茉莉，每個芭比娃娃都接受傑洛米工作時是心腹、寂寞時是玩物的設定，於是初來乍到的精靈們於商業資本主義（commercial capitalism）洗禮下世俗化成為芭比，她們吞忍甚至迎合職場上的騷擾與性暴力，於修羅場裡身體是最有效的祭品，是傑洛米進出的聖殿也是生而為人遭受奴役的容器，在如此毀德敗行的日常裡，傑洛米在他工作中一場必得得勝的戰役，將Refresh品牌神聖化，宗教儀式對身體的自我規訓反倒替市場提供完美的消費週期。小說以基督教懺悔節與狂歡必為一體的模式，透過文案說服消費者身體必須被淨化，他深知市場遊戲規則，「賣貨物與商品不如販賣加值服務，販賣服務不如販賣體驗，而利基之最大者就在販賣信仰、價值、意識形態。」[7]我們已經製造聖誕節的購物熱，為何不能再創聖灰日（Ash Wednesday）？消費社會替你準備精簡版，消費者不需像以往須過上長達四十天的苦修齋戒期來模擬耶穌受難，Refresh品牌讓齋戒變得容易，僅需狂歡後噴灑香氣自我淨化，快速有效。譏嘲的是，這場行銷聖戰的背後，傑洛米意外得知對手以身體資本兌換某些商業籌碼——兩個不潔之身於資本主義的包裝下，扮演傳「淨化身心靈」福音的神聖使徒；換言之，消費者自造物者骯髒的行銷手段裡，購買出於泥而不染的純真臆想。人類終將在工作與消費行為裡往復循環，甚至消費還能有效節約齋戒日，讓你能快速回到工作崗位。

6 林俊穎，〈以玫瑰之名〉，《玫瑰阿修羅》（臺北縣：INK印刻，2004），頁9。
7 林俊穎，〈以玫瑰之名〉，《玫瑰阿修羅》，頁26。

如同職場關係中的忍讓，Rosy悟出另一種道：「不低賤何以知道昇華與沉淪是屬孿生？不地獄又何以知道墮落天堂僅是一張薄紙為界？」[8]不無諷刺的點出市場行銷文案結合力比多經濟（libidinal economy），為消費者量身定做虛假的慾望，香氛行銷遊戲販賣的是虛空與信仰某種生活價值的假象，「你看見了神，你就變成神。你看見了你自己，你將變成你所看到的。」[9]資本主義不提供烏托邦，他們販賣烏托邦。於是基督教背後的齋戒與禁慾的神聖時間，被週年慶般的消費週期取代，消費者自瀆神者手中買下神靈的那一刻起，就接受了慾望的毒癮；然而消費者亦不是受害者，他們同為這場商業遊戲中的共謀，若不起投機主義的貪念，若不是生命中有需要懺悔的環節又捨不得多費心思，就不會參與這場遊戲。

將性與宗教精神類比，是巴塔耶（Georges Bataille）《情色論》核心觀點，「基督宗教（la religion chrétienne）的熱情與情色激情系出同門、如出一轍。」[10]他指稱神學中「獻祭」是對噁心的超越，它帶來血淋淋的視覺景觀，這種「噁心」的身體經驗是生與死之混合，逆轉獻祭中的「虔誠」，並據此突破現實主義的侷限，重新審視為何性會有如此多的禁忌：

如果我們思索性愛和獻祭的相似度，此一逆轉具有重大意義。性交與獻祭所暴露的都是肉體。獻祭以器官的盲目抽搐取代了動物有序的生命。情色的抽搐也是同樣景致：它解放了洋溢的器官，任其盲目脫序超脫情人思慮過的意志掌控……但是，如我所相信的，如果這世界上的確存在著某種普遍而模糊的禁忌，因時、地不同而對性自由採取不同形式限制的話，那麼肉體就代表著此一具威脅性自由的回歸。[11]

性禁忌背後延伸之恐懼與憂心，來自人體內獸性衝動戰勝理智，原先用以繁衍後代的器官，轉化成以享樂為目的，對照「被當作犧牲祭品的動物死亡時所揭露出的滿盈的內在經驗。在情色底層，我們體驗到的是爆裂與爆炸時的暴力。」[12]〈以

8 林俊穎，〈以玫瑰之名〉，《玫瑰阿修羅》，頁13。
9 林俊穎，〈以玫瑰之名〉，《玫瑰阿修羅》，頁27。
10 喬治．巴塔耶（Georges Bataille）著，賴守正譯，《情色論》（*L'erotisme*）（臺北：聯經，2012年），頁65。
11 喬治．巴塔耶（Georges Bataille）著，賴守正譯，《情色論》（*L'erotisme*），頁145。
12 喬治．巴塔耶（Georges Bataille）著，賴守正譯，《情色論》（*L'erotisme*），頁147。

玫瑰之名〉混用基督教與佛教的象徵語彙，耶穌手上的聖痕與佛教三毒概念共織磅礴的獻祭景觀，「左腕通神魔，右腕司瞋癡，對準星象方位踏正時辰劃開而劃出銀河航道。那麼他究竟飲到了艾茉莉的處女寶血沒？雄獅撕裂羔羊之日，他在慶功宴被灌得爛醉……。」[13]目的便不只是要得到某個宗教性的救贖，亦或者透過炙烈性愛重新掌握自由如是簡單，創作者拋出疑惑，若將語境自人類學脈絡轉移到當代資本主義市場，性愛和獻祭形象再度連結一體，從男性視角，傑洛米面對消費者，宗教獻祭中的「虔誠」逆轉為購物「誘惑」；面對芭比們，之所以站穩情色施暴者之位，是他於職場掌握的經濟資本，他不相信愛情，認為愛是稀缺之物，而眾多芭比們的情境各有不同：有的信仰愛，如後來愛而不得，將割腕證據寄給傑洛米的二號芭比關；有的信仰金錢與權力，如三號有精實肌肉的男相雪兒。而主角Rosy被傑洛米視為女冰、假芭比，相較於其他女伴，Rosy在這場獻祭裡有著特殊位置，小說安排另一條溢出劇情主軸的敘事線，旁白般的敘事者「我」，引佛教「五陰熾盛苦」綜觀這場愛欲之難，於開頭「我看見火」是為心火與業力之火，受「色、受、想、行、識」等五蘊之陰所控，無法心宅清涼；在傑洛米打造Refresh品牌的意識形態時，「我掩住眼睛，心在焚熱體內跳動。若有色。若無色。若有想。若無想。若非無想。」[14]帶出另一層反思，女性於特殊時刻擁有豁免權，Rosy並不完全交付自我，她替自己留了一條「五蘊皆空」的遁逃方式。當傑洛米自認掌握先機，有對手安琪拉與詹姆斯把柄時，開著車帶Rosy駛向大屯山，玩褻著她的肉身：

而傑洛米以唇舌含住她耳朵，如蛇信欲舔其腦髓，她突然覺得自己的胸乳與心皆空，那樣的空，那樣的清涼。她推開傑洛米，打開車門，雙腳觸地，海島北端以至於大海其上，青光霍然皎亮，天地變臉，惶然裂開。而一城細碎米粒之燈，她在其中暗晦，赤身裸體醒覺，細細流著處女寶血，綻放長生與安息的玫瑰芳香。[15]

瀆神者對戰假芭比真神女，最末段給出開放式結尾，寶血究竟是經血還是鮮血？以經血作解，心火暫時澆滅，照見五蘊皆空，帶Rosy脫離情色語境。性愛於接

13 林俊頴，〈以玫瑰之名〉，《玫瑰阿修羅》，頁17。
14 林俊頴，〈以玫瑰之名〉，《玫瑰阿修羅》，頁28。
15 林俊頴，〈以玫瑰之名〉，《玫瑰阿修羅》，頁37。

近宗教獻祭的精神狀態到污穢不潔之間擺盪，提醒著此一靈魂的容器尚有生育能力，而此刻的肉體注定不能受孕。性在享樂為目的之前，多一道難題，必須克服視覺血腥帶來的不適，才能享受隨之而來的歡愉。生理期間交合也有禁忌，林俊頴形容經血是「那麼鈍重的液體與空候」[16]，女體未孕有生命，投胎轉世的靈魂未尋找到適合的居所留下血淚[17]，它也是身體內部的暴力象徵[18]，是每個女體內建的陰性時鐘，與月亮盈虧週期雷同，代謝掉體內不要的部分，於週期結束後獲得重生——Rosy再度獲得全新的肉身；以鮮血作解，小說名字連結符號學大師艾可（Umber Eco）《玫瑰的名字》的著名隱喻——昔日玫瑰僅存其名，吾人徒有虛名[19]（Stat Rosa Pristina Nomine, Nomina Nuda Tenemus）——反身扣回佛教「色即是空。空即是色。受想行識。亦復如是」。兩種詮釋皆為Rosy留下逃脫資本主義式的現代時間之道，導引出別於線性敘事的時間觀察，展開另一種循環，無論重生或死亡，沒有人能真正擁有玫瑰。

二、菸：罅縫時間

林俊頴小說中菸作為繁忙工蟻偷閒的罅縫時間，亦是將幸福體現為神聖化後的新時間感受。類似一盞燈、一炷香，菸作為另類的計時工具，除了如同樂譜中的休止符能暫時讓運轉中的事件緩口氣外，菸將時間嗅覺化與視覺化，而一支菸時間的終點，可以具象化為灰燼。《我不可告人的鄉愁》以城市裡甚至一支菸的時間都被迫壓縮，來描繪城鄉對時間感知與節奏之差異：

彼時我哪有什麼時間成本的概念。敵不過瞌睡蟲，躲到倉庫偷睡，額頭最出

16 林俊頴，〈以玫瑰之名〉，《玫瑰阿修羅》，頁13。

17 關於經血諸多禁忌中，有個考察很有趣：「列維—布留爾注意到，有些時候經血和流產也會引發同樣的觀念。毛利人（The Maoris）把經血看做一種有缺陷的人類。如果這些血液沒有流出來，它本該變成人，**因此經血就具有了未生過的死人那種事實上不可能的身分**。」這種不可能的身分卻適切地點出為何林俊頴將經血形容為「空候」。瑪麗·道格拉斯（Mary Douglas），黃劍波、盧忱、柳博贇譯，《潔淨與危險》（北京：民族出版社，2008年）頁121。

18 喬治·巴塔耶（Georges Bataille）著，賴守正譯，《情色論》（*L'erotisme*），頁107。

19 參考倪安宇譯文「昨日玫瑰徒留名，吾等僅能擁虛名」。

一條紅色深溝，我像戴著一個無恥的戳記，到哪裡都有惡狠狠的目光瞪我。菸槍們喜歡側身繞過堆積存書充滿油墨味的樓梯，到頂樓蟻聚抽菸。我必須準確敘述，在更廣闊的意義上，從制式的工作軌道找出罅隙與岔路，上到死苔、鳥糞、碎瓦一壘一壘的頂樓，便是一種象徵性的儀式。下風處的那側女兒牆一人高的菅芒野草悍霸好像子孫不肖的墳頭，四面望出去是屋頂之海，礁岩擱淺著白鐵欄杆與水塔、棚架鋼樑的森森骨叢。臨大街那面留著大型廣告看板遺跡，有如戲院螢幕的褐鏽鐵架，腳墩纏著某次強颱颼裂的塑膠布。菸槍們手上有菸便起乩的神采飛揚，建城兩百年，二次政黨輪替後，頒布禁菸令，視他們為人人可得而逐之的異己，然而在一訪談影片中，蒼蒼老矣仍勇健的漢娜．鄂蘭戴茶褐鏡片眼鏡抽菸，完全是長期尼古丁重度萃取者的架式，若沒有菸做為無形的心靈支點，我懷疑她能否磁石吸鐵砂那般，被這一行字吸引而引用，「我著了魔似地渴求幸福，要像一頭冥頑不靈的驢子，爭取我那一份每天的幸福。」[20]

這段對當代社會經驗細緻的洞察裡，抽菸恰好成為一個時間與資本主義悖論的例證：自敘事者我原先為了提神於都市中日益增長的菸癮，如日常的象徵性儀式，菸槍們自煙霧繚繞中獲得起乩式的神啟，直至某日政府頒布禁菸令以身體健康為名進行社會管制，再對照漢娜·鄂蘭（Hannah Arendt）以煙為心靈支點，連結對幸福的渴求——身體（甚至心理）健康的標準向來由衛福部國民健康署以量化方式擬定，那幸福又如何衡量？若細讀引文提供的線索隨關鍵詞一路推衍，敘事者我被資本主義壓榨到逐漸失去睡眠[21]，菸作為提振精神的工具，職場默許將一支菸燃盡的時間，當成繁忙工作中裡少有的餘裕。努里松（Didier Nourrisson）摘理香菸發展史，指出煙草在十六世紀是以止痛、麻醉等醫療用途出現於世人面前，經人類學家

20 林俊潁，〈萌〉，《我不可告人的鄉愁》，頁105。

21 「從很多方面未看，睡眠的不穩定地位與現代性的特殊這運動方式有關，因為在現代性的發展過程中，現實不再按照二元互補的方式組織起來。資本主義的同質化力量與任何固有的二元區分結構都充法兼容：神聖與褻瀆，狂歡節與工作日，自然與文化，機械與有機，不一而足。因此，任何固執地把睡眠看成『自然』的說法都變得先法接受了。當然人的每天還是會睡覺，即使在眾多大城市裡，夜裡依然是相對安靜的。不過，睡眠如今不再被看作是必然的或自然的經驗。相反，它被看作一種可變的功能，但也可以極控制，與很多其他事物一樣，只能從工具性和生理性的角度加以定義。」喬納森·克拉里（Jonathan Crary）著，許多、沈清譯，《24/7：晚期資本主義與睡眠的終結》（北京：中信出版集團，2015年），頁17。

調查早期印地安人將煙草視為能治病、通神靈、平穩情緒的良藥，且僅有男人吸食，後傳入歐美引起風潮；一九二五年至一九七五年，煙草已去除掉巫術標籤，成為現代化的標準產物，「此時的煙草外形已經轉變成了標準化的圓柱體，批量生產逐漸代替了『手工製造』；而通過對內部對原材料的搭配和調整，香菸的種類變得越來越多樣化。」[22]

佛洛伊德（Sigmund Freud）外甥愛德華．伯內斯（Edward Bernays）扭轉舅舅一生雪茄成癮背後閹割焦慮（castration anxiety）的暗示，透過市場行銷操弄群眾心理，商業化後邀請美艷女明星於廣告或電影中抽菸賦予性感與時尚形象——抽菸不再代表止痛，精神分析也不僅是療癒或理解創傷的方法——伯內斯賦予商機，將佛洛伊德的「力比多經濟」（libidinal economy）拉回傳統經濟學的生產與消費關係，獲封公共關係學之父。林俊頴筆下，抽菸被政府形塑成妨礙健康惡習後，設立彷如「集中營的毒氣室」[23]的玻璃屋吸菸處，一支菸的時間成為害人害己的自殺時刻。抽菸在消費語境所碰上的矛盾正是伴隨資本主義無底線收編之後果。漢娜．鄂蘭於《人的條件》回溯eudaimonia之字源，其本意並非幸福，而是「宛如『守護神』（daimōn）的幸福一般的東西，祂一輩子陪伴著每個人。」[24]在資本主義這場遊戲裡的敘事者我，最終也在祈求神靈護佑，我像是被排除在外的神聖人（hominem sacri）——成為能夠不受懲罰被殺死，但卻也不再純淨能獻祭給諸神的主體，是同時具有神聖性與污穢性的殘餘物。再對照斗鎮敘事線裡毛斷阿姑哼薰（抽菸）橋段，

悠長的下晝，毛斷阿姑哼薰（抽菸），十七歲開始怪症頭，月經來洗時一管鼻癢得厲害，四兄一次給伊一支赤厚煙，教伊哼一大嘴，鼻孔慢慢噴出，煙絲赤金，鼻腔燻燒就舒緩了。四兄講，菸葉種早先可是自福建來，永定種，平和崎嶺種，名字正好制伏那癢蟲。[25]

女性體內的陰性時間再度用來對抗現代化，這次不是像〈以玫瑰之名〉般以血

22 努里松（Didier Nourrisson）著，陳睿、李敏譯，《煙火撩人：香菸的歷史》（北京：生活．讀書．新知三聯書店，2013年），頁301。
23 林俊頴，〈萌〉，《我不可告人的鄉愁》，頁94。
24 漢娜．鄂蘭（Hannah Arendt）著，林宏濤譯，《人的條件》（臺北：商周，2016年），頁282。
25 林俊頴，〈瓊花開〉，《我不可告人的鄉愁》，頁234。

的方式出場，抽菸在此語境中停留於前現代止癢麻醉的醫療功能，用以舒緩女性獨有生理時鐘所導致的鼻腔不適，讓「抽菸」形成兩種時間脈絡：一，城市生活中短暫的喘息時刻；二，斗鎮裡隨月事每月輪迴一次的鼻過敏。再次點出時間因計時工具不同產生的相對性。

第二節　埋於鄉愁裡的時間節奏：時差與無法被征服的炙夏

蘇偉貞〈另類時間：童偉格《西北雨》、林俊頴《我不可告人的鄉愁》的（不）返鄉路徑〉[26]立基在博伊姆提出的修復性懷舊（restorative nostalgia）與反思性懷舊（reflective nostalgia）結合周蕾的另類時間（the other time）思考林俊頴與童偉格小說打造的返鄉路徑，並且引用博伊姆尋班雅明軌跡來到波爾特沃的紀念碑「通道」（Passages）面前——一個具離散背景的美籍俄裔猶太學者，找尋另一個離散同路人死亡的最後棲所——這座以色列藝術家卡拉萬（Dani Karavan）設計的作品，挪調班雅明喜愛的通道概念，逝者已矣，返鄉不復可能，遂架起象徵性的通道渡引還魂。博伊姆據探訪班雅明精神遺址的經驗，點出創作者回返故鄉的最終方式是通過作品；同為創作者的蘇偉貞，據此深化理解林童二人將城市題材帶入鄉土書寫，小說帶領讀者緩緩走向時間的空間化，肉身無法回到記憶裡的那座斗鎮或荒村，就藉由記憶碎片讓靈魂歸返的精彩詮釋，隱微流露出自我身世之投影。

據蘇偉貞給的線索，我重探林俊頴首本長篇小說《我不可告人的鄉愁》之時間塑造，兩條敘事軸線串起城市與鄉村對時間感知的落差：〈駱駝與獅子的聖戰〉、〈萌〉、〈鑽石灰燼之夜〉、〈有錢人不死的地方〉以中文談城市變遷，〈霧月十八〉、〈瓊花開〉、〈理想國的煙火〉、〈ABC狗咬麄〉轉換口吻，使用閩南語方言談斗鎮，最末章〈不可告人的鄉愁〉將兩條敘事軸線的時間節奏纏繞一體，城市運轉依照「時間即是金錢」的鐵律；斗鎮生活表面上隨著紅毛鐘[27]滴答擺盪，但鄉村裡的人

26 蘇偉貞，〈另類時間：童偉格《西北雨》、林俊頴《我不可告人的鄉愁》的（不）返鄉路徑〉，《台灣文學學報》第35期（2019年12月）頁1-33。

27 「大廳的紅毛鐘噹噹噹，彼一丸鐘擺黃黔黔，又沉又實損著時間的銅牆鐵壁。」作者自云：「紅毛鐘是作者虛構自創的名詞，即落地鐘。『紅毛』在臺灣可能原指荷蘭人，泛指外國人及其引進之物事。」林俊頴，〈霧月十八〉，《我不可告人的鄉愁》，頁66。

們總活在另一個內在的時間節奏。

於小說中城市與鄉村的時差，不是量化為鐘錶時間／物理時間的差異，而是對於時間速度的感知。林俊頴的鄉土並未受制於地緣政治框架裡，將之限縮為地理學範疇，搭上身分認同的快車，去寫一個討喜的題材。他以另類時間體現鄉土，一個被現代性時間拋擲於後的眾生聚居的小鎮，構成快與慢的對照。早在《善女人》的〈上世紀的壁鐘（代後記）〉描繪祖母的內在時鐘：「祖母心中自有一個鐘，或者說她就是日晷，走到那裡做什麼家事就是什麼時辰。屋背簷下堆著木炭與柴枝，搬到灶下劈；幫浦壓出的地下水，投進明礬澄淨；剩飯泡水打散成了米湯漿床單；木箱裝濕紅的電土醃製鹹鴨蛋，撥開米糠將青蕉深埋進去摀熟。」[28] 當日晷走成日鬼，一隻躲伺於時間暗處的幽靈，仿若附身於童年經驗裡壁鐘，讓時間可以具體化為聲響，視覺化為搖盪的鐘擺，與精算量化後的中原標準時間產生微小的位移，糅雜成了感知與記憶影像化的憑據，入魂至《我不可告人的鄉愁》的毛斷（Modern／摩登／現代之意）阿姑。鄉土此一命題在林俊頴的小說中，從未以應景的農村或前現代想像等作為懷舊獵奇標本姿態呈現，於《我不可告人的鄉愁》裡，它的某塊碎片映照著毛斷阿姑的處境，一段即將蒙上時間之塵的「現代」；它是現代主義建築照本宣科在城市駐紮成一棟棟無法應付熱帶氣候的玻璃帷幕大廈；也是萌少女以網路為自身宇宙鍵寫日常；是鉈卡絲（Circus）與網友見面後反悔不應自數位的網世界走入人間，如「人魚化鰭為足登陸，一切貶值」[29]；是為告別祖母這個「永恆的女主角」（賴香吟語）[30]，揀責部分自己骨血，再調動那些不見得屬於自己的，製造一種理解過去的可能，來覆蓋實際的過去——在此，時間是工蟻每日準時晨起的鬧鐘聲響，是毛斷阿姑大廳裡那座不精準的撞擊「時間的銅牆鐵壁」之紅毛鐘，也是跳脫物理世界的常規界線，拉出更遠距離滲入賽博空間（Cyberspace）。

28 林俊頴，〈上世紀的壁鐘（代後記）〉，《善女人》（臺北縣：INK印刻，2005年），頁231。

29 林俊頴，〈駱駝與獅子的聖戰〉，《我不可告人的鄉愁》，頁25。

30 賴香吟在訪談時形容「關於故鄉與童年的印象，有些畫面材料反覆在過往作品出現，祖母的形象也一直占據著主角的位置，可說是個永恆的女主角，不同的是新作是完全回到她的位置來故事。」林俊頴回應：「我自己的願望是這次寫完我祖母與家鄉，以後不再寫他們了。我更想聲明的是，這長篇不是寫我的祖母，也不是寫我的史地真實可考的故鄉。他們被我用來作為藍本，所有的人事物都小說化了，凡是可以用另一個偏僻、近乎脫逸的字眼取代的名詞，我都代換了。我從滿月始到十歲是跟著祖父母的，現在所謂的隔代養育，尤其我祖母，她對我的意義非常不一樣，借用卡繆的小說名字，她是我生命的『第一人』。」林俊頴、賴香吟，〈靈魂深處的聲音〉，《我不可告人的鄉愁》，頁359。

《我不可告人的鄉愁》不乏對技術革命導致資本主義體制神化之反思與批判橋段。譬如財經雜誌的專題報導是「測試為工作殉身之決心」，現代主義變形金剛大樓宛若神龕般，將人們鑲嵌於「格巢單位」，一個個看似狹小且井然有序的空間，裡頭卻壓縮無數個由電話、傳真、網路串起數位世界。〈駱駝與獅子的聖戰〉、〈萌〉、〈有錢人不死的地方〉、〈不可告人的鄉愁〉引日本科幻漫畫《銃夢》末日以後的世界觀，反烏托邦的空中城市沙雷姆（SALEM／ザレム）與地球上的廢鐵鎮（クズ鉄町）市民為潛文本[31]，《銃夢》主角名喚凱麗（Gally／ガリィ），林俊頴於小說中設定與總舵及一志關係親密的女性與她同名，職場的甲方乙方就是廢鐵鎮與空中城市沙雷姆的對照，且以絕卡絲與萌少女鋪陳對網路世界改變時間感知的警覺，「從前的等待，時鐘的指針不生鏽，走得快又猛」[32]，為容俟情人，數個鐘頭過去皆不覺時間流逝，時間相對論發揮作用；有了網路之後人人變成資訊強迫症，凡事講求迅速有效的交流，多等一秒都像一個世紀之久。《我不可告人的鄉愁》處處可見不同參照標準導致時間感的變異，像流速不同的江河匯流於末章〈我不可告人的鄉愁〉，「抵達的時候，充滿了無意義的光與熱的夏天已經老去了。」[33]作者架構一個非常複雜的敘事體系，探索極其古老素樸的時間內核，以林俊頴喜歡的隱

喻，阿爾貝・卡繆（Albert Camus）在散文〈重返蒂帕札〉裡寫下那座被躁雨澆淋的城市，

> 於是我便來到蒂帕札，再次尋求能保持將它不變質的那種清涼，尋求那種歡快的源頭，尋求那種沒有非正義的愛，尋求那種可以同已獲得的光明重新返回戰鬥的精神。在這裡我又找到了往昔的美、年輕的天空，我並且權衡了我

31「總舵帶凱麗領著他們南下中部談一個案子。高速公路上大氣渾茫，日色裹著懸浮微粒變成迷瘴，兩部車競逐，他窩在後座專心翻著一套九冊的《銃夢》急於解碼。一志故意外側切車，並馳，為見她在兩層車窗後的臉，『很殺。』／開到了丘陵地帶，地形上一個高點，墨灰雲層如同濃煙滾沸，很厚，其下平鋪展開的鄉鎮聚落，幾處高層建物團簇，如同靜物畫。天陰，遠距，他的視窗從抖動的書頁移到寬闊實景，然而視神經都是那套漫畫的殘影。一個反烏托邦的噩夢之境，未來的廢鐵鎮上空杵立著如水母如魟魚的空中城艦，夜以繼日將其廢棄排泄下來，一種劣等反芻高等生物廚餘的食物鏈於焉成型。鎮上有那被城堡流放的貶民，在廢棄巨塚拾得蟄眠兩三百年的生化人頭，凱麗；他給她安裝機械軀幹讓她復活，她喚醒了前世所有戰鬥技能的記憶，開始一長串死亡與殲滅的集成之旅。凱麗，不斷過關斬將，一一上場與她對決殊死戰的猙獰軀體的生化人合成獸，雖是敵手，卻都一起既質疑又定義生存與戰鬥意義。這是第一層架構。」林俊頴，〈駱駝與獅子的聖戰〉，《我不可告人的鄉愁》，頁37。

32 林俊頴，〈萌〉，《我不可告人的鄉愁》，頁95。

33 林俊頴，〈我不可告人的鄉愁〉，《我不可告人的鄉愁》，頁319。

> 的機遇，終於明白了在我們那個狂熱的最糟糕的年代，對這片年輕的天堂，我始終保持著美好的記憶，正是由於這種記憶，它最終沒有使我陷於絕望。我從前始終認為，蒂帕札的廢墟，比我們的土地、比我們那裡那些破磚爛瓦都要年輕。世界在這裡，每天都在永遠是嶄新的太陽下，日新月異地變化。哦，光明！那是在古老的悲劇中，所有的角色面對自己的命運一直在呼籲的東西。這最後的呼籲同樣也是我們的呼籲，現在我是明白了。**正處於嚴冬裡的我，也終於明白了，在我身上正有一個不可戰勝的夏天。**[34]

於是卡繆帶著始終隔了一個季節的時差，以內在夏天翻轉隆冬，鄉愁成為一枚攢在手裡鏽蝕的銅幣與未完成的《第一人》；對照《我不可告人的鄉愁》的結尾林俊潁召喚毛斷阿姑幽魂，

> 逆走來時路，炎陽澎湃鼓盪，距離枯水期還有兩個月，那藉以招徠觀光的綠蔭隧道已經有幾分枯旱的顏色，兩邊大樹樹冠交纏一如傳說中殉情夫妻所化，樹下一攤攤賣水果、蕃薯與漬物特產。沒有樹蔭的路，太陽直射，車輪

嘶嘶輾過柏油路，我們不免多餘地喊，過橋了阿姑。一座大橋有紅漆桁架跨過河床，在此看見一小段的大河流域，昏沉，喑啞，筋脈浮凸，無有氤氳水汽，準備進入死亡的老年期。

天空，彼處，彷彿確實有一座藉著紫外線過量的日光偽裝於無形無色的空中堡城悠悠轉動卻寂然如涅槃。[35]

這條返鄉的跋履百舍重繭萬水千山，由情感團塊打造不精準的時間，調用北斗的史地資料，以身邊親近之人為燃料，欲在記憶的廢墟中燒起熊熊烈火，與資本主義構築的虛擬世界一同燃燒殆盡之目的，是為了告別以後重新出發，儘管現世中的故里已衰老，但仍有一個無法被征服的炙夏在作者體內。

---

34 阿爾貝・卡繆（Albert Camus）著，楊榮甲、王殿忠譯，〈重返蒂帕札〉，《致一位德國友人的信（最新修訂版）》（南京：譯林出版社，2017年），頁289。

35 林俊頴，〈我不可告人的鄉愁〉，《我不可告人的鄉愁》，頁353。

第三節　技術與時間：再現作為存在之道

博伊姆論及當新世代之技術革命與懷舊掛鉤，當人類透過技術重返侏羅紀[36]創造全新且無人驗證的史前史，《我不可告人的鄉愁》裡對技術與數位時代的惕厲，雖不至於重構人類有生之年未曾見聞之事，斗鎮裡於母輩口耳相傳的堪輿之術能逆轉時間，或數位時代以網路留言取代日記，於二〇二一年的今日重讀，竟也帶有些許懷舊色彩。〈萌〉的數位世代，社交媒介停留在「部落格」，老羊邀請敘事者「我」替友人因車禍身亡的女兒「萌少女」撰寫墓誌銘——一個於近代早已消失的懷舊文體。為嘉亡者行誼，「我」努力找尋萌少女生前的相關線索，無論是從老羊從萌父手中取得萌少女房間的空景影像，又或者一列手寫網址：

> 部落格時代，又生出新觀念新詞彙，寫手，你手鍵寫你口與你心——鉋卡絲與我非常期待以腦波意念代替手與鍵盤的技術革命趕快來臨——書寫可以不必負載意義，或使命，寫手得到電腦網路此一平臺抑或祭壇袒露自己及其所有，彷佛將自己虛擬化為億萬光年外的一顆星球，有所寫有所貼文就是有所

存在，標明了第一義。[37]

還記得進入數位世界以前，人們手寫日記的習慣嗎？林俊頴以「祭壇」形容當新技術引領著背後龐大的經濟產業鍊，新世代少女萌幾乎是未經抵抗便上繳自我，著急表露的心態，「從前慢」且期待上鎖的日記，轉變成公布欄並渴望能有效率獲得回應，與「億萬光年外的一顆星球」一樣，蝸居家中離群索居，在面對網路世界卻又如此透明。笛卡爾名言「我思故我在」到朱天文「我寫故我在」乃至林俊頴「我

36「班雅明那種喚起前歷史的現代性理念在美國通俗文化中有二個奇異的呼應，可以稱之為侏羅紀公園綜合症，在這裡，最現代的技術被用來發現史前世界。技術懷舊（technonostalgia）沒有反射在它自身上；因為是未來主義的和前歷史的，所以顯得包羅萬象，逃避了現代史和地方性的記憶。好萊塢製造的通俗文化，亦即美國向外國出口的美式神話的容器，既引發懷舊，又給予鎮靜劑；它給予的不是有關過去、現在和未來的令人不安的矛盾性和出人意表的辯證法，而是對於滅絕造物的完全修復和某種解決衝突的辦法。美國通俗文化看重技術田園的、或者技術童話的故事，而不是悲哀的輓歌。但是，即使是在一個技術童話故事裡，令過去復活的努力也要變成一部恐怖電影，科學和進步的經歷幾乎不能擺脫非理性的恐怖。侏羅紀公園變成了伊甸園的一個令人毛骨悚然的變體，男女主角雖然到訪，卻自願離開。」斯韋特拉娜．博伊姆（Svetlana Boym）著，楊德友譯，〈恐龍：懷舊與通俗文化〉，《懷舊的未來》，頁37。

37 林俊頴，〈萌〉，《我不可告人的鄉愁》，頁102。

愛故我在」以及新世代「我鍵故我在」，《我不可告人的鄉愁》指出數位世界對存在（être）、時間、記憶的影響，呼應法國技術哲學家斯蒂格勒（Bernard Stiegler）自千禧年以降關心重點。斯蒂格勒調度德希達的增補（supplement）概念，以第三持存（rétention tertiaire）更新且進化海德格（Martin Heidegger）的存在論與胡賽爾的內在時間意識，解釋技術幾乎可以代替記憶的人類世（Anthropocene），如同萌少女世代，存在已被第三持存的記憶技術（部落格）取代，回過頭看林俊頴如何定義第一義：

> 存在，是第一義。本質上，我們為了愛與尊重那存在，以文字、圖畫、影像不同的材質重現、詮釋，故而發生了第二義。在追溯蒐羅的過程，或因為力有未逮，漏鉤，或因為加油添醋太過，第二義與第一義互成哈哈鏡。更重要的是，曾經存在的生命體已逝，其後刻舟求劍種種作為，為死人寫成的第二義，註定支離破碎，最好的情況是譬如玻璃碎屑，和在柏油鋪成路面那般，行走其上，彷彿星光雨露幻境。[38]

以不同材質詮釋自我的想法，林將之視為第二義。到了網路世界，人也被虛擬化為代稱，「萌少女如此寫過。虛擬世界裡既有神力，醒著的世界何必做工蟻？取代宗教，我們有了新型態的鴉片。」[39]虛擬世界是毒藥也是解藥，網路貼文比有血有肉的身體更能代表數位世界人類如何存在，令人著迷上癮，藉此麻醉暫緩資本主義令人人皆成工蟻的毒性，也反映著人類對於現實世界的歸屬感喪失。回顧一九八九年三月一二日全球資訊網路（World Wide Web）發明至今，社交軟體（Social software）與平臺頻頻汰舊換新，一九九七年發明部落格，二〇〇四年Facebook上市，二〇〇六年Twitter緊追在後，二〇一〇年Instagram，乃至二〇二一曇花一現的Clubhouse，書寫習慣從長篇大論壓縮至不得超過二八〇字的短文，轉換成眾人純粹以聲音即時交流，結束不留任何痕跡。從最老派的書寫交換日記到社交平臺鍵寫個人心情，再到更速食的「說完就散」俱樂部，這當中尚不包含通訊軟體（Communication software）如Messenger、Line、WhatsApp、Telegram、

---

38 林俊穎，〈萌〉，《我不可告人的鄉愁》，頁100。
39 林俊穎，〈萌〉，《我不可告人的鄉愁》，頁127。

WeChat、Signal等等族繁不及備載，重看二〇一一年出版《我不可告人的鄉愁》E世代初萌時刻，已覆上時間塵埃；當代社交媒介的汰換迅速，反倒加深林俊穎批判之有效性：「我的網世界之友鉋卡絲，耽溺讀部落格，她笑臉解釋那完全滿足了一己偷窺欲心，更深層的是格主大大難脫暴露狂之嫌，我為你而寫誌而貼文，我等你敢讀、累積人氣甚且回應，往還拉鋸，所以兩造好微妙的一種形而上的虐與被虐關係。」[40]萌少女世界的部落格已被淘汰，流行語「社畜」取代小說裡的工蟻，揭櫫「部落格」終究成為「×××」科技技術的填空遊戲，隨時可被新媒體代謝乾淨，滿足人類偷窺／暴露這組毒癮般的慾望，原先具有批判力道的詞彙，於世代輪迴中被資本主義市場再度收編，成為具有商業價值的符碼。

萌少女帶來另一個啟示，她與〈駱駝與獅子的聖戰〉敘事者「他」、一志、凱麗一樣心儀木城幸人的《銃夢》——漫畫主題賽博格（Cyborg，另譯生化人、合成人），一個自二十一世紀以降的難題。她於部落格留下筆記：

> 艾蜜莉帶過一個說是念社會學的到安那其，他用了一個滿有意思的日語，義體化（也就是義肢）臭屁地滔滔說許多的電玩包括跳舞機就是潛意識在訓練人

體達到義體化的境界，將來的新人類出於自由意志將自己改裝義體、強化四肢器官的力量將是常態。我與艾蜜莉很有默契的互踢一下，那麼，到那時，所謂肉體腐爛的意義將大大改變，甚至不存在了。我們要那樣的未來嗎？[41]

萌少女的焦慮便是斯蒂格勒《技術與時間1：愛比米修斯的過失》所探問。斯蒂格勒承繼人類學家勒羅伊．古漢（André Leroi-Gourhan）《人與物質》對人作為技術性存在之本質，該如何進化此一命題，衍伸詮釋義體（prothese，另譯義肢、代具）技術的意涵，它構成人類進化史的不可迴避的事實——當前的生命必須透過諸多非生命來延續——我們已不再是需要徒手與猛獸搏鬥的原始人／自然人。斯蒂格勒點出一七五四年盧梭早已預言工業將剝奪人類固有的力量與靈敏，使人變得脆弱，而當今人類不得不面對從「人集一切於自身」的處境到「人集一切於義

---

40 林俊頴，〈萌〉，《我不可告人的鄉愁》，頁102。
41 林俊頴，〈萌〉，《我不可告人的鄉愁》，頁126。

體」[42]。當代的義體早已跳出彌補肉身殘缺的醫療器材此框架，泛指所有身體以外的技術物質，包含語言，而當今人類最難以割捨的義體便是智慧型手機。斯蒂格勒認為在普羅米修斯神話裡愛比米修斯的遺忘，警醒人類最原初的缺陷——愛比米修斯將技術分給萬物，直到最後才發現人類沒有任何技術時，哥哥普羅米修斯為了彌補這段過錯，從神那裡來偷來了火。〈萌〉故事主軸談敘事者我整理萌少女的數位手稿撰寫墓誌外，另一條敘事線談萌父友人老羊向敘事者我聊起報殺父之仇的心路，形成兩個不同世代的對照：老羊父親因私藏魯迅《野草》被捕後，刑期結束返家，至此總心神不寧，某日精神恍惚出車禍身亡。老羊苦苦尋找間接使父親致死的兇手耗時費日，期間碰上搜尋工具數位化，從「水母族」過渡至「3C遊牧族」，終於普羅米修斯替他偷來了火——Google搜尋引擎的發明，讓他輕而易舉獲得兇手個資與住處地址，卻自兇手說話的口音想起父親，斯德哥爾摩症發作，一股極具羞恥感的幸福包圍著他，說服自己只要「**××室老賊還在，父親的冤魂也就跟著在**」。

這段故事情節實為《鏡花園》〈幻時間〉之續寫，「我要講的是我父親的故事。我可以轉述嗎？這算不算掠奪呢？我可以代替他嗎？還是我要這樣安慰他，**我在就是他在，我的轉述就是對他的召喚。**」[43]只是時空轉換，世界對紙本文字的依賴轉移到網路，敏銳提醒數位技術革新對生活帶來的改變。先看看〈幻時間〉，父親說了關於時間的三個小故事：一是他能不靠手錶精準回答出時間；二是江湖術士表演讓每個村民手錶慢了半小時的魔法；三是他的老師收藏幾本禁書被捕入獄，

> 時間凍結在那個被捕的上課中途，手指上的粉筆屑末，手帕上的冷汗，包括我父親在內那一張張十三四歲男生驚愕茫然的臉。可以說那是時間的恩慈嗎，他以下半生去解凍，一個異常費時的過程。在準頭還未接上前，世人不了解視之為瘋子、癡呆，以為他活體裹著包屍體的油布四處行走。[44]

十五年後老師出獄，父親每個初二都去找他，為時一年。在第五、六次碰面時，老師提起「時間感的技術問題」，「面對時間的殺氣騰騰的千軍萬馬，索性撤

---

42 貝爾納·斯蒂格勒（Bernard Stiegler）著，裴程譯，《技術與時間1：愛比米修斯的過失》（北京：譯林出版社，2020年），頁127。

43 林俊頴，〈幻時間〉，《鏡花園》（臺北縣：INK印刻，2006年），頁108。

44 林俊頴，〈幻時間〉，《鏡花園》，頁118。

手，背轉身去，**虛空以待**。」[45]十五年的獄中時間，老師已與現世脫節。不打緊，只要存活在記憶裡頭，便可不分寒暑的消解時間。

那《我不可告人的鄉愁》裡的老羊呢？

他所面對的世界已大相徑庭，工業革命初期發明新的機械工具來替代人類勞動早就過時。大數據製造新神，輕而易舉給予且滿足人類「知」的慾望，技術所生產的物質自本體論（ontology）產生轉變，不再是古樸、可觸碰的存在實體，而是由無盡的0與1組成的虛空數位。老羊這代人屆臨現代與數位生活交界處，電腦尚未發明以前，他可以花一輩子咀嚼恨與尋找弒父兇手；待網路使用普及後，不需過分周折的時間去搜索與消化仇恨，便很快速就得知答案，埋伏於兇手的日常，此恨綿綿無絕期的情境被解構，他甚至能同理兇手。老羊最後將父親遺留下來的家書、照片、死亡證明寄給對方，與他原先設定殺了兇手天冠地屨，「老羊真正為父親送了終，不再打擾他的幽靈。正確的邏輯是，他在的每一日也是父親存在的延續。」[46]完成對兇手最無用的報復，對自己最體面的寬諒——敘事者我聽到老羊轉述尋仇故事時，形容兇手待的單位××室是「注定成為化石」[47]的名詞——老羊選擇未斷家堂香火此一古老象徵延續父親的存在，決心把上一代的恨留在歷史。他旋回與父相同的時間節奏之語境，那是「以幾代人的心智打造的黃金願望」[48]的年代，據此抵抗幾乎日日上演、缺乏動機誘因的殺人事件的現代社會，一個必須擁有「與時間賽跑的技藝」[49]才能避免失竊的今朝。

夾帶著同一故事原型不斷賦予新的語意，賽博世界取代宗教成為「新型態的鴉片」[50]，活下來的老楊終究沒有手刃兇手，「好好活著」成為對時代創痛最好的復

---

45 林俊穎，〈幻時間〉，《鏡花園》，頁119。

46 林俊穎，〈萌〉，《我不可告人的鄉愁》，頁117。

47 林俊穎，〈萌〉，《我不可告人的鄉愁》，頁111。

48 林俊穎，〈萌〉，《我不可告人的鄉愁》，頁110。

49 「枯坐咖啡館，老羊首先是社會學式思考，基礎建設堪稱良好便捷的臺北，其實潛藏各式各樣可資隨機殺人的死亡套件，缺乏的是強大的動機與誘因，反之亦然，不為財不為情的兇殺案破案率相對低。他研讀每日至少必有一樁的兇殺案新聞，驚訝其過程之粗糙、兇嫌之莽撞，而未破懸案之迷人如同倒刺鉤纏刺激腎上腺素，於暮色蒼茫時，他走出咖啡館，看見城市組織裂開一個個洞穴，讓他縱身其中演練，不知不覺牙齦滲出血絲。日後，他將在每一家戶門柱發現一張官方公告，以統計數字提醒民眾如下，小偷侵入住宅開始翻箱倒櫃若超過二十七分二十四秒還搜不到貴重物品就離開；平均十分鐘無法撬開門鎖、八點八分鐘無法破壞門窗，小偷就放棄；要讓小偷撬到灰心，一次四個鎖最有效。所以，這是一門與時間賽跑的技藝。」林俊穎，〈萌〉，《我不可告人的鄉愁》，頁114。

50 林俊穎，〈萌〉，《我不可告人的鄉愁》，頁127。

仇方式；與萌少女這一輩「以影像封存對某人的記憶，實體則燃燒殆盡」[51]對時間、記憶與延續已有截然不同經驗，她從姑婆身上驚覺時間與衰老彷如「陳年皮革的柔韌意志」，[52]以肉身為鏡，預知萌少女未來：

或者她為我預示了我的老年（我真的害怕遺傳了祖父與她的長壽基因），我是她過於冗長的生命意外增長如腫瘤的一個夢，她鏡子裡邊角的另一面鏡子。多麼奇怪的隔代遇合……跨越那夢土的邊界，她流失鈣質的膝蓋骨喀嚓響，我房門下隙縫的楔形光將指引她，我知道她的強悍，要在夢裡斬斷鍊結過去的鐵索，重組一切發生了的圖像，改寫因果的路徑，但那工程太巨大太艱困，總在要成了的瞬間，手指所觸化成灰燼，氣力耗竭。她一念耿耿，沒有放棄過，要在下一個夢裡再奮起。[53]

萌少女旁敲側擊，悟出人老了之後，入夢幾乎成了最重要的事，唯有借助夢境才能重寫過去，夢再現了遺憾之處，並以想像補足。同樣都是晚輩，老羊體悟到只要與父同一世代的人尚未死絕，父的魂魄就不會自世上消失；萌少女卻沒有背負著上一代的使命，待在「青春有時候是一件龐大而註定失敗的工程」[54]的花樣年華裡，甚至覺得自己是「腫瘤」，她總見到姑婆於夢的邊緣未清醒的模樣，直到某天她午睡醒來，換成姑婆闖進她靈魂悠轉的片刻，從姑婆身上感知的時間與衰老頓時消失，澄亮眼眸渡引她們走進光的隧道——總是醒著的萌少女，以賽博世界的光源為指引，某日互換位置，終於在短暫的瞬間，與姑婆處在同一頻道、同一時區——那是一種秘密般的「黃金交叉」[55]，只是萌少女尚未抵達她的盛年便亡於車禍，最終活成了姑婆那段多出來的夢。老楊的好好活著與萌少女的夢，反映中介媒材的改變影響了存在的樣態，卻始終有個不變的核心——再現作為存在之道——成為故事

51「他就是以這樣的影像封存在我的大腦與心的記憶體，而實體的他已成為灰燼。」林俊頴，〈萌〉，《我不可告人的鄉愁》，頁126。

52 林俊頴，〈萌〉，《我不可告人的鄉愁》，頁129。

53 林俊頴，〈萌〉，《我不可告人的鄉愁》，頁129。

54 林俊頴，〈萌〉，《我不可告人的鄉愁》，頁124。

55 林俊頴在散文〈舊曆歲月〉寫道，「在祖父盛年末段與父親盛年初始兩相交集的時日，便是舊曆的黃金歲月。而**所謂黃金死亡交叉，其後各自走向盛極而衰所有生物必然的路徑正在慢慢地加快各自的腳程**。還沒有來。幸好還沒有來。舊曆於時間軸的此一座標上安如磐石。」林俊頴，〈舊曆歲月〉，《盛夏的事》（新北：INK印刻文學，2014年），頁159。

裡的角色，在其平行世界中好好的生活。

第四節　朝向幸福的彌賽亞時刻

一、虛實易位後的快時間

世代理解的差異也反映於《猛暑》的敘事者我與電姬身上。

延續《我不可告人的鄉愁》〈鑽石灰燼之夜〉之政治書寫，《猛暑》一改敘事口吻，褪去以往的精緻修辭，以尖銳姿態襲來，是什麼使得當代生活在臺灣的我們歷史感消失？萌少女到電姬，映現自然到數位世界的遷訛。敘事者我開頭宛如好萊塢電影星際旅行讓太空人身體進行休眠的橋段，暫時停止生命機能，進入為期二十年的深深沉睡，這些年他錯過我島四年一次選舉子民陷入瘋魔式的狂歡，〈玫瑰穿過夢中〉篇章，姪女電姬寫信告訴他，沉睡這幾年外面世界發生了什麼，背後帶來的反思是電姬以為敘事者我二十年來被剝奪的歷史，但其實是無意識中電姬欲揀擇的歷史，選舉一事被拱上要位，電姬以為的匱乏之處恰巧是被過度表達的部分，而敘事者我真正錯過的，或許電姬習以為常的、愛的客體走向虛擬化，〈我們都在等待彌賽亞〉從一封原想回覆姪女電姬但始終未寄出去長信開始，信裡談到友人構思「以死封緘」軟體，在生前擬好給愛人或敵人的信件，辭世以後發送，讓生者在世的時間裡無還手機會；以及老一輩的長者對新世代能陷入虛擬愛戀的疑惑，卻又盡可能想融入且理解電姬與CyB908交往一事，

> 那時，我還是只能老套的想，活著的美好正是如此吧，下一代出生了，稚嫩的生命體彷彿上一代重生。即使你所愛慕的沒有血肉之軀，伯公的用語是「光頭白日在做暝夢」，即使那是隨時可以刪除的軟體，然而你動了真情，虛實易位，這事就成了。[56]

數位世代來臨，對敘事者我的挑戰是必須重新界定虛實，以往能明確認為AI機器人為假，由0與1構成的世界為假，然若整個世代的人們皆入戲後，戲裡的世界

56 林俊穎，〈我們都在等待彌賽亞〉，《猛暑》（臺北：麥田，2017年），頁131。

就成了真實。兩相對照，儘管已有新科技的介入，敘事者對愛的表達仍舊採取老派作風，只是把長信改成email；而新世代如何傳達愛甚至沒那麼重要，愛直截了當的等同自戀之延伸，主體愛上數位世界打造出來的義肢，唯一鐵定真實的，剩下情緒。戀愛對象的虛擬化，這種「虛實易位」是看似望向他人，但目的卻是召喚他人凝視的眼光，如同納西瑟斯（Narcissus）凝視水面，召喚想像的戀慕客體。在感受到與新世代理解的世界有所隔閡，敘事者我「我開始覺得時間愈來愈快。我們不要庸人自擾，妄想了解時間是什麼。時間感卻是每個人意志的軟肋。它加速度的前進，令我不時焦慮。」[57]他開始羨慕起那些離世的友人「每個人的時間鐘面的不同，他們如煙霧散入風中，歸於大化，我竟然隱隱為他們覺得幸福。」[58]他們不需從時間手中不斷接過新考題，原先無子嗣的敘事者我惋惜失去「讓上一代重生」的機會，與〈幻時間〉的敘事者我、《我不可告人的鄉愁》老羊之感嘆雷同，然而立場一轉，因世代變化太過快速，就算上一代重生，也終將長成敘事者我難以理解的樣貌。

電姬與賽博人CyB908的戀愛模式雖類似於科幻純愛電影《她》，然而這場關係卻更像是步入愛情前的練習作業。林俊穎分別以敘事者我與電姬對此事的想法來對照世代差異。敘事者我生活的那個世代甚至更早，所歷經的神聖時刻，乃是人類面對海對自然頓感渺小的瞬間；後來的神聖時刻，是我島開啟每四年一次大選的輪迴，政客與媒體操弄選民情緒誘發集體認同情操所致的「天光時刻」。林敏銳從修圖軟體、螢幕上癮症等社會現象，反思背後隱藏對時間（延伸為對衰老）的焦慮，描述螢幕世代因時間感知起了變化，也影響處理愛情的態度。電姬生於手錶比時間本身更貴的時代，與敘事者我（舅舅）早已崇拜不一樣的神，她自陳與父執輩早活在不一樣的時間節奏，她從恐懼被時間淘汰到急於換新的心態轉換[59]，與賽博人CyB908的初戀，獲得敘事者我的理解，像堂情感預備課般，電姬與CyB908分手後，於性別與身體課程的測驗報告得到不錯分數。她決定要幫我惡補沉睡這幾年，

57 林俊頴，〈我們都在等待彌賽亞〉，《猛暑》，頁131。

58 林俊頴，〈我們都在等待彌賽亞〉，《猛暑》，頁130。

59 「你曾經為我解說，在我祖父的時代，大眾文化商品譬如藝人，可以靠一次的成功如一首歌一片電影吃一輩子——讓我感嘆一下，哎呀，多美好的黃金時代。到我爸與你的時代，縮短為三十、二十年，我出生時，最快一年最慢三年就有雞肋戚。時間愈來愈快。我們那麼恐懼淘汰與遺棄。事實的另一面是，我們急於淘汰與遺棄，才能快速換新。所謂歷史是無情的，立基於這樣的現實條件。」林俊頴，〈玫瑰穿過夢中〉，《猛暑》，頁35。

世界發生什麼樣的變化：譬如少子化、環境、氣候等生存條件持續劣化，以及她愛情觀的轉變。她在抗爭場合結交坤丁、第諾等朋友，幾乎無防備的回坤丁家且相擁入眠，政客給的「天光時叫醒我」並未兌現，但電姬這世代太清楚與真人談感情的災難，所以無人越界，在隔日轉醒的天光裡，想起敘事者我與CyB908。

對照電姬的自白，敘事者我先前回應理解她對CyB908的情感：「真可惜，未來的你應當看看今天的你，你一生中這樣的神奇時光只能有一次，發生的時候你自己並不知道。世事原就如此，我們知道自己在地獄，放大自己的苦難，卻不知正在樂園的至福時光，必得等到離開了回頭一望才頓悟。」[60]來解釋電姬最終無法與真人相戀。數位科技發展到為避免人類受挫，提前出一份情感模擬考，但初戀僅有一次，電姬對著虛空豪擲真實情感，失去的苦更過愛情的甜，日後也就卻未必想體會第二次愛情。

二、以彌賽亞狀態抵達幸福

回到本章開頭，博伊姆重讀波特萊爾以一首情詩對現代性之比擬，來回顧現代性最初是怎樣思考時間：男子對一名戴著面紗容貌陌生卻能讓人一眼心動的女子，一抹驚鴻一瞥。波特萊爾幻想與現代性有著情色般激情的碰撞，最終失敗，

> 這首詩描寫的是對現代幸福的追求，追求以情色的失敗而告終。幸福就是一種時機恰當的事——法語中叫bonheur，兩個人在正確的時間、正確的地點相遇，又能夠恰巧抓住這個瞬時。**幸福的時刻就像革命的時刻，乃是一種狂喜的現代贈禮**。對於波德萊爾來說，幸福的機遇顯現在一瞬間……在開始的地方，詩人和不認識的女人是在描述式的過去時態的同一種節奏中運動的，這是喧囂的巴黎人群的節奏。**這次的邂逅給詩人帶來了認知的震撼和隨後的時空迷失。他們的幸福在時間上脫臼**。[61]

博伊姆描述詩中波特萊爾與陌生女子的邂逅失去時間感，幸福隨即被即將消失的感傷給取代，只有在過去式的時態中能擁有相同節奏。在現代性的時間裡，幸福

---

60 林俊穎，〈我們都在等待彌賽亞〉，《猛暑》，頁129。

61 斯韋特拉娜·博伊姆（Svetlana Boym）著，楊德友譯，《懷舊的未來》，頁23。

永遠只能轉瞬即逝，而幸福幾乎是林俊頴本本小說的潛在命題，關照與書寫鄉土是他延長幸福時刻的抒情策略之一。對博伊姆而言文學創作屬於反思性懷舊，她主張可在移民經驗與內在多元文化論的基礎下，打造烏托邦維度，親炙其他潛在機遇和現代幸福論中未完成的許諾，用以應戰技術主導的全球主義[62]，那麼林俊頴又如何塑造小說裡的鄉土烏托邦，將幸福體現為神聖化後的新時間感受？

《鏡花園》分成兩條軸線：「鏡花園」書寫城市生活；「蠹魚的下午茶時刻」則書寫一個非常喜歡閱讀的男子對父親及故鄉的緬懷，如何轉化為對幸福的渴望，且藉由幸福超脫線性時間的局限。林俊頴〈星光燦爛那夜〉如是鋪陳年少時期嗜書如命是「何其幸福而遙遠的時光」[63]，能於「內在引發一場光爆」[64]。閱讀能抵達另外一個世界，幾乎讓精神原鄉與童年時期故鄉的形象重合，作為承載過往美好時光日的場所，過去式的時間才有可能蓋上神聖化的濾鏡，敘事者在那個時刻擁有了幸福。另一篇〈信鴿〉以對話展開若人終需一死還有何可期的大哉問，之中插了一段引文，相信永生能在此世達成，延續對幸福的探問：

「你相信有未來永生嗎？」

「不，不相信未來有永生，但相信此世有永生。世界上有某些片刻，你達到那些片刻，時間突然停止，它就變成永恆的了。」

「你希望能達到這樣一個片刻？」

「回走。」

「在我們這個時代幾乎是很難的。在啟示錄中，天使發誓說不會再有時間的存在。」

「我知道。那非常正確，再明白不過。當所有的人都得到了幸福，就不再有時間存在，因為不再需要時間了。」[65]

62 博伊姆對技術抱持的態度稍顯負面，此立場與斯蒂格勒有所不同，斯蒂格勒認為既然無法抵擋技術對社會與生活帶來的影響，將之視為一體兩面的毒藥與解藥，是最好的方法。斯韋特拉娜·博伊姆（Svetlana Boym）著，楊德友譯，〈審美個人主義與懷舊倫理學〉，《懷舊的未來》，頁381-387。

63 林俊頴，〈星光燦爛那夜〉，《鏡花園》，頁204。

64 林俊頴，〈星光燦爛那夜〉，《鏡花園》，頁205。

65 林俊頴，〈信鴿〉，《鏡花園》，頁228-229。

若活著的目的便是追求幸福，當抵達生命裡某些有能力讓時間靜止轉為永生的片刻，也就是抵達幸福；換言之，與其問為何所有的人都得到了幸福，就不再需要時間，不如說幸福消解了時間存在的意義。博伊姆曾云幸福是「忘卻」與「新的時間感受」，幸福讓那一瞬間變成永生，消泯以往人生旅途中諸多的折挫；或者是讓那些困頓的時刻，成為鋪陳美好的對照。林俊頴安插神學辯難，信鴿於基督教有純潔的靈魂、為上帝傳福音之使者等意涵，引導出時間即永恆的彌賽亞（Messiah）[66]狀態，竟剔抉沒有明天一般的靜止於某一幸福瞬間，這或許也回答為何林俊頴（甚至是諸多作家們）總愛重複同一題材，無論是重寫擴寫續寫再探還是改編，若在現實世界裡無法按下時間暫停鍵，就不斷以過去的瞬間縫補未來，一個永遠與過去有關的未來，甚至忘卻那一瞬間以外的所有時間。

再看〈梵谷熱〉如何描寫幸福時刻。將創作的癲狂瘋魔狀態比擬神諭，敘事者闡述欣賞梵谷繪畫時的視覺衝擊，意欲於城市中尋找與梵谷並行的時空。敘事者日復一日搭乘捷運，梭巡在高樓間去回憶與妻子一同到梵谷所待的馬塞，在城市裡想像田園，當捷運在水泥叢林中穿梭時的神啟瞬間，屬於我個人每天的彌賽亞時刻，遙遠的一百一十年前的星光從高樓之牆復活，灑下，那十字路口便像河海交會的深水港口，巨鯨那般開闊，向整片汪洋，暖流來了，飽含生機的暖風也吹起了，剖開我的胸腹穿過。相信的人有福了。至於不信者但尚未虛無如我，那就創造自己的謬斯女神吧。[67]

幻想高樓消失，星光復活，信者能自世俗秩序中巧遇救贖獲得幸福，不信者上演與波特萊爾雷同的驚鴻一瞥，然而這名陌生女子卻有著一張「一碰就爆的災難」

66「彌賽亞源於希伯來文，原意是『受膏者』；在古代以色列人要封立某人為君王或祭司時，常舉行一種在受封者的頭上敷膏油的儀式，表明上帝的祝福與承認，故君王等人有『受膏者』之名稱。又以色列自古以來多災多難，國家常處在危亡時期，故族民就呼求上帝派一位『受膏者』來拯救他們，復興他們的國家，所以『彌賽亞』就成為以色列族民認為是上帝要派來塵世的『救世主』。在基督教中，認為聖子耶穌基督就是這位『彌賽亞』，凡相信祂是上帝之子的，都可得著拯救，得著永生，並在世界末日來臨，會審判惡人，然後永久治理此一新天新地。所以基督教不認為祂僅僅是以色列人的復國救主，而是全人類所盼望的救主。」引用自國家教育學院辭典。網址：https://terms.naer.edu.tw/detail/1314857/?index=4

67 林俊頴，〈梵谷熱〉，《鏡花園》，頁127。

之臉且望向別處，敘事者拔腿逃離這個秋冬的迷夢。班雅明寫在〈歷史的概念〉（一九四〇）前的筆記〈神學—政治斷想〉紀錄其思想系譜裡彌賽亞之意涵，他認為「世俗秩序應該建立在幸福的觀念之上。世俗秩序與彌賽亞的關係乃是歷史哲學的基本教義之一。」[68]彌賽亞既是末日來臨之際，救贖人間的救世主，它代表的是世界終點的時間，而此時此刻若僅陷入個體內在情感的彌賽亞激情，沒有選擇走向塵世間的沉淪，就得經歷不幸與苦難，唯有於塵世之中，借助世俗秩序經歷幸福與沉淪，推動彌賽亞王國到來：

> 精神的復原產生的是不朽，與之相對，世俗復原原則導致永恆的沉淪。變動不居的塵世存在——其變動不居不僅表現在其總體，即空間總體中，也表現在其時間總體中——的節律，即彌賽亞狀態的節律，就是幸福。之所以稱這種狀態為「彌賽亞的」，是因為這種流逝既是永恆的，也是總體性的。[69]

變動不居的塵世存在之節律，等於彌賽亞狀態的節律，等於幸福，而這種永恆的流逝即是虛無主義。阿甘本進一步闡述班雅明的彌賽亞，反轉聖經裡受造之物盼望得救而始終隱忍的姿態，「彌賽亞式的消亡的節奏就是幸福本身。」[70]終結不等於災難。林俊頴慣於混用基督教與佛教術語，以宛若信仰般的情感狀態作為重新改造生命之法，當然他筆下的彌賽亞並非神學裡頭嚴格定義的彌賽亞，更趨近於情感上的彌賽亞，翻轉末日觀的悲劇性，只要抵達那個時刻，所有的惡都會變成善，所有的哀傷皆會轉化為幸福。

這種以彌賽亞狀態的節律來區隔鐘錶時間的方式，在《玫瑰阿修羅》〈彼岸花〉已見雛形，小說將神法（ius divinum）與人間法（ius humanum）糅雜一體，以神聖與儀式化手法書寫斡旋於房屋仲介代銷市場的女性，在一場場金錢與性的交易裡苟活，完成屈辱與幸福的對寫。敘事者我與小虎交歡開場，像是一場「血肉葬」，「神是至大的謊言，人是撒了太多狗血的惡戲，而只有獸最為甜美單純。」開啟愛、

68 瓦爾澤・班雅明（Walter Benjamin）著，李茂增、蘇仲樂譯，〈神學—政治斷想〉，《寫作與救贖：本雅明文選（增訂本）》（上海：東方出版中心，2017年），頁40。
69 瓦爾澤・班雅明（Walter Benjamin）著，李茂增、蘇仲樂譯〈神學—政治斷想〉，《寫作與救贖：本雅明文選（增訂本）》》，頁41。
70 阿甘本（Giorgio Agamben）著，錢立卿譯，《剩餘的時間：解讀《羅馬書》》（長春：吉林出版集團，2011年），頁171。

幸福、神聖與世俗等命題探問：我在資本主義市場經濟裡博生存，淪為祭品。回顧一生於職場上交手過的男人，寄托宗教讓心底累積的怨氣才有所消解，譬如房地產經理人林容平（彼得）與王欽宙，讓我嚐到賺錢的容易後，一個富婆姊姊加入，在經濟起飛的年代過了一陣好日子，但當遇上股票崩盤，「關於離棄，我看過最好的手法是這樣寫的，如果一個人不與同伴同行，那或許是他聽到另一個鼓手的鼓聲。」[71]我幾近破產一無所有的時候，首次與傑洛米交手，「但傑洛米進入我，迅速俐落，譬如宰割／我就從他一次次的宰割裡得到微薄的幸福。」[72]乃至收到長官王欽宙於加拿大自戕消息，以肉體兌換經濟資本、以歡愉迴避死亡，再遇已信仰佛教的富婆姊姊，仿若夢幻泡影，在職場遭遇的一切，「上升或下沉，門開，樑柱傾斜，泥佛破裂，木佛朽爛，金佛斷頭，老鼠與蟑螂暗生，紙張白蝴蝶黑蝴蝶的撲飛。／我必定是走向荒野，然後回頭張望，才知道這千燈千眼怪獸光明大樓之所惑。」[73]敘事者的工作是在販賣住宅以及背後幸福生活的想像，然而她遭此一趟輪迴，於這場遊戲中體悟到虛空，真正留到最後者，是房地產經紀人的司機小虎。或許「而你的幸福時刻始終沒有出現。」[74]之因，是尚未來到永恆且完全消亡的彌賽亞時刻。

借用阿甘本對彌賽亞的詮釋，彌賽亞並非時間的終點，而是終點的時間——時間自為主體開始消亡，換言之，它既是世俗時間的一部分，也是時間的餘數[75]，無論是嗜書的蠹魚、神學般的辯難、自創繆思女身的敘事者、以肉身獻祭職場的女性、受制於資本主義大神的工蟻們乃至毛段阿姑，於日常裡製造朝向幸福的彌賽亞時刻，對物欲橫流的現世負嵎頑抗。彌賽亞不是末日，是以對時間的新理解，來反轉與抵抗哀傷。

71 林俊潁，〈彼岸花〉，《玫瑰阿修羅》，頁188。

72 林俊潁，〈彼岸花〉，《玫瑰阿修羅》，頁191。

73 林俊潁，〈彼岸花〉，《玫瑰阿修羅》，頁196。

74 林俊潁，〈彼岸花〉，《玫瑰阿修羅》，頁201。

75 「彌賽亞時代，使徒生活在其中的這個時代一和他有關的時代，既不是"olam hazzeh"也不是"olam habba"，既不是年代學性質的時間也不是天啟意義上的終末。它再一次意味著剩餘，當時間自身被劃分的時候——不論這是彌賽亞式的停頓還是阿佩利斯分割——它就是停留在那兩種時間當中的時間……彌賽亞時間是世俗時間的一個部分，經歷了一個完整形變的減縮過程（在我們的概述中，這種異質性太合適地用了虛線表示）。或許更精確的做法是求助於阿佩利斯分割，把彌賽亞時間看作一種停頓，這種分割通過對兩種時間之間的劃分再作劃分，把一個餘數加了進來，超越了對時間的劃分。」阿甘本（Giorgio Agamben）著，錢立卿譯，《剩餘的時間：解讀羅馬書》，頁78。

第五節　小結：盛夏／剩下的時間

我畢竟是個「臥底的人」，然而在現實人生即便是一般人的軌道上我自己行走得左支右拙，來到寫小說這個位子——恕我不能解釋的始終羞於把「小說家」說出口——我還是躊躇、疑惑、意義不確定的時候多，因為困窘而沉默、退到更邊邊更角落，這是我自己的侷限，是我私人的難題，沒有必要移到公領域討論。消失在作品之後，那讓我自得其樂。姑隱其名，引用一位老友的話，沒有一切的干擾譬如擔心發表、市場或評論，傾全心力讓小說書寫得以一次完整、好好的生長，是寫小說的人的美好權利。我實踐了，領受了。其次我要說的是，我從不低估看小說的人的眼光，我寫我願意寫的，我寫我能夠寫的，完成之日，我自由了。所以我會有感而發，這個寫完之後不再寫我祖母與家鄉了，不論在小說裡或真實，他們一一都死去了，完成了。我不再驚擾他們的亡靈。[76]

在《我不可告人的鄉愁》書末的訪談裡，林俊頴回覆為何窮盡如此精力，從時間沉沙裡拔幟，循著讀音給的蛛絲馬跡將古漢字打撈上岸，以極為艱辛的方法攀上危城，為還原時代的黃金之心。祖母逝世讓《我不可告人的鄉愁》中毛斷阿姑有個收場，林筆下的夏日並非總是生氣盎然，物極必反，以靈魂點火將萬物燒燎成灰的姿態，封存時間。

若寫作與閱讀有原型，三十七歲時林俊頴自云承襲白先勇[77]——無論是美少年白先勇，或白先勇筆下的美少年——《孽子》（一九八三）[78]裡的黑暗王國令林心神

---

76 李伊晴，〈附錄：靈魂深處的聲音——賴香吟、林俊頴對談小說美學〉，《我不可告人的鄉愁》，頁366-367。

77 「相對於創作的原鄉，如果有所謂閱讀的原鄉，我心目中永遠的白先勇是美少年，白先勇，是患肺病被隔離的他，遙望家中大宴賓客的熱鬧而痛聲大哭；是在民國五十一年赴美留學的他，湖風裡逸興遄飛，唇紅齒白；是林懷民的採訪裡寫的『兩隻手指青草萌芽似的揮動著』的他，西餐廳裡穿著橘色格子襯衫、短褲、趴過鋼琴把酒中的櫻桃遞給他大姊。／是的，美少年終究才是白先勇小說世界的優柔底色。我更相信，白氏小說的背後矗立的是個陰性靈魂的書寫者。此一陰性，無關乎被書寫的題材、內容、深廣，而是書寫者的姿態、視野、詮釋方式，其浪漫本質，用色之濃烈，對青春肉體之絢爛執迷，對老衰必至之哀憐感傷，統合而成的氣質與氣息，『我見猶憐』。」林俊頴，〈奼紫嫣紅，斷井殘垣——我看白先勇的小說世界〉，《日出在遠方》（臺北：遠流，1997年），頁191。

78 《孽子》連載時間為一九七七至一九八一年，單行本一九八三年出版。

往之。又或者更往前追溯，林懷民〈蟬〉（一九六九）裡的吳哲一角——陶之青擔心夜歸挨罵，上莊世桓家住一宿，睡在平日莊世桓與吳哲共眠的床上，隔日早晨沐浴，莊嗅到陶身上有吳Lux香皂的味道，陶主動猜測吳是同志，莊變娓娓道來他與吳相識的過程，以及不小心看見吳給另一個男子寫情書而反感，原想搬出去住，最後擔心吳哲尋死，留了下來——生長於盛夏的蟬，羽化後活不過一季，夏日結束便是一生的結束。這條線索或許可以回應林俊頴賦予夏日的隱喻，

> 我們還記得盛年時那些狂放的夢嗎？時間以高壓電流之姿加速向前，燒得我們皮焦肉綻。孤寂的房間裡，我感覺「自我」的稀釋，甚至空幻，生命的原子狀態。我不敢看梳妝臺鏡子，鏡裡的我或才是更真實的存在。我做自己的巫者，預演我的最後一刻。[79]

那對於作者而言，時間究竟是唯物還是唯心？當賴香吟對作者提問：為何在《我不可告人的鄉愁》關於現代生活的篇章總是「沒有福音」，而斗鎮卻滿面春風之對比？林俊頴應答並非刻意製造反差，又或者這本是兩者間的本質差異：「故鄉對

我來說則是幸福的題材。」[80]使之幸福的方式，是讓時間成為唯物與唯心的綜合體，接近博伊姆反思性懷舊（reflective nostalgia）之心緒，如她所說「修復有意的紀念物就是提出對於不死和永恆青春的需求，而不是對過去的需求；有意的紀念活動是戰勝時間本身。」[81]林俊頴小說裡的時間書寫便是對時間下達一封最長情的戰帖，他筆下鄉村的時間觀總非線性，無論是以四季循環或存在女性體內的陰性時間，皆是為了展現對時間性的變通，留下一方淨土來抵擋過分世俗化的城市生活，以書寫製造抒情離現代的時間幻術。

79 林俊頴，〈有錢人不死的地方〉，《我不可告人的鄉愁》，頁278-279。
80 林俊頴、賴香吟，〈附錄：靈魂深處的聲音——賴香吟、林俊頴對談小說美學〉，《我不可告人的鄉愁》，頁363。
81 斯韋特拉娜・博伊姆（Svetlana Boym）著，楊德友譯，《懷舊的未來》，頁89。

第三章

霧露我島的城市與鄉村：抒情離現代的空間書寫

一個人在荒野裡馳騁很長一段時間後，他會渴望一座城市……在夢想中的城市裡，他正逢青春年少；抵達時，卻已經是個老人。

——卡爾維諾

我記得那年初涼時有個機會搭船漫遊哈德遜河與東河，夜晚的水氣與雨霧，厚厚的籠罩整個島，阻絕一城的聲響，觸目的鋼骨鐵牆化成繞指柔。隨船行進，我們做三百六十度旋轉的去瞻仰這腐朽與期待的城。人類文明若可以以建築做一指標，對著聳立曼哈坦上的巨靈族群，比例下如螞蟻的人應該說些什麼？或者，能說些什麼？

——林俊頴

閩南語、臺語是我的母語，高中開始嘗試寫小說，我就發覺了口語轉為書寫的困難。那時想的還只是寫實的基本問題。大學念中文系，唯一認真的一門課就是文字學，才開始瞭解閩南語保存了諸多漢語的古音古字。很慚愧，做一個「小學」學者不是我的志向，然而知道那源頭，將它如同引水灌溉化在小說裡，卻是可以成立的。寫這個長篇，應該是時候到了，我的年齡與狀態「準備好了」，要寫的對象條件也都合。閩南語的語境大體上是前現代的、農業社會的，甚至更久遠，因此更有於我建構那個小說化的家鄉小鎮。多謝你（賴香吟）的點醒，所以，這也是我個人的小說之旅，從文字轉向語言？

——林俊頴

對我來說，最大的奢侈莫過於某種程度上的一無所有。我喜歡西班牙或北非式的房間裡空空如也的樣子。我所心儀的居住和工作環境（更特別一點的，我不介意再算上死去的環境），就是旅館裡面的一個房間。

——卡繆

林俊頴第一本短篇小說集《大暑》（一九九〇）面向讀者的首篇〈大城〉，起手式是這樣的：「不明白這城市怎麼一年比一年的苦旱。」[1] 幾乎註解了他離不開對此命題的執著，「時間與空間急速的膨脹起來，碩大無朋」[2]，筆下於城市中載浮載沉的人們，自早期高聳水泥叢林對照人體尺度的遏迫感，再到《玫瑰阿修羅》〈阿修羅的酒〉裡使用都市文學經常出現的房地產主題，移轉至《猛暑》數位空間的批判，「我城」到「我島」讖記似的日益苦旱，城鄉書寫便像是沒有盡頭的莫比烏斯帶。

如同上述第三段引文，以母語（閩南語）書寫萌於高中時期的探問，林俊頴經歷漫長的追索終於在長篇小說的星河裡清楚了自己的座標。《我不可告人的鄉愁》中將先前積累的虛線與素描畫實，闢築斗鎮故里。賴香吟認為林俊頴有段時間捨棄不用的美文與抒情風格，在《我不可告人的鄉愁》描寫斗鎮的片段中再度復甦，轉換成優雅的古漢語，林自陳故鄉對他而言是個幸福的書寫題材。如同訪談裡提到，使用閩南語書寫，便是藉由創作從自身出發且回歸到自身，而不是再一次創造另外

1 〈大城〉一九八九年發表於《中國時報》人間副刊（07.13-07.16），後收錄於《大暑》。林俊頴，〈大城〉，《大暑》（臺北：三三，1990年），頁7。

2 林俊頴，〈大城〉，《大暑》，頁34。

一種外語／拼音，來取代原先漢字裡的意象。

我注意到主流的臺語小說精選，不曾將林俊頴放入討論，本章並不打算釐理臺語文文學發展的脈絡或民族想像，找出「正確」解答，而是尊重作者的說法，「從文字轉向語言」，以古漢語書寫的方言與官話對照來處理城鄉差距導致情感的落差，林俊頴在美學選擇上，明顯屏棄以漢羅混寫來傳達臺語韻味，他採取接近南管與歌仔冊等民間口語文學裡頭使用的古漢語建構梓鄉，打造一個潛在的文化空間，琢磨於方言如何被翻譯成文字一事，即是嘗試以母語形構鄉土，然而，形構想像中的鄉土之後呢？

本章節將分析林俊頴小說中三種元素打造出抒情離現代的空間樣態：一，以「母語」抵達鄉土的棲身之所；二，「霧」作為穿梭於現世與幽冥之境的中介物；三，邁向存有的「虛空之屋」。林俊頴對城市與鄉村的態度始終採取中立姿態，他愛紐約也愛斗鎮，但更具體的說，他愛的是「想像中的紐約與斗鎮」，一種更接近存有論的空間樣態。人文地理學者段義孚曾云，「不管現實的生活條件是怎樣的，鄉村始終被人們視為與城市相對立的地方」、「然而從另一個角度來說，原始的大自然和荒野才是與人造的城市相對立的一方，而不是鄉村。」[3]並以托爾斯泰與杜斯妥也夫斯基的城鄉書寫為例：兩人雖同為十九世紀的俄國人，托爾斯泰小說有著對鄉村生活的嚮往，但杜斯妥也夫斯基專注書寫城市，「他的城市或許是地獄，但鄉村也絕不是獲得救贖之所，解脫只能在上帝之國才能夠找到。」[4]乃至小說出現的自然景觀，亦多為城市陪襯，「他的家就在城市裡，哪怕那裡陰暗潮濕、條件艱苦。」[5]反之，托爾斯泰便難以享受城市生活。這段對杜斯妥也夫斯基的評價，有助我反思林俊頴的城鄉書寫，林俊頴的救贖之地不在他童年記憶裡的斗鎮，正如同杜斯妥也夫斯基批判了他的家鄉（城市），但看似與之對立的鄉村亦非天堂。

進一步推衍，若我們能接受伯格森時間乃綿延（durée）不可分割的一體，一座城市總也涵括新舊，能否用同樣的概念理解空間，取代假定城鄉差距的二元對立？又或者更激進的思考，從來就不是城鄉問題，是故鄉與遠方互為照證磨對的雙重失落。小說作為再現歷史切面的語言系統，反映的永遠都是帶有創作者的目光對當下

3「鄉村是一種中間景觀（middle landscape，列奧・馬科斯自創的術語）。」段義孚著，志丞、劉蘇譯，《戀地情結》（北京：商務印書館，2018年），頁162。
4 段義孚著，志丞、劉蘇譯，《戀地情結》，頁72。
5 段義孚著，志丞、劉蘇譯，《戀地情結》，頁72。

時代之關照，其焦慮的議題不等於歷史事實。於是杜斯妥也夫斯基創造幾近神祇般存在的信仰空間，而林俊頴筆下鄉村以星河訂出生活規律與無閒人叨擾的幽冥之境，城市裡貌似萬惡的數位世界也有將其視為心靈寓居之所的生存方法，城鄉差距（真實空間）看似明顯，但皆走向宛若信仰般虔心的虛擬世界（內在空間）才能完滿，殊途同歸。

第一節　老奶脯與硃砂痣：〈母語〉作為抵達鄉土的棲身之所

一、職場經驗萌生對消費社會的省思

生長並居住於臺灣這座島嶼，曾說過完成《我不可告人的鄉愁》的書寫之後，不願打擾死者魂靈的林俊頴[6]，如何繼續發揮對空間敏銳的觀察，「日與夜移位，我努力不讓我的虛空之屋就這樣虛擲，挪到窗邊搶收最後的天光，希望像燧石點燃書上的字。」[7]為多元混纏的城市體展開新的故事，留下駁犖色彩？

如何擷錦一條通往故鄉，抵達鄉土之路？

對照世界文學史、西方文學史田園書寫的傳統，譬如文藝復興時期的田園詩歌與田園劇（Pastoral）飽含對烏托邦的想望，甚至到了十九世紀末期，受烏托邦小說的啟發，都市學家家霍華德（Ebenezer Howard）提出「田園城市」（Garden Cities）概念，整合農業區、工業區與住宅區，讓生活機能成同心圓狀分布，打破都市與鄉村的界線。臺灣鄉土文學發軔便是政治目的極強的產物。〈母語〉於二〇〇五年出版，離七〇年代的鄉土論戰已有半甲子之隔，與七〇年代戒嚴背景須以文學抵抗政治意識形態的脈絡不同，鄉土書寫的意義不再侷限於必須要有「強悍的

6 「這個寫完之後不再寫我祖母與家鄉了，不論在小說裡或真實，他們都一一死去了，完成了。我不再驚擾他們的靈魂。」林俊頴，《我不可告人的鄉愁》，頁367。

7 林俊頴，〈原子人與他的虛空〉，《盛夏的事》，頁215。

政治性議題」[8]，立基在與現代主義有著揮之不去的敵對心結，認為臺灣當時尚未受到現代化洗禮，難以體會異化（Entfremdung）心態，有為賦新詞強說愁之嫌。

半甲子後，〈母語〉證明資本主義滲入幾乎僅是時間早晚的問題。與三三文人群一同成長的林俊頴，於廣告公司工作——最接近消費王國核心，成日面臨將購物動機包裝成充分且必要之條件送到消費者面前——對現代化生活的批判有所本，而非嫁接西方世界的生命情境，職場的工作經驗轉化成消費社會的省思。想想班雅明所待的廣告甫出世之年代，一九二八年《單行道》寫下：「正如電影從不將家具和建築物的正面完整展現來以使人們能用批評眼光去審視，而是僅憑那強行截取的酷似去引發轟動效應一樣，真正的廣告也以一部優秀影片所具有的速率將事物投給我們。」[9]時至今日，廣告不再是詩意的「對人類感知帶來衝擊」，它無處不在，當Facebook從僅限哈佛大學學生族群使用的社交軟體，到開放大眾註冊，乃至廣告植入成為個人行銷利器以後，已很難於酒池肉林裡繼續做著禁慾的僧者，廣告早如惡獸巴不得能鑽入閱聽眾的潛意識，如電影《全面啟動》（*Inception*）般在腦中植入旋轉陀螺，讓夢與現實成為虛線。林俊頴如是回憶工作的那段時日：

我回想自己因為駑鈍順從一般人生的進程加入然而不算長的職場生涯，時時心不在焉，陷在那其實絲毫不可笑的生活保障感與明知自己所要卻踟躕不前的困局，惱怒自己的不能當下徹底，痛恨自己的遲緩，然而儘管牛步地與時間、自己的時間並轡且戰且走，現在回頭張望並盡可能忠實寫下這一系列，雖然不得不反芻那些厭憎可鄙同可悲可愛的，才了解那是無可迴避、不可揀擇的必經過程，我或可模仿《葛萊齊拉》的負心漢說：「我走過了。」**內在或精神的探索不必然得搭上鐵鳥去到異國他鄉才算數**。我愛佩孔子自述「吾少也

8「許多來自鄉土主義陣營的批評者則抱持更為負面的看法。他們對於現代主義的成見，大致上是盧卡奇式的，認為文學技巧本身是多餘的浮飾，是一種形式遊戲，足以轉移作家的注意力，妨礙他們關心當代社會上真正重要的議題。基於社會主義和民族主義的信念，這些批評者最大的關注是如何防止西方資本主義在臺灣生根，而在他們的眼中，現代主義就是助長這個過程的幫凶。於是他們強烈譴責現代派作家，認為他們是受了虛榮心的驅使，而一廂情願地將疏離症候群、存在主義式的絕望、虛無、敗德等等資本主義社會的精神病徵，全都強加在自己身上——而事實上這些徵候很本還沒有在臺灣出現。鄉土主義論者尉天驄便曾挖苦地說，現代派作家『看人家感冒，自己就打噴嚏』。」張誦聖，〈緒論〉，《現代主義．當代臺灣》（臺北：聯經，2015年），頁13、17-18。

9瓦爾澤．班雅明（Walter Benjamin）著，王才勇譯，〈供出租用的牆面〉，《單行道》（南京：江蘇人民出版社，2005年），頁112。

賤，故多能鄙事。」希望這不是另一種的阿Q的精神勝利法。[10]

職場經驗是林俊頴偶然走入的浸禮會，在利益至上、如此一心一意為消費社會奉獻的環境裡，林毅然決然走上異教徒之路，轉行當全職作家。他顯然對全球化、資本主義、數位世代等議題更加防備，於是他的鄉土書寫褪去批判黨國霸權的政治目的之後，與博伊姆分析的離現代主義作家群有著類似的生命情懷，他們無可避免受到現代主義的影響，卻又不是典型的現代主義。

儘管林俊頴沒有外省作家的包袱，並未經歷過物理空間較遠距離的離散，但身上的同志標籤，讓他有著土星般緩慢移動自身遂與周遭隔出距離的精神性離散；對他而言居住空間從鄉村到城市，是生活情境的改變，他沒有回不去某個實際地理空間的原罪，可依舊面臨故鄉未挪移半寸，卻不再是那個故鄉；他哀悼的核心是非常古老的「物是人非」，卻也非常新穎的因應新形態的生命處境才會產生的問題，一樣攸關存在與疏離，只是工業革命當時的問題眼下都算是小事，大都會城市、數位生活等等，時間證明人類目前對資本主義與其收編策略的束手無策，多數人走進這座大型遊樂場，也僅能盡綿薄之力修正與微調遊戲規則。林俊頴從語言下手，不走上取巧之路以方言鞏固主體邊界，為了自我認同硬生生打造新的大寫他者；林回返歷史，回返母族系譜，自南管、歌仔冊等口傳文學裡拾回語言的臍帶。書寫不是為了塑造新的對立關係，爭奪主流話語權；書寫是為了檢視自身的疆界，與心愛的人事物站在同一處。或許是這種信念支撐他尋找「母語」，自同名小說裡依稀可見輪廓與路徑，至《我不可告人的鄉愁》風格抵定。

二、以身體為坐標丈量世界：鄉土的潛在空間

〈母語〉並非典型懷舊的故事，或者塑造鄉土如此純潔無罪容不下任何小奸小惡之形象，來對照都市的邪惡；反倒是記憶裡的斗鎮有稜有角，善惡並不絕對，僅是忠誠地展開它的缺陷與美好——有著銖銖較量的血親，也有慈母光輝的祖母，於記憶中原形畢露。林俊頴開展更深刻的反思：鄉土之所以為鄉土，是因為有重要的人常居此處——那是歷經時間之後所變形的，無論是記憶裡的，或者現實空間裡的

10 林俊頴，〈美麗新世界〉，《盛夏的事》，頁一一一。

地貌。

〈母語〉圍繞著敘事者我發現祖母失蹤開始。小說開頭形容颱風的衛星雲圖仿若胎兒超音波照，暗示欲以語言勾勒出鄉土的「潛在空間」。從小被祖母帶大的敘事者，想起已許久未與祖母聯繫，欲探望之，開啟一路尋找祖母的旅程。祖父過世後，祖母獨居兩年，接連於孩子們住所間流轉，每一個地方待上幾個月，子女們對照顧祖母這件事稍有微辭，非常計較她待的天數，不難聯想到小津安二郎《東京物語》中，子女推託照顧父母的嘴臉。鄉土是童年記憶裡的媽祖宮嗎？亦或者注定要讓後代厭煩的長照問題？人老年後生理機能衰退無可避免的露醜？當祖母老到沒有籌碼可以讓孩子敬佩或畏懼之際，「她沒有異議或反抗的餘地，帶著寒熱兩季衣服每三四個月由南溯北或自北返南換住處，也帶著入睡後的亂夢與呼喊囈語。」[11]過程裡，敘事者發現，待叔叔阿姨們成家各自為人夫人妻，早不同於人子人女時溫馴乖巧，不吝於祖母面前展現難處。於是晚年居無定所的祖母失蹤了。

〈母語〉先嘗試以注音文、擬音字代替閩南語腔調，八十六歲的祖母，口語「那語尾助詞的呢，ㄋㄟ，臺日語混種的陰性表情，嬌憨的女兒態還陰魂不散，常被姑媽們引為笑柄。」[12]小說裡祖母生於日治時期，她的母親原是女婢（查某嫺）扶正為二房，可祖母始終以地主／士紳之女自居，儘管她一出生父親便過世，只有在撿骨時瞧過父親一面，不可說的母親與不可見的父親構成她的童年生活。

人至暮年，女性身體作為哺育下一代的容器逐漸衰老，「兩粒奶隨著腳步盪盪晃，垂得好低好低，空空涼涼的老奶脯。」[13]「兩粒奶隨著腳步盪盪晃，垂得好低好低，空空涼涼的老奶脯。**上面冒出幾粒硃砂痣，若像針刺的血滴。**」[14]林俊頴描述祖母身體特徵，形成一種康德式的主體客體，提醒人類最初亦是以己身肉體為坐標，才能畫出與萬事萬物的關係，用他的句子「我的腦袋就是我的永生，我的雙手是兩個呱呱叫的太陽，兩腿是時間的鐘擺，一雙腿就是我哲學的起點——是誰說的我忘了——萬事萬物，由我自身延伸演繹而成。」[15]換言之，主體對外界所有感知皆是從身體出發，有身體才會有空間感。如早期〈瓊花一瞑〉裡的陳老太太：「隔

---

11 林俊頴，〈母語〉，《善女人》，頁28。
12 林俊頴，〈母語〉，《善女人》，頁10。
13 林俊頴，〈母語〉，《善女人》，頁29。
14 林俊頴，〈母語〉，《善女人》，頁46。
15 林俊頴，〈美麗的空屋〉，《是誰在唱歌》（臺北：遠流，1994年），頁142。

著棉布睡衣，她搔癢似的撫撫已然消癢乾枯的乳，想著死亡可能真的是另一種方式的長眠罷了。前幾天赫然發現胸前冒出好幾顆硃砂痣似的小紅點，新鮮血珠的艷麗可愛，像刺繡時刺破手指頭。**據老一輩說法，這是蔭子榮孫但損己的兆頭。**」[16]直接點明硃砂痣象徵意涵。段義孚提到人文地理學論人類認知世界的第一步驟，便是以身體感知世界，他認為人類在幼年時期「通過身體的移動、觸碰與操縱物件，他們認識了事物的性質與空間結構。」[17]若依照段氏的分析框架：感知（perception）——態度（attitude）、價值觀（value）——世界觀（world view）[18]，於林俊穎的鄉土敘事軸線中，人與土地關係的體現，無論是陳老太太還是毛斷阿姑，將第二性徵與肉身滋養後代寓意結合一體，她們面對肉身衰老與子女已厭煩照護一事無能為力，但她們終極的世界觀便是讓子孫過上好生活。

然而，女性的身體始終不僅是自己的身體。乳房與子宮的機能，就註定「我」將孕育出「他者」：乳房是嬰孩對母親的依賴，給予養分孕育孩子長大成人的器官，過了黃金使用期限以後，就像城鎮裡醜陋的違章建築般掛在祖母身上；孩子本是母親腹腔裡多出來的肉，在孩子們尚未長成人形，母體無條件地提供成長環境（子宮）。英國的精神分析學家溫尼科特（Donald Woods Winnicott）認為在母嬰關係時期，嬰兒對外部空間並無認知，而是透過稱職的母親（照顧者，good-enough mothering）來理解，如果母親提供良好照顧，會讓嬰兒陷入無所不能的錯覺，認為提供奶水的乳房是自己創造出來的，當自己需要的時候乳房就會出現，但是當照顧者無法即時滿足嬰兒需求，挫敗感就會出現，因此嬰兒的自體感受一直擺盪在全能與挫敗的過程當中，當嬰兒的發展日益成熟，到過渡階段有了獨處的能力，嬰兒在母親的幫助下創造潛在空間（potential space），在此呈現的悖論是母嬰既是一體，但同時又可以分開的狀態，換言之，母親不一定要與嬰兒共處在同一空間也能讓嬰兒感到安全。林俊頴〈母語〉多次提及老去的乳房，一是祖母七歲尚未

16 林俊頴，〈瓊花一瞑〉，《是誰在唱歌》，頁16。

17 段義孚著，志丞、劉蘇譯，《戀地情結》，頁15。

18 周尚意於中文版序言整理段義孚《戀地情結》之分析體系如下：「這個分析框架的邏輯是：感知（perception）——態度（attitude）、價值觀（value）——世界觀（world view）。具體步驟是：第一，瞭解人們通過身體感知的世界（包括自然世界和人文世界）；第二，瞭解受心理模式影響感知的世界；第三，瞭解民族文化對心理模式的建構；第四，瞭解個體差異對世界感知的影響；第五，瞭解地域之間文化交流和碰撞對世界感知的影響；第六，從四類情感、價值觀刻畫研究對象的戀地情結，即人們對身體需求的態度、美學欣賞趣向、地方依附／地方情感、對城—鄉／人工—荒野的態度；第七，得出體現為空間結構的世界觀。」周尚意，〈中文版序〉，《戀地情結》，頁3。

斷奶時，外曾祖母的乳房；二是祖母上了年歲後從四叔四嬸家出來，走在大街上不知今夕何夕，想起十歲那年火災與自己待了一輩子的小鎮，一晃眼七十年過去，接連一個禮拜她都趁四嬸在廚房忙碌時，從大街走回娘家彷彿她尚未誕下子嗣，兄弟姐妹們都同住於兒時的家屋，「頭頂有電風扇在旋，風灌入胸坎，乳頭都垂到肚擠上。她摸著自己的金手指與金佩鍊，想到七兄講過太陽扁與枝無葉的故事。」[19] 她仍是妹妹（而非母親）之際，與兄弟姐妹的關係都是平等的個體；邁向老年以後，與出世的孩子們母嬰關係對調，祖母彷彿老嬰兒般需要子女照護，無法獨活。若將溫尼科特的母嬰關係創造性誤讀，可視為祖母盛年已過，自母嬰關係中獨立出來被客體化且日漸萎縮，到了老年孩子們再度意識到自己的「全能」，再次「創造乳房」這個器官，它不再扮演嬰兒時期用來界定外部空間的角色，而是有如異物般取代母親，帶著性嘲諷的滑稽來驗證她的失能。

〈母語〉製造一個替代空間安置林俊頴想像中的鄉土，讓現實中的失去得以還魂續命。祖母年邁後想起記憶中以媽祖宮（原型應為北斗奠安宮）為核衍伸出的巷弄與街道，她以為逃離四兒子家，再度走上那條大街，就能倒轉時間一般走回過去，街道巷弄發生過的瑣事會在午睡時走入她的夢中。可以說，林俊頴透過小說為祖母（也為自己的童年）創造存活於紙上的潛在空間——一個「內部心理現實」與「外部現實」的中間地帶[20]——博伊姆引溫尼科特的說法，來解釋「心理空間不應該被想像成為孤獨的監禁。」[21]於〈母語〉裡，這個潛在空間並不完美，沒有田園詩式單薄的甜膩幻想，〈母語〉甚至比小津安二郎《東京物語》體現的親子關係更為銳利，得親順親彷彿就只是存在於《幼學瓊林》裡的教條，叔叔們分擔祖母的照護責任就像場大型躲避球賽，反倒是敘事者我與祖母短暫同住的那段時日，兩個「獨孤有巢氏」相處融洽。祖母自孩子們手中獲得的贈禮，她記得一清二楚，總盼

---

19 林俊穎，〈母語〉，《善女人》，頁46。

20 「溫尼科特用潛在空間這個術語，來泛指位於幻想和現實之間的中介性體驗領域。潛在空間的特定形式包括：遊戲空間、過被客體和過渡現象的領域、分析空間、文化體驗領域以及創造性領域等。潛在空間的概念依然是神秘難解的，部分原因在於，將這個概念的含義從它螢伏其中的圖像和隱喻的優雅體系中抽取出來，是如此困難……雖然潛在空間起源於母親與嬰兒之間（潛在）的身體和心理空間，但在正常發展過程中，直到後來，個體嬰兒、兒童或成人，才有可能發展出為自己生成潛在空間的能力。這種能力包含了一套按照特定模式運作的、有組織並且發揮著組織作用的心理活動。」托馬斯·奧格登（Thomas Ogden）著，殷一婷譯，〈潛在空間〉，《心靈的母體：客體關係與精神分析對話》（上海：華東師範大學出版社，2017年），頁111。

21 斯韋特拉娜·博伊姆（Svetlana Boym）著，楊德友譯，〈反思性懷舊：虛擬現實與集體記憶〉，《懷舊的未來》，頁60。

找時日歸還，至死之前，她的姿態仍在維持一個身為母親與長輩的體面，家庭關係中的付出與獲得呈現對照，但身體的衰敗讓她幾乎失去尊嚴辭謝人世的機會。小說最末，祖母始終駐足原地之形象與媽祖吻合，「鎮中心奠安宮供奉天上聖母，史載建於康熙五十七年，環廟市集在清末就熱鬧非凡。現今卻一攤攤的買賣雙方都是聾啞人士一般，嚼蠟似的吃食著。食肆下擴皮流浪狗同步的啃著。／我口袋裡有小抄，二姑給了我四叔家的住址與方位辨識注解，到了舊戲園，如今荒廢成一大倉庫……我在舊戲院停佇，那時光黑洞的蠱惑，滿潮瘋狗浪打來。」[22] 敘事者我尋線，在農曆七月時見到羽化成仙的祖母，於平行時空中歷經她從四叔四嬸家走回娘家之路。為何故鄉對他有意義？因為那裡曾是他深愛的祖母棲身之地。萬物芻狗似的盛載一切怍躍與難堪。又或者，〈母語〉本就是「被背棄者的夢」[23]，母親、母語、母鎮，總不會主動索取什麼，它僅只是留在原處，等待被記起，等待回望，也等待被淡去。

〈母語〉重心歸趨談祖母、母語、鄉土，不渲染人倫教化乃至孝順長輩等說教意味，亦敏銳安插對 e 世代（數位世代）的觀察，貼合作者自云「忠誠」二字。如此詮釋林俊頴小說離現代之特質——既非典型的現代主義，也非典型鄉土書寫——

大抵可以理解臺語文學史鮮少論及林俊頴，或者《臺語白話字文學選集》將之排除在外，以「全白話字（全羅）」和「漢羅混用」為準則，建立一套二元對立的背景框架，各有各自擁護的意識形態，試圖向讀者證明只有在如是自我與他者之間的對照下，才能有效思考現代與本土那道疆界。那道疆界真實存在嗎？篩選的文本內容亦偏向農村書寫（於當代談論純粹的農村已顯得荒謬），在綜藝節目裡鄉村生活早被資本主義包裝成工作閒暇之餘的度假首選，農事繁忙與辛勞背後等同生活窘迫無路可選的標籤早被撕得粉碎，林俊頴敏感接收到時代的「快」，也知道討好世界最速成的方式（光讀〈以玫瑰之名〉就可得知林深諳此道），卻仍舊提出向歷史探源找回母語此一吃力不討好方案，也是他在鄉土書寫裡不可忽視之因。

22 林俊頴，〈母語〉，《善女人》，頁90-91。
23 林俊頴，〈母語〉，《善女人》，頁84。

第二節　死亡意義的反轉與修補：從現代性之霧到斗鎮的還魂霧

班雅明（Walter Benjamin）曾經如是分析卡夫卡（Franz Kafka）——這位林俊穎喜愛的作家[24]——小說人物形象的兩種類型：一是極端特異如《變形記》男主角格里高爾．薩姆莎；二是小說裡的助手們：

這些助手其實屬於貫穿卡夫卡全部作品的某些人物，比如《沉思》中所描述的那位惡行被揭穿的騙子、與羅斯曼隔鄰、會在深夜出現在陽臺上的那位大學生，以及住在南方某個城市裡的那群不知疲倦的傻子。這些角色的存在所蒙上的那層昏暗的光線總令人想起華爾瑟——卡夫卡所鍾愛的小說《助手》的作者——的短篇小說裡那種照射在人物身上的搖曳不定的燈光。乾闥婆是印度傳說中，一位不完美的、始終被煙霧籠罩的神祇。卡夫卡筆下的那些助手，便屬於這一類型。他們雖不同於其他的人物群，但卻對這些人物不陌生，因為他們就是奔忙於這些人物之間的信使。誠如卡夫卡曾指出的，這些信使看起來很像使徒巴拿巴，而巴拿巴本身就是一位信使。[25]

羅伯特・瓦爾澤（Robert Walser, 1878-1956，另譯華爾瑟）這位深受卡夫卡、赫曼赫賽（Hermann Hesse）、班雅明喜愛的作者，平日傾迷散步。為了寫作，他從家鄉瑞士的比爾（Biel）來到柏林，寫下三本長篇後仍適應不了都市生活，返鄉旅居在一間小旅館，將物欲減至最低，日以繼夜地散步與書寫。數年，他再度離開家鄉到伯恩（Bern），歷經工作的挫敗與身心靈煎熬自殺未遂，他先主動申請住進療養院，後被家人轉移至精神病院。據聞一九五六年的某日霧裡，他自病院溜出散

---

24 林俊頴在小說與散文中多次提到卡夫卡，從一九九〇年〈續前緣〉主角韋安平在公車上讀著卡夫卡的《噢！父親》；一九九七年〈波士頓郵簡〉也是在車上讀著卡夫卡寫給米蓮娜的句子「有時我覺得我們是在一間兩門相對的屋子，各握著門把，一個一眨眼，另一人已在門後了；只消講一個字，旋即第二個人也已掩身門後。他當然會再度打開門，因為那是一間大概誰都離不開的屋子。……有時候他們都在門後，美麗的屋子是空的。」（頁107）；〈地下室手記〉寫艾德蒙・懷特引了卡夫卡「美麗的空屋」之意象（頁117）；二〇〇六年〈慘綠少年〉裡的文青必讀赫賽與卡夫卡；二〇一一年《我不可告人的鄉愁》裡也引了卡夫卡「善在某種程度而言代表著人心最大的絕望」（頁188）。

25 莊仲黎將Walser譯為華爾瑟，本文統一翻譯成瓦爾澤。瓦爾澤・班雅明（Walter Benjamin）著，莊仲黎譯，〈卡夫卡——逝世十週年紀念〉，《機械複製時代的藝術作品：班雅明精選集》（臺北：商周，2019年），頁263。

步，再沒回頭過[26]。數日，一群孩童在靠近阿爾卑斯山的雪地中，發現他的身體。卡夫卡特別喜歡瓦爾澤筆下活在中間地帶之人，班雅明以如乾闥婆般「始終被煙霧籠罩」形容這些信使。瓦爾澤與都市生活的格格不入，移轉到散文《漫步人間》中，卡夫卡繼承那些總生活在雨霧裡的角色，被班雅明攫獲，他指稱機械複製時代的藝術品將失去迷霧般的靈光（Aura），周折至博伊姆筆下，博以米開朗基羅《創世紀》亞當與諸神分離的手勢上方恰巧一道裂縫為例，若驅散迷霧，靈光則清晰成一條時間的鏽痕，「修復性懷舊」在數位科技的幫助下，畏懼衰老總想剪去時間，「如果米開朗基羅拒絕永恆青春的誘惑，並且滿足於時間的皺紋、壁畫未來的裂紋呢？」[27]這行隊伍遙遠呼應了鍾愛散步與鄉村生活的瓦爾澤，「密碼卷帙」之外捨不得被破譯的遺言：選擇以鉛筆書寫——一種如此輕易能消弭於時間罅隙的軌跡，拒絕迷霧散去的那天來臨。

另一種具死亡隱喻的霧，與現代化社會有關。本章開頭的第二段引文出自〈紐約．紐約〉，寫道作者隻身前往美國，某日遊河時遇到的雨霧，在都市裡霧往往是現代文明的惡果，一九五二年倫敦的殺人大霧（Great Killer Fog）奪去超過一萬兩千人生命[28]，一九六六年紐約市煙霧事件後陸續頒布《空氣品質法》、《空氣淨化法》

解決霧霾災害[29]，然而到了林俊頴小說中霧的意義被反轉，它排除宏觀的社會問題，不再是導致人類死亡之因，斗鎮的霧氣具有還魂色彩，走向個人私有的救贖。據此，為何《我不可告人的鄉愁》中鄉土敘事軸線必須以霧為開場，昭然若揭。這封來自《大暑》、《是誰在唱歌》、《焚燒創世紀》、《日出在遠方》等等綿延不可切割的舊時間請帖，邀請讀者走回記憶裡的斗鎮。

《我不可告人的鄉愁》中〈霧月十八〉、〈瓊花開〉、〈理想國的煙火〉、〈ABC狗咬堯〉這條鄉土敘事，以霧為中介隔出人世與冥間，一個從現實世界裡割裂出來的虛擬空間。〈霧月十八〉作為林俊頴永恆的女主角（賴香吟語）毛斷阿姑（祖母）

26 瓦爾澤生平參考羅伯特・瓦爾澤（Robert Walser）著，朱諒諒譯，《漫步人間》（西安：陝西師範大學出版總社，2015年），以及維基百科。

27 斯韋特拉娜・博伊姆（Svetlana Boym）著，楊德友譯，〈修復性懷舊：密謀與返回本源〉，《懷舊的未來》，頁53。

28 參考維基百科「一九五二年倫敦煙霧事件」辭條，網址：https://zh.wikipedia.org/wiki/一九五二年倫敦煙霧事件（檢索日期：2021年5月10日）

29 參考維基百科「1966年紐約市煙霧事件」辭條，網址：https://zh.wikipedia.org/wiki/1966年紐約市煙霧事件（檢索日期：2021年5月10日）

在登場亮相的首篇，貌似出自馬克思《路易．波拿馬的霧月十八日》之典——馬氏析論拿破崙侄子透過各階級彼此鬥爭漁翁得利，發動政變且解散議會後復辟成功；然林俊頴的故事卻與法國共和曆無關，場景落在斗鎮媽祖宮，

> 雺霧到了媽祖宮自然成了祥雲繚繞。毛斷阿姑聽見大街始終毋斷根一直存在的羅漢腳，拒絕大霧的催眠，是唯一精神的，耳後到頷頸疊著一粒粒肉瘤看似釋迦果，搖著空碗，碗內喇喇骰子響，正是昔年東螺溪的響亮。
>
> 雺霧開始化作雨水，整個斗鎮慢慢露出了原形。
>
> 羅漢腳搖著碗內骰子，嘩了一聲，「十八啦。」[30]

不同於工業革命發明機械動力以降，焚燒煤碳燃料導致的現代性之霧。林俊頴筆下霧仍帶有死亡的象徵，但它同時也是百姓朝奉神祇的香火裊裊與斗鎮的氣候，時間倒轉至尚未歷經現代化變革的臺灣，「十八啦」是斗鎮裡的羅漢腳擲骰子，帶出方言這條敘事軸線欲書寫的主題：毛斷阿姑一生圍繞著斗鎮的媽祖宮，她小說裡的「助手們」，譬如生父與雙生妹妹玉姝，譬如結髮一世的陳嘉哉，譬如無疾而終

的馬太神父，這些角色自毛斷阿姑的生命裡經過，彷如信使般傳遞了若有似無的人生訊息，虛實相錯、遺憾與完滿之間緊嵌的故事，最終隨阿姑離世後入棺。

《我不可告人的鄉愁》裡的大霧從何而來？是卡夫卡式的雨霧中人，還是持有這段懷舊故事者眼眶裡的霧氣？毛斷阿姑小名仙也與〈母語〉祖母一樣，且延續〈瓊花一瞑〉陳老太太遺腹子的設定，父親是清朝秀才，毛斷阿姑於「大霧」之中見到生前未曾蒙面的父親。她僅於撿骨之際瞅見父親的骨骸，既然未曾蒙面，她又怎麼判斷出父的相貌？三十歲那年，毛斷阿姑發燒發得謎寐恍惚，明是霜降時節體感溫度卻像端午，彷彿見到死去的妹妹玉姝：「伊予爀燒折磨得內衫褲澹漉漉，失了神志，看見雙生小妹玉姝在蚊罩外，伸手進來握伊的手。小妹的手若一塊寒玉，握著就爽快。兩人對相，若照鏡，目珠仁圓瞵瞵，但是玉姝比伊越蹳，想欲講予毛斷阿姑聽伊三十年來的遊歷。」[31]與她一同待過母親肚腹裡的妹妹，屍身被嫛也〈母

30 林俊頴，〈霧月十八〉，《我不可告人的鄉愁》，頁90。

31 雙生子的情節設定也出現在〈瓊花一瞑〉之中。林俊頴，〈霧月十八〉，《我不可告人的鄉愁》，頁67。

親）好好對待，得以於幻境中回生，在毛斷阿姑恍惚之際入夢，待她自漫長熱夢後醒來，見到斗鎮百年難得一見的大霧，與她輾轉聽聞六兄描述當年父輩太祖抵達斗鎮時的情景一樣，先民開墾以天后宮、土地祠等信仰中心向外組成百姓的生活圈「定出天上的星圖」，寫道斗鎮名字的由來：

> 「可恨者東螺水，可愛者東螺水」，四兄六兄全講這是老父的口頭禪。太祖彼時，斗鎮叫斗街，街中心媽祖宮左廂壁上嵌有石碑，碑文說明斗街建地買自番社，還是與孔子公最有緣的四兄會吟誦碑文：「乃定規模，經營伊始。其北一段中建天后宮，南向；西北建土地祠，所以崇明祀，庇民人，禮至重也。兩旁俱有舖舍，謂之北橫街。其中街與後街東西向，中設有二大巷；其南亦有橫街縱橫二里，街巷俱有井字形。其外則有竹圍、溝渠、柵門，以備盜賊。蓋取諸井養之義也，又取諸市井之名也，又取諸方里而井守望相助百姓、親睦之意也。」「其東、西、南有大溪迴護，北有小澗合流，此又天地自然之形勝也。地雖彈丸，而規模宏遠矣。」／四兄不以為然，何來的北斗魁前六星之象？穿鑿附會。斗街名字就是自番語轉音而來。[32]

「自番語轉音而來」的街名也有自己的傳奇。霧裡隱然只要稍有輪廓的事情，都能成真，這是作者參與其中且透過書寫實踐再一次將鄉土虛擬化，讓霧達到白日夢的效果。〈霧月十八〉亦是死亡之霧，卻與現代性之霧不同，死亡不是終點，旨在以其他形式重生：霧隔開生者毛斷阿姑及母親、死者玉姝與老父，小說多次提到老父「一生懸念著大海」，陰陽兩異如水中的平行世界，只有生活於雨霧之中故事才能成立，幽魂才得以復返人世[33]。〈瓊花一瞑〉裡陳老太太夭折的女兒與過世的丈夫以托夢方式與生人互動，到《我不可告人的鄉愁》強化對死者的書寫，直接現身顯靈。林多次描繪毛斷阿姑自覺老父並未真正離開，如幻影般在暗夜，在玉蘭花[34]的香氣裡，在嫛也的床畔，同出生便是死胎的妹妹一起。〈霧月十八〉橋段幾

32 林俊頴，〈霧月十八〉，《我不可告人的鄉愁》，頁70-71。

33 林俊頴〈美麗的空屋〉使用霧與星辰為死亡引路，「海風扯浪，吞沒山與陸地的影蹤，象徵寂滅與死亡的冬季，諸神大抵殘刻，迷霧中，只能靠永恆的星座指引。操縱命運之紡的三女神，到底是怎樣牽弄這一切？」林俊頴，〈美麗的空屋〉，《是誰在唱歌》，頁135。

34 也是是舊曆十五，〈腳踏車華爾滋〉月下的玉蘭花香。「舊曆十五的月亮，水藍色曲盤那般剔透，巷口一叢自我老父做囝仔就有的玉蘭非常香，樹身直通通，菜堂的人日日來挽去供神明。每一蕊花魂給月亮照醒，四叔女兒一直線的衝，啪的兩步三步若飛的跳上樹頂，若一隻鳥，樹葉上的露水滴落。」林俊頴，〈腳踏車華爾滋〉，《鏡花園》，頁57。

乎是〈瓊花一暝〉故事原型的擴寫：

> 老父轉身，雺霧中目珠仁堅定的溫暖光采。啊，老父。溪面送來的風清冷甘甜。佇彼瞬間，毛斷阿姑明瞭，老父不曾離開過，彼些暗暝，掛著一串玉蘭花的虻罩外窸窣的影，齅著樟腦的寒芳，嫛也翻身，綠豆殼枕頭沙沙沙，揪一下金耳鉤，夢中講話，咿咿喔喔，有問有答，有時咯咯佇喉管內笑。夢中的言語，讓伊迷戀。更有彼些欲晚未點電火時，大廳太師椅或者六兄的蘭花花房彷彿有個人影恬恬。伊終於了解，常予四兄笑及孔子公无緣的伊有時會思念老父留下的古冊，忍不住提挈摩挲，原來是幻影彼般的老父佇嬉弄。[35]

毛斷阿姑與陳老太太一樣和孔子公無緣，但雙生子的設定從孫子孫女身上改為毛斷阿姑本人，父妹二人死亡的時間幾乎與毛斷阿姑壽命等長，生與死不過是兩個各自安好的平行時空，幽冥之境宛若潛臺詞般與之並行。《我不可告人的鄉愁》裡加重對幽冥之境的描述，鄉土斗鎮城了能使死者復活且不突兀的幻境，毛斷阿姑具體感受到與玉姝緊密關係如湖中倒影，玉姝額頭左手邊的胎記與毛斷阿姑肩膀的胎記連成一塊海國地圖，暗指斗鎮輻輳了必得含括幽冥之境才算完整的世界觀，與城市敘事軸線拉出對比[36]——若說城市與鄉村各自有對照現實生活的世界，斗鎮對應了幽冥之境，而水泥叢林則對應了賽博國度，這兩個虛擬空間各自給了修補現世的機會。〈霧月十八〉通靈般恍惚之際見到亡父與亡妹的幽冥世界，帶出父生前的疑惑：

玉姝偷偷講予毛斷阿姑聽，彼年伊陪伴老父行遠路到縣城檔案庫房內，意圖解祕滿足終生的好奇，排解无聊的時日。老父予蠹魚爬上喙鬚，土粉黏了一身，錯過了餔渡（中元普渡）的人鬼同歡及澎湃胜膆的牲禮供品，餓得手慄喙慄（發抖），懊惱結果是在冊本內迷途。足大本若草蓆的輿圖，予時間煎熬得破破爛爛，五十萬分一比例的蕃地圖，出自總督府民政部蕃務本署，印刷、

35 林俊頴，〈霧月十八〉，《我不可告人的鄉愁》，頁75-76。

36 「是玉姝，捏著手巾掩喙笑。雙生姊妹肩並肩，岸上人與溪中影。伊看清楚了，玉姝頭額上倒手邊一片暗紅胎記，古輿圖一塊破碎的海國，伊自己肩胛頭也接續了一部分，所以，當初兩人佇嬰也腹肚內，玉姝的頭額是磕佇伊肩胛頭？伊更進一步確定，雙生姊妹從無分離過，相對於老父過予伊的思鄉感應，玉姝感染伊的是早夭的哀怨。」林俊頴，〈霧月十八〉，《我不可告人的鄉愁》，頁75-76。

發行日期及印刷所寫得明明白白，老父趴著寐寐地睏，跟著航海線神遊東邊外島的紅頭嶼，向北扶桑國，向西唐山。老父認真讀明白的是大海賊蔡牽的一生，若樹蟬蛻殼，擺脫了自小對蔡某人的崇拜，而平視大海賊畢竟是一條好漢。老父唯一得到的是不禁懷疑自己是毋是有番人的血統，懷疑伶俐機巧海賊底的太祖干真正是姓林的泉人？[37]

正因恍惚，為老父的血統之謎留下不那麼精準的彈性——這是許多臺灣人的寫照，也是人類學者林媽利二〇一〇年出版《我們流著不同的血液：台灣各族群身世之謎》一書以降引起的爭議，究竟是否該用血源來建立「國族認同」？自日本殖民政府手中的地圖所繪之路徑，敘事者賦予老父死後對究竟是否為泉州人，身上有無流著番人血統等自我身世之猶疑，作為清領時期的秀才到政權轉換至日人手中的身分認同，老父被剪去的辮子頭。然而毛斷阿姑是聽聞四兄描述才幻想亡父身世？死後追索不過是留給後代的懸念。主軸談少年陳嘉哉終於通過重重關卡提親的〈瓊花開〉，也再度提到毛斷阿姑與父妹重逢，以四兄之姿帶出老父形象，孩童時期尾隨築堤防時老父對海賊蔡牽的同理，毛斷阿姑與少年陳嘉哉的初戀，是十七歲與六兄坐船到日本（玉姝戲言「百世修來同船渡，千世修來共枕眠」）[38]兩人與船上相遇結緣，一年之後，陳嘉哉才姍姍提親，以毛斷阿姑視角再寫，「陳嘉哉毋知，毛斷阿姑若中了神經毒氣，在那一剎那，看見天頂繁星崩裂，老父從羊暈中清醒起身，花心若神龕，及另一個雙生的自己向伊微微笑，隨即看見自己及陳嘉哉並立在鋪天蓋地的大雪中。伊心上一震，似乎毋是吉兆。」[39]將這些未明說的身分認同探問與幽冥之境構連一氣，點出端看主體信仰是否堅定，如同神鬼之說難以證偽。

鄉土敘事軸線維持農業社會以星辰定方位的習性，延續《鏡花園》裡〈幻時間〉的設定——父親的中學老師於上課期間被憲兵帶走，出獄後分不清時間但認得出方

37 林俊頴，〈霧月十八〉，《我不可告人的鄉愁》，頁83。

38 早在林俊頴第一本短篇小說集《大暑》，收錄他十九歲之作〈桃花渡〉，故事描述男主角麥翔雲與紀陵的青澀戀情，便用了「同船共渡」為暗指麥翔雲與紀陵命定般的偶遇，才會在記憶裡將的冬日暖陽誤認為夏季，而冬日，在林俊頴的小說裡總是「象徵寂滅與死亡」，「令人沮喪」。「真的，那天天氣太好了，整個冬天難得露臉的太陽，惹得人難忍，遇著什麼人都要來撩撥一番，才不算辜負……雖然是同船共渡，三百年修來的，卻走著殊異的路線。翔雲知道，紀陵知道。交會的光茫只有瞬間，隨即歸於零。翔雲說：『我只玩這一次。』說得浪漫，倒像信口而開。他是個聰明人，卻糊塗在那當兒，這一玩就是，再也由不得他。」林俊頴，〈桃花渡〉，《大暑》，頁43。

39 林俊頴，〈瓊花開〉，《我不可告人的鄉愁》，頁164。

位，在家中閩南合院的空地上，用被行刑過的左手，在烈日下指著太白金星與北斗七星的方位[40]；《我不可告人的鄉愁》中，星辰乃是組成斗鎮居民生活重要的一部分，譬如老父決定以北斗七星的排序為後代命名，以及住於七星里的斗鎮首富之子陳嘉哉，原先未打算回到斗鎮，既然回來就必須奉擅長堪輿之術的母親命令，找齊七口井，治好歷來「痟氣」——斗鎮七星路因風水問題，逢年必出瘋人[41]。有趣的是，道教信仰中「南斗註生，北斗註死」，北斗星君掌管死亡，更有欲延壽可在南、北斗星君對弈時奉上酒肉一說。林俊頴設定小說中斗鎮人相信星辰運轉這套世界觀，人死之後靈魂不至於煙滅消散，霧代表死亡也代表還魂復生的可能，只要斗鎮的霧氣還在，幽靈總能返鄉。

第三節　空屋與旅館：承載虛空與相遇的場所

一、美麗的空屋

如何以文本實踐邁向存有的虛空？談林俊頴的紐約之前，先看看社會學家如何看待此城。雪倫・朱津（Sharon Zukin）直言《裸城：純正都市地方的生與死》（*Naked city : the death and life of authentic urban places*, 2009）的寫作動機是源自八〇年代都市化過程中，一批紐約客們以「城市失去了靈魂」為口號，批判紐約「不

---

40 林俊頴，〈幻時間〉，《鏡花園》，頁119。

41 「少年陳嘉哉未曾想過轉來斗鎮，屬於祖先的故鄉，阿母毋愛，嫌是痟人鎮（瘋人鎮）。第一痟自然是自己先人陳阿舍，第二痟宮口勿斷根的羅漢腳，第三痟各個大厝輪流出痟人。當初建街，青暝地理仙主張仿徵星象分野，四方位設四座隘門，卻是定方位時烏雲走日，一片陰翳中稍微失了準頭，東、西、南有大溪迴護，北有小澗合流，意外阻留了痟氣的緣故。阿母自豪其老父自幼傳授伊堪輿之學，珍藏一張竹膜纖維的老舊黃紙是圖輿，畫著斗鎮上有阿拔泉山水沙連山九十九尖峰勢若伏虎屏障，下緣海豐港番挖港王宮港鹿也港，繪著指頭螺紋是十來六留三死一回頭的烏水溝，中間皺褶好多的山與溪，若星散的一間厝即是一番社。姑且聽之，阿母講，東螺溪是一條龍脈，龍頭鹿也港，龍尾斗鎮；而天頂北斗七星，天機洩漏，斗街東西走向，莫辜負，上下求索對照星象地上鑿得七口公井，井水養人養街養鎮。阿母交待，既然返斗鎮，有心找齊七口井，大菜市有二口，汝秀才郎的叔祖題字醴泉；地獄不空誓不成佛地藏王酺渡公壇前，舊戲院邊，樹圍需兩大漢合抱的大樹公下、離主祀金王爺配祀溫朱李池四王爺的萬安館才三腳步，奇怪斗鎮並無姓池子孫；最蕭條是文昌祠，幾次給溪水淹，屍骨無存；這六處各一口。只是，媽祖宮前那一口說是聖德井是障眼法，真正對應玉衡星的水井在正殿媽祖座神臺下，拜桌下更有一粒鎮水石，汝入殿玐（舉）香誠心跪拜，七口井就齊全了。／看齊全了又如何？阿母笑了，『汝綴著七星路線認真行一遍，祖傳的痟氣就走散了。但是，汝的悾性是無藥醫。』」林俊頴，〈瓊花開〉，《我不可告人的鄉愁》，頁148-149。

再純正」。這讓她開始思考六〇年代珍．雅各與羅伯特．摩西的辯論並未完結，從純正性（authenticity）作為文化權力的展現，具有恪守傳統與不斷創新的雙面特質出發，她寫道在政府官員亦欲打造城市新的成長策略：

一九八〇年代，金融公司和不動產業在重塑地方經濟中扮演主角，尤其在像紐約這樣的全球城市，文化專區、族裔風貌觀光區、藝術家閣樓等，則為大眾消費呈現出多元的清新形象。到了一九九〇年代，部分紐約鄰里的商業繁榮和全球媒體曝光度，尤其是蘇活區和時報廣場（Times Square），似乎證明了新開端的言辭允諾確實有正當性。[42]

但紐約在追求創意與進步的同時，遺忘城市本應保有歷史遷徙的痕跡。有趣的是，白先勇《紐約客》寫的是六〇年代珍．雅各的紐約，與林俊頴留學的九〇年代在發展上已有差異，然而對作為離鄉背井的旅人林、白而言，卻悟得類似的生命經驗——紐約是否保有歷史變遷的痕跡都與之無關，對主體皆是「異地」，它的均質化在此前提下反倒讓「飄蕩靈魂」有所去處，獲得嶄新的、從頭來過的機會。譬如

〈謫仙記〉慧芬堅持要定居在紐約，儘管失眠也想與友人待在一塊，以及李彤自沉水都前留給四強友人張嘉行、雷芷苓、黃慧芬留話，

親愛的英美蘇：

這是比薩斜塔

中國

一九六〇年十月[43]

張嘉行於牌桌上得出李彤不應去歐洲，就應留在紐約的結論。慧芬與丈夫陳寅輸牌後，離開已是雪晝。小說結尾慧芬在車裡的嗚咽，讀者們知道那條沒說出口的伏線隱隱在她身上作用——中國（李彤）死了；我們也回不去中國了。

那林俊顯的紐約呢？「隔著煙波浩淼的太平洋，我竟開始對那面積僅廿二平方

42 雪倫・朱津（Sharon Zukin）著，王志弘、王玥民、徐苔玲合譯，《裸城：純正都市地方的生與死》（臺北：群學，2012年），頁14。

43 白先勇，〈謫仙記〉，《紐約客》（臺北：爾雅，2007年），頁430。

英里的小島有了模糊的眷戀與鄉愁。之所以強調模糊，因為我不確定這份情懷是否源於周遭惡劣環境的反彈。夢想的濫蕩有一部分是現實破敗後的心理補償。」[44]〈紐約．紐約〉寫在紐約三年，竟也有離情。與白先勇外省身分不同，林沒有回不去物理空間原鄉（中國）的難題，但同志身分處處皆是「異」地，「我一直期待一場真正的大雪，讓我見識雪埋的中央公園。寒夜裡驅車進城，昏茫茫的夜色，高樓的燈仍是高音明色，在車窗玻璃上晶燦的擦過，像訣別時流的淚。」[45]對照生長在紐約的市民，九〇年代空屋率高反應建商炒作等諸多社會問題，林能反身以疏離的位置，讓空屋變成存在與虛無的隱喻——將生活過的痕跡取消之美麗空屋，擁有諾大回音的美麗空屋，彷彿美好與傷害皆不曾存在的美麗空屋——是否「純正」是社會學家（如朱津）的議題，紐約之於林俊頴，人在異鄉身不由己的惆悵情緒被削弱，更多的是卡夫卡式的「一個人的深情與寂寞，在紐約的故事」[46]。

如果說「繭」是林懷民小說裡最具存在主義色彩的空間隱喻，〈蟬〉描述莊世垣與吳哲共住的房子就像是一顆以厚膜隔絕了外界的繭[47]；那「美麗的空屋」便是林俊頴以虛無抵抗塵世的方法。從〈地下室手記〉到〈美麗的空屋〉，異國經驗提供城鄉書寫一個中間地帶，「空屋」作為隱喻，既是如休止符般提供喘息機會重新開始，亦是走向空間存有的辯證。林以艾德蒙・懷特（Edmund White）自傳色彩的成長小說《美麗的空屋》（*The Beautiful Room is Empty*, 1988）為引——那實際上是出自卡夫卡在一九二〇年六月三日寫給摯友／傾慕之人米蓮娜・葉森思卡（Milena Jesenska）的書信，

> 有時我會這樣想——我們擁有一間房間，裡面有兩扇門相對，一個人只要手扶著門把，眼睛一眨，另一個人就會出現在門的另一邊。而第一個人只要說出一個字，第二個人早已將身後的門帶上，然後消失不見。他會再度將門打開，因為也許這房間讓人無法離棄。只要第一個人完全像第二個人那樣，他就會變得安靜，表面上對第二個人一眼也不瞧，慢慢地整理房間，好像這房間和其他房間沒什麼兩樣。但他並沒有這麼做，反而在門邊重複同樣的動

44 林俊頴，〈紐約．紐約〉，《是誰在唱歌》，頁4。
45 林俊頴，〈紐約．紐約〉，《是誰在唱歌》，頁9。
46 林俊頴，〈紐約．紐約〉，《是誰在唱歌》，頁10。
47 林懷民，〈蟬（上部）〉，《蟬》（臺北：大地，1974年），頁157。

作，有時甚至兩人都在門外，而美麗的房間空無一人。／折磨人的誤解於是產生了。[48]

兩人面對共有的房間不斷錯身與誤解，互補了另一個人的在場，成為彼此不在場的見證，開啟思辯：一，若將卡夫卡這個假想的房間視為具象化的「結構」，主體開門的時候，瞬間移動般空間距離被取消，出現在房間的另一側，沒有人真正在結構的框架內部；二，既然都在房間之外，為何房間讓人無法離棄？因為它代表關係的序列，構成既在場又不在場（拉岡的「我在我不在之處」）的象徵意義。永遠會有另一塊未被填補的虛空隨著主體位移，往復循環，沒有人真正待在房間裡，但這種虛空不等於匱乏，只要它未被填滿，就代表著空間的無限可能。

散文〈地下室手記〉寫林俊頴方到紐約時的租屋經驗，敘事者未注意到自己租賃的房間是個地下室，欲另覓他處的過程（這也是卡夫卡「折磨人的誤解」）。敘事者走在紐約的街道，這座嚴謹且現代化的城市，總有一方空盒子等著他，當「我走到鬧區的十字路口，發現一個完全孤獨的自己，正像面對一間空屋的喜悅」。[49]一個禮拜後，林找到二樓的房間，但地下室的居住經驗也讓他別有所感「孤寂、孤絕，我原以為必然是超塵越俗的位居高處，原來，也會是如同一粒種籽埋入泥土的形式」[50]，他將感悟融入小說〈美麗的空屋〉（一九九三）中，給摯愛的X一封懺情信，展開存在主義式的探問，敘事者佇立在高樓的玻璃窗口往外望，思考伊卡洛斯神話裡製造出蠟翼的建築師父親，是否意識曾交戰於該給兒子自由，或者「任其終老於那孤絕的海島」[51]，敘事者調度大量隱喻只為趨近X，反覆的相逢與別離，「而這間有著明亮大窗，朝向坦蕩未來的屋子，一把靜候它的主人的搖椅，愛與死，腐朽與永生，四季輪迴的風雨，恆常供在我心中，成為一幅美麗的掛圖。」[52]最終錯身，成為故事的旁觀者，如同敘事者引沙特之語「既被永恆的價值拋棄，我必須創造自己的價值」[53]，林俊頴從與X共享的美麗空屋中抽身，完成《我不可告人的鄉

48 法蘭茲．卡夫卡（Franz Kafka）著，彭雅立、黃鈺娟譯，《給米蓮娜的信：卡夫卡的愛情書簡》（臺北：書林，2008年），頁38-39。
49 林俊頴，〈地下室手記〉，《日出在遠方》，頁120。
50 林俊頴，〈地下室手記〉，《日出在遠方》，頁122。
51 林俊頴，〈美麗的空屋〉，《是誰在唱歌》，頁133。
52 林俊頴，〈美麗的空屋〉，《是誰在唱歌》，頁174。
53 林俊頴，〈美麗的空屋〉，《是誰在唱歌》，頁150。

愁》後，二〇一四年自《盛夏的事》開始，《某某人的夢》與《猛暑》中，林俊頴以「原子人」補註虛空，複雜所指（signified）。他在〈原子人與他的虛空〉再次寫道看房與居住經驗，強化虛空之必要，「獨居者在他的居住單位裡，一原子與環繞他的虛空」[54]，光與鄰人發出的聲響是房間裡少數訪客，當「日夜移位，我努力不讓我的虛空之屋就這樣虛擲，挪到窗邊搶收最後的天光」[55]後，以聶魯達詩句「光昇起時，和那些來或繼續尋夢的人一同醒來，抵達那沒有其他岸的海的另一岸」[56]作為一天的收束，實踐邁向存有的虛空；《猛暑》〈無人知曉的抒情時刻〉寫道「原子人世代，洛克說是古希臘人說的，原子與原子之間的距離是廣漠的海，每個人得到完整無暇的孤獨，與完整但扭曲變形的自我」[57]。若將〈美麗的空屋〉視為寓言，房間此一結構視為城鄉之間那道若隱若現的疆界，林以卡夫卡、艾德蒙．懷特、杜斯妥也夫斯基串起「美麗的空屋」這條語意鏈，隨著生存處境的更迭，房間並非談「我思故我在」的因果問題，它是一個關係性空間，由我、你與空屋為一個存在的整體，空屋的匱乏與填滿與實體的物質無關。亙久的錯身為何磨人？〈美麗的空屋〉的結尾挑明「愛與死，腐朽與永生」長存其中，填滿虛空，如敘事者我對X幽微的情感，只有當愛消失以後，痕跡成為標本，房間再度回到清空的狀態。

林俊潁小說經常出現的獨居生活，除了與愛的客體錯身導致卡夫卡式的誤解日益發酵之外，原子人的虛空亦如他自身的存有，「沒有其他岸的海的另一岸」如同那個擁有兩扇門的房間，當主體抵達時，對方早已消失不見。反覆清空，唯一不變的收穫，便是已無完整無暇最適合居住的場所，只有在虛空之中獲得完整的孤獨。林點明救贖之處不在地理空間不在城市亦不在鄉村，而是在虛空的存有，與存有的虛空之中。

二、與一無所有的世界相遇

旅館有短暫停留後一切終將回到原點之意，作為一個偶遇的場所，在旅館裡的每個個體也保有一定的匿名性，大廳與用餐區看似是聚合諸多陌生旅人的社交空間，提供隨機的「無關係」場所；但它也可以是主體的避難所，在門口掛上「請勿

54 林俊潁，〈原子人與他的虛空〉，《盛夏的事》，頁211。
55 林俊潁，〈原子人與他的虛空〉，《盛夏的事》，頁215。
56 林俊潁，〈原子人與他的虛空〉，《盛夏的事》，頁215。
57 林俊潁，〈無人知曉的抒情時刻〉，《猛暑》，頁246。

打擾」，當熟知的空間（譬如家）不再提供安全感時，能暫時從中撤離，如蜂巢般每個人都能擁有在限定時數裡「自己的房間」。旅館與家屋一樣提供私人的退隱空間，但於此處生活過的痕跡將迅速被抹除。它與美麗的空屋有相近之處，但兩者計時的方式不同，旅館多以「天數」為單位，空屋多以「年」、「月」為單位；旅館代表了旅行，到退房時刻便離場，空屋則是居住，有些人一租便是一輩子。在林俊頴閱讀史的作家群像裡，旅館是羅伯特．瓦爾澤寫作的場所，是卡繆心儀的、一無所有的旅館（本章開頭最後一段引文），也是納博可夫與班雅明最後死亡的地點。旅館在林俊頴的小說帶有「夢裡不知身是客，一晌貪歡」的效果，譬如〈夏夜微笑〉中

> 我收拾屬於我的東西，確定沒有留下蛛絲馬跡，撤走，就像從旅館check out，就像某年月日，我亦是如此躡手躡腳的在大清早離開一間小旅館，帶著某人的氣味體溫，氤氳繞身，融入戶外又黏又稠的夜氣晨霧，哪裏的風吹來，充滿古井的陰魅，我覺得自己的身軀彷彿剛鑽出繭殼的濕蝴蝶。一夜蝴蝶春夢，暮生朝死[58]

旅館作為節點般存在的空間，敘事者能帶走的，不見得是他想要的，於是每次離開都只能是重頭來過；〈異鄉人〉寫因出差梭巡諸多旅館，

> 住過太多旅館，他養成了一個習慣，第一次開門時撐著門靜待，等到塵蟎與孤魂野鬼也沉澱了才踏進去。喜歡日光照射的房間，光柱穿過身體，靜靜聽著隔壁若有入住者的聲響，偶爾夜半一個翻身的恍惚，感覺有一雙眼睛眈眈地俯瞰著，不害怕，他明白那是孤寂而生的幻覺。[59]

看似嶄新的空間搜集著不同旅人短暫停留的痕跡，可能是殘留的煙味窗簾的襞褶，甚至是固定時間灑落室內的光線，形成既私密又敞開的雙重凝視，敘事者可以隱微感受到他人的此曾在（ca a ete），此曾在亦幽靈般反身凝望新加入的房客，窺探他即將留下什麼無形刻痕。又或者「在未來如果人們仍然有分離之念，那是大氣層機尾的凝結雲消散才開始吧。在曠風吹動的過境旅館，各自推開相對的門，回頭

58 林俊頴，〈夏夜微笑〉，《愛人五衰》（臺北：千禧國際文化，2000年），頁88-89。

59 林俊頴，〈異鄉人〉，《某某人的夢》（新北：INK印刻文學，2014年），頁156。

一望，彷彿陰暗中兩面鏡子互照。」[60]形成無限重影的視覺景觀，旅館成了承載一段具有效期限的情感空間，相聚時的歡愉以倍數累計，與離開伴生的孤獨對比。約翰．伯格（John Berger）一篇現象學書寫的散文〈床（給克里斯托夫．漢斯利）〉，對旅館有深刻觀察，

> 「沒有人」是你或我的愛人，是住過這間房間的每對伴侶。多年來，他們累積達成千上萬。他們躺在床上無法入睡，他們做愛。他們躺在兩張並在一起的床上。他們在一張單人床上彼此緊貼。他們隔天回家，或從此不再見面。他們賺錢或虧錢。他們背叛彼此，他們拯救彼此。／沒有人在此地，默默無名的床空空如也。或者我可以說：都不在場……此處只有殘跡，只有一種缺席。／我曾在此處。而現在我也已經離去。此處沒有人。[61]

以「物」的旁觀視角看待每個入住的房客，精準補捉這種「與一無所有的世界相遇」的姿態。將敘事主體挪回人，如何走出自傷自憐的情緒，轉換成我心歡喜的動能？遂把重心放在「相遇」而非「別離」，如林俊頴所云：「離開太久，歸來的

時候，今年花發去年枝，不必悲傷不必嗟歎。」[62]人類學家克里弗德（James Clifford）認為旅館如同車站、機場、醫院等空間，「所有相遇都是短暫而隨機的」[63]。他提到二〇、三〇年代許多超現實主義的創作者選擇居住在飯店或者與飯店性質接近的「暫時性寓所」，這種現象或許傳遞了當年巴黎的特質，將旅行視為一種能與世界重逢的方法：

在我對許多不同飯店的觀察中，文化接觸與想像的相關場域，已經從巴黎這類大都會中心開始流散。同時，在飯店這個時空中，出現了不同程度的矛

60 林俊頴，〈異鄉人〉，《某某人的夢》，頁160。

61 約翰．伯格（John Berger）著，何佩樺譯，〈床（給克里斯托夫．漢斯利）〉，《抵抗的群體》（杭州：中國美術學院出版社，2018年），頁165-167。

62 「想到曾經在某一高緯度的城市，夏天太冗長的白日之後，回到旅館，窗戶外是廣闊如醇酒的藍色天空，遂信服了旅遊小冊上的句子，如同漲溢的河水。晚禱時刻，老城區的大鐘敲響，好深沉且素樸的宗教感，讓身心隨著鐘聲一陣陣和平沉澱下來。」林俊頴，〈白雲謠〉，《猛暑》，頁59。

63 克里弗德又區分汽車旅館與一般旅館，前者沒又真正的大廳，而是銜接車道，不是一個完整的文化主體相遇之場所。詹姆斯．克里弗德（James Clifford）著，Kolas Yotaka譯，《路徑：20世紀晚期的旅行與翻譯》（苗栗縣：桂冠，2019年），頁20。

盾。首先，我發現自己要尋找與旅行有關的負面或正面視野的架構：旅行，負面地來說就是稍縱即逝、表面化、觀光化、流亡，以及無根性（像李維史陀所說的巴西中部小城戈亞尼亞〔Goiania〕醜陋的社會結構、奈波爾〔Naipaul〕的倫敦供膳宿舍）；正面地來說可以被理解為是一種探索、研究、逃脫、使人轉變的相遇（法國超現實主義作家布賀東〔Andre Breton〕的「格蘭何姆飯店」還有加勒比海裔的美國詩人佐登〔June Jordan〕觀光的靈光乍現）。這種運用同時也指向我所追尋更為廣泛的主題：重新將文化視為一個居住和旅行的場域，認真地看待旅行具有的知識。因此，飯店場合的不確定性本身便可視為一種對於田野（帳篷與部落）的補充。至少，它提供了不同程度遠離家園的人們得以相遇的框架。64

透過舊世界的繞道走出新世界，所有陌生的、帶著各自疏散感的「原子們」，得以在此空間相遇。也因它的移動性與不固定，讓充滿未知的未來增添挑戰，也讓孤獨不見得是負面情緒。這種帶有安全感的疏離，對身處異地與同志身分的林俊頴，反而彰顯美國（紐約）的可愛，所有可能都會發生。正是審美距離之故，深知

「紐約」終究是異地，林不會如同社會學家批判紐約不保留歷史變遷的痕跡，也不批判美國、日本、歐洲等國家過度現代化，《猛暑》砲口向內，反應臺灣資本主義拓張不均衡的現象，二〇一七年王德威《猛暑》序文批判林「對天然獨讀者而言，林俊潁如此唱衰臺灣未來，簡直靈魂需要反省，何況他對世代鴻溝毫不留情地嘲弄。」[65]話鋒一轉，「這部小說促使我們思考臺灣文學當代性的另一層面。我們能容忍一本砲口向內的惡托邦（dystopia）預言小說嗎？」[66]砲口向內，實則傳播學院研究方法強調自我批判之真傳，在他早年寫作可見一二，

我很想鼓起勇氣向懂得以不同曲風翻唱Blue Moon而產生不同情味的老師說，阿多諾是無可訾議的，但世上也沒有桃花源。用理論架構無瑕疵的典型，被壓迫者與被奴役者一起翻身的公義的國，是在我們頭頂永恆的星光。星星雖

64 詹姆斯．克里弗德（James Clifford）著，Kolas Yotaka譯，《路徑：20世紀晚期的旅行與翻譯》，頁38-39。
65 王德威，〈日頭赤豔炎，隨人顧性命——《猛暑》看見台灣〉，《猛暑》，頁4。
66 王德威，〈日頭赤豔炎，隨人顧性命——《猛暑》看見台灣〉，《猛暑》，頁4。

> 是發光體，但不能當電燈。
>
> 我知道我慣常以美文麗句掩飾思考的膚淺與不足。[67]

看似自謙之詞，對阿多諾的思辨至今看來仍受用。到了《猛暑》，始終維持向內反思的此份深情，譬如在異地遇到從不好奇家鄉這些年發生什麼的我島口音者，遠離家園到異地生活原是另一種可能，於是一路流轉諸多城鎮，體悟到「當所有的江河不在泛濫成災，當所有城鎮入夜的燈火都是一樣的陌生又熟悉，舊城鎮釘上霓虹燈，老建築立了解說牌，我行走的意義也就完結了。／唯一不可取代的是那我在其中老去並且死亡的城市，只有我島才有。」[68]敘事者之所以可以凝視那些旅經之地的美麗，乃因它們的哀愁事不關己，作為旅行，僅需要汲取美好記憶即可；我島不然，重點在主詞「我」，於此地居住一生，我願意「以最原始的走路方式，在這塊土地上走一日一夜，將孤獨走成夢幻泡影。從此，再也無懼孤獨。」[69]據此，《猛暑》走向「科幻」僅是醉翁之意，林無意展現人們如何適應數位世界，一切都是作為現世的對照，每個世代皆有屬於他們的虛擬世界，以不同方法各自圓滿罷了。

第四節　小結：鄉土得以不朽

對他，返鄉是如同夢想的破滅。或許不至於如此絕望，但被釋放遠遊而自由的靈魂塞不進舊時的軀殼。親情多半時於他是最原始而粗糙的情感，所謂鄉愁則是被過度美化的情緒。走出車站，窄短的鎮街，讓他溫暖熟悉的家鄉於焉開始傾坍崩壞，取而代之的，是那些新生的水泥怪物夾雜時興事物四處氾濫，一樣的音樂，一樣的海報，一樣的一商品，他在大都市視之為當然的，此時此地變得好荒唐，他舌頭舐舐牙齦，覺得自己的尖酸。[70]

若有一個林俊頴對空間初始至今仍百寫不倦的主題，那便是相加起來等於我島的城市與鄉村——絕對的城市與絕對的鄉村並不存在，我們都明白的道理——一個

67 林俊頴，〈是誰在唱歌〉，《是誰在唱歌》，頁177-178。
68 林俊頴，《猛暑》，頁195。
69 林俊頴，《猛暑》，頁189。
70 林俊頴，〈夜與霧〉，《是誰在唱歌》，頁97。

個貌似書寫空間的主題，背後談的是被時間滲透後的潛在空間。於是浮於書寫表面的城與鄉兩條敘事軸線，引導出無論身處何地總有個隱於現實的世界，甚至可以被擴大為一種虛擬的二元對立、張愛玲式的參差對照：斗鎮／鄉村以大霧構築彷彿能與死者通靈的冥界，城市則是以賽博空間回應日常宛若工蟻般的生活，皆是寄託給半真半假的世界，生活才能趨近完整。對林俊頴而言，鄉愁的本質是成長儀式，故難有永恆的鄉愁，城市與鄉村的消長，就像是成長小說無可避免地主題，生活在不同環境的況味，只有自己能體悟。

斗鎮很早便出現在林俊頴的小說，帶有末日色彩的短篇〈夜與霧〉，敘事者自陳大抵是對未來懷抱「烏托邦」式幻想的人，相信小路實篤的新村理想國與尼采的超人論，某日帶著都市裡出生的女友榮玫回到家鄉，一方面家鄉已不如記憶中的美好，水泥怪物並未放過此地，「他帶榮玫鎮上晃盪，教堂外是旱季裸露的河床，遍佈圓滑的灰白卵石，低溫鴨色的風無遮攔的吹，將他還原成一個虛無懷疑的人。」[71]認為人世間的萬事萬物總是不斷輪迴，他想起童年時期鎮上教堂一位說著流利閩南語的神父，讓他幾乎相信神的存在，他對家鄉複雜情緒又難以與榮玫道之，當兵時榮玫出國研究中世紀墓碑，兩個月後輟學改讀企業管理，退伍後他忙著謀職，某次同事小游約他至鄉下走一遭，他誤以為小游是擁有著同一份矜持鄉愁之人與之交好，最終在榮玫與小游身上都落了空。朱天文也寫過世紀末題材，對比〈世紀末的華麗〉米亞以各類流行文化混搭克林姆的金箔風，二十五歲便覺自己已老，流連聲色與情慾之間，她不忍見到都市以外尚未現代化的場所，「這才是她的鄉土。台北米蘭巴黎倫敦東京紐約結成的城市邦聯，她生活之中，習其禮俗，尤其藝技，潤其風華，成其大器。」（《世紀末的華麗》，頁一五五。）小說結尾，米亞學會造紙術，欲以「嗅覺和顏色的記憶存活」，重建女人王國。兩篇小說皆走向虛無，然角色的主體位置幾乎顛倒：〈夜與霧〉的敘事者他看似在愛情裡掌握了主動權，榮玫出國選了墓碑研究，出自敘事者的喜好；在陪小游回鄉的那晚，他要求小游留下。但面臨選擇之際，榮玫與小游都離開了他。〈世紀末的華麗〉米亞貌似被老段包養，實際上她始終是掌控選擇權的那位，無論與老段的關係，或者女友寶貝。〈夜與霧〉耽戀故鄉，〈世紀末的華麗〉著迷於都市。各有各的世紀末，卻都指向尼采式的、「一切價值必須重估的」的未來。

71 林俊頴，〈夜與霧〉，《是誰在唱歌》，頁97。

〈夜與霧〉的神父也出現在《我不可告人的鄉愁》裡，毛斷阿姑在少年陳嘉哉離開後的一段塵緣，神父馬太最終也選擇離開斗鎮，在毛斷阿姑手心寫下góa aì lí（我愛你），問她願不願意與他一同離開。毛斷阿姑沒有回應，馬太於大雨中離去，林俊穎筆下的配角們蒙太奇般出場：

> 雨水厚厚落在墓埔，野草茥⿰方色⿰方色（非常翠綠），老父及婜也丮著雨傘躡腳尾好像在墓頭跳舞，其實耍得真歡喜，曠野笑聲叫伊，仙也，雨水淹著我兩人的眠床板囉。婜也笑出咭咭聲，將雙生的紅嬰也玉姝擲給伊若一塊冰。那年寶珠迷上來舊戲園演出的歌也戲班小生，日日唱著七字調，緊來走啊噫噫噫。六兄，伊看見白蒼蒼、面容若果核的六兄晚年泡在一盆燒水內，腳手萎縮。四兄，唉，畢竟是倒藤椅內斷氣的，欲死還是掛念那些古冊，伊講四兄也汝的古冊我可是照顧好好，勿要再笑小妹及孔子公無緣。雨聲憂愁溫柔，睏夢中的路途遙遠，伊不時越頭，看見自己全身生菇，感覺非常見赧。至於陳嘉哉，太遙遠了，伊的夢境之外，聽毋著家鄉的雨。雨再繼續落，恐驚一切沖入古早的東螺溪，溪水浩蕩，伊聽見四兄宏亮吟誦，太初有道。72

太初有道，一切回歸原點，毛斷阿姑生命裡的兩段戀情無疾而終，「雺霧吞沒的大街，毛斷阿姑聽見遠遠有腳踏車車鏈咔啦咔啦帶動車輪轉動，來也，伊的心一憏，來也來也，漫長等待中的人將將欲出現了。」[73]是為了守著與陳嘉哉的約定，才選擇辜負另一個男子？又或者在一個個選擇離開斗鎮之人面前，毛斷阿姑選擇相信霧既能掩蓋，也能讓一切重見天日。

另一個擅長描寫霧的佩索亞（Fernando Pessoa），反倒特別喜歡在城市裡看霧氣散去。〈抵達生活的旅遊者〉寫道貝克薩區（Baixa）於薄霧中逐漸醒來之際，城市籠罩在霧裡時「一片情緒的薄霧在我心中升起。外部世界浮游的霧流似乎慢慢地滲入了我的體內。」[74]當薄霧逐漸散去，「我看著周圍的一切。眼下充游著活氣和普通人性的一切，除了天空中一部分殘缺不全的藍色碎片依然朦朧若現，我看見天上

72 林俊頴，〈ABC狗咬龕〉，《我不可告人的鄉愁》，頁314-215。

73 林俊頴，〈ABC狗咬龕〉，《我不可告人的鄉愁》，頁315。

74 新版本劉勇軍的翻譯《不安之書》譯成〈思想的旅行者〉，內文差異甚大，本文採用韓少功翻譯的版本，費爾南多．佩索亞（Fernando Pessoa）著，韓少功譯，《惶然錄》（臺北：時報文化，2001年），頁64。

的大霧正在完全散去，正在滲入我的心靈和人間一切，正在滲入萬物中能夠令我心動的部分。我失去了我目睹的視界。我被眼前的所見遮蔽如盲。我現在的感覺屬於知識的乏味王國。這不再是現實：僅僅只是生活。」林俊頴不刻意隱藏鄉土的破敗，也不沉溺於批判都市來陪襯故鄉美好，鄉土能在他筆下如此從容，或許便是佩索亞描述的那份「僅僅只是生活」的重量。如同安哲羅普羅斯的《霧中風景》當弟弟告訴姊姊德國到了，他們彷彿見到先前拾得的膠卷裡的景象，霧裡遠方的草原，有一棵樹。此刻，真實與虛構似乎不再重要，如一夜瓊花乍開，夢幻泡影似的，「毛斷阿姑一步一步行過曾經的不見天街，那些染坊、布店、油車堈、家具店、米店、山料店、販也堈，自從東螺溪敗，旺店勢頭去了三分、去了五分，借一場大霧亦沉沉睏去了。」[75]母語、霧以及虛空之屋，三元素組成結界一般的抒情離現代空間，作家終於藉由小說裡的人物返鄉。

75 林俊頴，〈霧月十八〉，《我不可告人的鄉愁》，頁90。

第四章

以「我愛故我在」通往真理之途：在記憶與自由之間

在空場上，裡的高窺，親做出當場市中，會路旦，及常馬的露行十八日，之典——馬氏相爭奇任十人，各路結者但鬥，在游得利，發動政變，且部的議論後復辟成功，然後從的政爭內容，之因此和層無關，場景落在十集地區。

拿捏到了媽祖宮自然成了群眾聚焦，毛斷阿姑聽見大街的鈴鼓斷從一直存在的羅漢腳，拉吃大家的催眠，又一精神的，耳後到頭頂落著一粒粒內瘡香設群遊來，偶有空窕，碗內剩剩骰子響，正是昔年大螺溪的響聲本子閒的化作雨水，熱間十鎮的摸露出了原形。羅大腳搖着碗內骰子，喊了一聲：「十八啦」。

下同於「十八啦」革命發明，機械動力以降，焚燒煤礦燃料等致的現代性之露，林燿德顯著下頭的帶有死亡的象徵，但它同時也是百姓朝香神祇的香火裊裊與斗鎮的氣候，帶時間倒轉至古未能經現代化變革的臺灣，「十八啦」是斗鎮裡的羅漢腳擲骰子，帶出方言短篇故事軸線貫穿書寫的主題。毛斷阿姑一生圍繞著斗鎮的媽祖宮，雖小說裡的人物、他們一，譬如生父母雙生木妹妹，譬如結髮一世的陳嘉哉，譬如無疾而終林俊穎極其內斂抒情的文字讓他少了些力氣，而他似乎無意求變。在我們這個喧嘩躁動的時代，他是孤獨的。

——王德威，〈日頭赤豔炎，隨人顧性命——《猛暑》看見台灣〉

很小的時候，我們會自製一種遊戲，一張紙條捲軸，紙上畫著不斷的分岔路，捲軸一點點展開，看你選擇的是死巷或是繼續前行，能否闖關到真正的終點。

——林俊穎，〈無人知曉的抒情時刻〉

等待與愛，是不是像暴雨將至？又或者是那已經俗爛的說詞，黎明前的黑暗？／那麼在低氣壓的昏茫中，我擁抱自己，讓愛昇華，你是見證。你的眼睛，我的心。／我愛故我在。

——林俊穎，〈我愛故我在〉

作為臺灣同志書寫的鼻祖級作家，很難只將林俊頴作品類型化為「同志文學」。最直截的原因是，他最好的書寫不限於追求身為同志的主體性、強化同志情慾異質的部分；或者以受害者之姿悲情控訴異性戀霸權；亦不打算複製異性戀他者化同志的框架，以同志身分將異性戀他者化，扣除性傾向以外，他總在找愛的最大公約數，尤其在《某某人的夢》（二〇一四）最為明顯，這種邁向愛的普世性之姿，提醒了「非我族類」的「異性戀」者愛與色情的差異，這艘於肉身起錨，看似航向「色情烏托邦」的大船，實際上卻是叩問存有之傷。或許不夠「異質」，因此，紀大偉據《正面與背影：台灣同志文學簡史》（二〇一二）修訂擴寫的《同志文學史：台灣的發明》（二〇一七）中，指出對比中國，同志文學是臺灣的發明[1]，提到林僅以極短的篇幅略談〈愛奴〉與〈熱天午夜〉[2]兩則短篇。

讓我們從二〇世紀的最後一年，朱迪斯・巴特勒（Judith Butler）再版《性別麻煩：女性主義與身份的顛覆》（*Gender Trouble*）那篇著名的的序談起。她回顧一九八九年這本自傳性色彩濃厚的著作對酷兒理論投下的震撼彈——批判女性主義內部仍存在著異性戀之假設——卻也遭致女性主義學者的批評，她提出異性戀鑄模（heterosexuality matrix），批判把性別限定於男性與女性這種二元對立概念的觀點。她反對部分的真理體制（regimes of truth）規範了某些性別表達的準則。巴特勒從德希達自卡夫卡《在律法之前》這篇小說的解讀，提出展演性（performativity）：

> 在小說中，等待法律的主人公坐在法律大門之前，賦予他所等待的法律一定的力量。期待某種權威性意義的揭示，是那個權威所以被賦予、獲得建制的方法：期待召喚它的對象、使之成形。我懷疑對於性別，我們是不是也使於類似的期待，認為性別以一種內在的本質運作，而有朝一日也許會被揭露。這樣的期待最後的結果是生產了它所期待的現象本身。[3]

---

1 「不像在中國，同志文學在台灣並沒有被文壇長期忽視；譬如，白先勇《孽子》出版之際已經廣受文壇正視。《同志文學史》專心聚焦在現代性促生的台灣文學，並不談許維賢已經奮力試圖爬輸的中共同志書寫。中共建國以來的同志文學並沒有展現出讓台灣得以仿效的繁榮歷史。」紀大偉，〈緒論——台灣的發明〉，《同志文學史：台灣的發明》（臺北：聯經，2017年），頁23。

2 紀大偉在《同志文學史：台灣的發明》誤植為〈熱天午後〉。詳見林俊頴，〈熱天午夜〉，《善女人》，頁210-228。

3 朱迪斯．巴特勒（Judith Butler）著，宋素鳳譯，〈序（1999）〉，《性別麻煩：女性主義與身份的顛覆》（上海：上海三聯書店，2009年），頁8。

巴特勒對性別本質主義的質疑，提醒我們既定的男性／女性慣有的形象乃是不斷被重複生產的社會現象——換言之，人生下來並沒有明確的性別之分，性別乃社會建構的產物，性別規範是對非傳統性別者的一種暴力，她指出「社會性別（gender）是文化建構的。因此，社會性別既不是生理性別（sex）的一個因果關係上的結果，也不像生理性別在表面上那樣固定。這樣的區分容許了社會性別成為生理性別的多元體現，因而已經潛在地挑戰了主體的統一性。」[4] 拆解了我們以為眼見為憑的性別本質主義，極有可能是被精心建構而成，生活在框架裡頭的人們始終不自知。如是對男性／女性的理解，同樣也發生在「男同志」與「女同志」身上，同志形象被典型化、標籤化，以男同志為例，維基百科出現如是分類：

猴：體型偏瘦或很瘦者，由於體脂肪偏低因此多半容易看得出線條。

狼：男同志中體態比較結實精壯且成熟者。

狒狒：普通體形，不胖不瘦，體型比較勻者。

熊：體形壯碩，虎背熊腰，部分胖中帶有肌肉，包括毛毛熊（有胸毛體毛者）、黑熊、肌肉熊、小熊。

狸、貓：男同志中體態比較圓圓可愛者。

豬：男同志中體態過胖者。

直男、異男：異性戀男性。

MB（Money Boy）：為男同性戀者提供性服務的男性（部分為直男）。[5]

呼應巴特勒對《在律法之前》的理解，這些肉眼可見的差異在社會性別的基礎上，以體態細分男同志的種類。越來越多的性別標籤，皆是因為人類期待性別能以一種內在本質的形式運作，造就如今外顯於世人眼前的型態。同志議題一直是現代文學中的顯學，截至二〇二一年九月臺灣碩博士論文網便有一二五七篇相關論文，我欲順著創作者小說的肌理，志不在再度將林俊頴歸納於同志作家的隊伍之中，也無意探討同志對抗異性戀霸權一路走來的艱辛血路，如同林俊頴《猛暑》裏敘事者我那則隨著物哀一路冒險的同義反覆遊戲：「很小的時候，我們會自製一種遊戲，

4 朱迪斯．巴特勒（Judith Butler）著，宋素鳳譯，〈生理性別／社會性別／慾望的主體〉，《性別麻煩：女性主義與身份的顛覆》，頁8。

5 網址：https://zh.wikipedia.org/wiki/男同性戀（檢索日期：2021年9月20日）

一張紙條捲軸，紙上畫著不斷的分岔路，捲軸一點點展開，看你選擇的是死巷或是繼續前行，能否闖關到真正的終點。」[6]一晌貪歡以後，仍有一個「我愛故我在」等待被揭開。

第一節　從性別之難航向存有：「大同書」與「理想國」

除了城鄉議題，「愛」可謂是林俊頴自始至終的初心。王德威為他一九九七年出版《焚燒創世紀》與《日出在遠方》作序，寫道小三三一員林俊頴於中篇小說〈焚燒創世紀〉以祖父那條鄉土敘事軸線對比同志情慾而有所突破，但未找到林「參差對照」基準，臺北、香港、紐約三座城市尚未於彼時林俊頴筆下好好發揮，讀來含蓄，究竟是自身的故事已被他人拾去，又或者尚在斟酌小說真實與虛構的距離？

從六〇年代末期林懷民《蟬》，七〇年代聶華苓翻譯紀德（André Gide）《遺悲懷》[7]、白先勇《孽子》於《現代文學》連載，八〇年代陳若曦《紙婚》以日記體探討形婚夫妻與愛滋以降，九〇年代同志議題於電影領域亦受關注，金馬國際影展與金馬獎合辦後，一九九二年首次推出同志專題，名稱「愛在愛滋蔓延時」[8]，系統性地梳理同志於影像中的形象，在文學與電影雙管傳播下，同志雖於社會中受到歧視，但在藝文領域裡成為顯學。一九九四朱天文《荒人手記》「我寫故我在」豪語既出，獲得第一屆時報文學百萬小說獎的首獎，同年邱妙津《鱷魚手記》出版後，隔年於巴黎自殺，一九九六《蒙馬特遺書》以血宴饗愛情的故事現世，朱邱二人各占一方領水顧不得枝流。一九九七林俊頴《焚燒創世紀》「我聽故我在」[9]以安

6 林俊頴，〈無人知曉的抒情時刻〉，《猛暑》，頁238。
7 「兩年以後紀德正是廿四歲，他到非洲去旅行。他就在那兒發現了自己同性愛的毛病。在那同時他生了一場大病，久久才復原。在那期間，日光、沙漠、棕櫚樹下的笛聲、靜止的黎明、醉人的黃昏……引起了他對生命的熱誠，使他發現自己。他沉醉在感覺的快樂中，不再對肉慾發生顫慄。」聶華苓，〈紀德與「遺悲懷」〉，《遺悲懷》（臺北：晨鐘，1971年），頁16。
8 陳韋臻，〈彩虹光影的折射——小談近卅年台灣同志影視〉，《以進大同：台北同志生活誌》（臺北：台灣文學發展基金會，2017年）
9 林俊頴，〈焚燒創世紀〉，《焚燒創世紀》（臺北：遠流，1997年），頁66。

靜蒐羅他人故事之姿現身，同年《日出在遠方》獻祭之姿喊出「我愛故我在」[10]，這兩本書出版的同時期，台灣發生簡維政、劉俊達事件（一九九六－一九九七），前者遭指控性騷擾學生，文化大學停聘處分，與當年社會氛圍有關，只要承認自己同志身分，便會受當時社會恐同氛圍影響，認定男同志有侵犯之嫌；後者當時大二，在華視「一八〇〇」節目承認自己是雙性戀，引起譁然。於此同時，朱偉誠寫下〈臺灣同志運動的後殖民思考：論「現身」問題〉[11]反思事件始末，隔年刊登於《台灣社會研究季刊》。

二〇〇〇年，林俊頴出版《愛人五衰》，幾米繪製插圖，千禧國際文化出版；二〇〇三年更換書名《夏夜微笑》，麥田出版，朱偉誠為之作序，同理這一路的「難」——無論是被「師姊朱天文搶了白」，或者是掏空自身書寫身為同志的切膚之痛——朱如是為之背書，分析了〈下一站，伊甸園〉、〈夏夜微笑〉、〈魔術時刻〉、〈借來的時間〉、〈愛奴〉這五篇短篇抒情之必要：

> 他之所以刻意模糊事件的情節曲折，轉而全心致力相關感懷的抒發吟詠，要不是因為故事的出處皆有所本，必須避免對號入座而刻意隱諱，就是他認為

同志彼此間的色相迷戀、聚散離合，若是毫無跳脫地陶醉沉溺，別說不能據以經營非只為當下一時的生命，更難以用來直述為藝術的素材。所以必須對之有所觀照，而這種觀照，正是這些在情節上大體不互相連屬的故事，之所以能夠共同展現出一種驚人的一致性的緣由。[12]

二〇〇五年，朱編列《臺灣同志小說選》時，序文〈另類經典：臺灣同志文學（小說）史論〉列出起步期（一九六〇—一九七五）、開展期（一九七五—一九八三）、問題期（一九八三—一九九三）、狂飆期（一九九三—二〇〇〇）、尚待觀察的新階段（二〇〇〇—）五階段，從白先勇〈月夢〉為首，指出一個有趣的現象：

10 「我以己身為犧牲，如同置於祭壇上，我說，請品嚐，請取用。我不畏縮，坦蕩而喜悅，這是愛的極致，於焉完成。／我不是唯一遵循此古法的信徒。我看過太多依儀式前來祭壇的另一方，昂昂鼻子，視祭壇上的血肉之軀為不喜不潔不美，悻悻然掉首而去，其背影如狼似狗。／未能完成的儀式，最被褻瀆最被羞辱的是做為犧牲的人。祭壇成了砧板。」林俊頴，〈我愛故我在〉，《日出在遠方》，頁65。

11 朱偉誠，〈臺灣同志運動的後殖民思考：論「現身」問題〉，《台灣社會研究季刊》第30期（1998年6月），頁35-62。

12 朱偉誠，〈鏡花水月畢竟總成空？——序林俊頴《夏夜微笑》〉，《夏夜微笑》，頁6。

「同志書寫或同性戀呈現在一九六〇年代台灣的出現，都直接或間接地與當時現代主義風潮相關」[13]收錄十三篇小說，林俊頴〈愛奴〉——這篇發表在社會對同志進行輿論暴力當頭的小說，亦在其列[14]。

回到林俊頴的同志書寫。早在一九九三年，林發表散文〈美麗的空屋〉便觸及到同志題材，雖於九〇年代初期鋒芒不及朱邱二人，但其筆下流轉於現代化之罪的慾望城市如臺北、香港紐約作為一方樂土，更像是對照記，映出父執輩以宗法構築理想王國安然走過生老[15]——同與異、年輕與衰老、城市與鄉鎮、自我與他者——隱隱為敘事者與男性長者們畫出區分：書包裡總放著杜斯妥也夫斯基的「志文／新潮文庫男孩」[16]；因性取向難有後嗣，始終有著負罪感的憂鬱雅痞，對肉身著迷，偶有變裝癖[17]；〈愛奴〉續寫肉身的色衰愛弛「以己身為圓心，以雙腳作半徑，意志前導，可行至多遠便延伸多遠，畫出愛與性的最大圓。我個人以為這是同性戀者的終極大夢，理想國。」[18]柏拉圖「理想國」本也是「同」人群，

古典史詩神話的同性情愛也經常隱藏於「柏拉圖」式昇華的哲學理念裡，同性情慾進而高度玄秘化。所謂柏拉圖式情愛無非是屏棄肉體性慾，將情慾昇華

為精神交感，是純精神的同性戀愛。柏拉圖在《會飲篇》裡闡釋愛的真諦，認為愛的誘因乃根源於純粹之美，真正的愛只能尋覓於同性之間，異性之戀則

13 或者更直接的說，與《現代文學》雜誌有關。朱偉誠，《臺灣同志小說選》（臺北：二魚文化，2005年），頁14。

14 《臺灣同志小說選》收錄白先勇〈月夢〉與〈孤戀花〉、朱天心〈浪淘沙〉、吳繼文〈天河撩亂〉、朱天文〈肉身菩薩〉、邱妙津〈柏拉圖之髮〉、陳雪〈尋找天使遺失的翅膀〉、紀大偉〈蝕〉、洪凌〈獸難〉、曹麗娟〈關於她的白髮以及其他〉、林俊頴〈愛奴〉、張亦絢〈性愛故事〉、阮慶岳〈騙子〉等十三篇文本。

15 「他們對活時的一切步驟順從，甘心領受；遵行數千年來文明社會的基本法則，結婚生育，老去。他們不質疑，不反叛，用其精血在人世間搭築起網絡，輻射出去，終而穩居宗族之長、家長的寶座。那樣的座椅，鐵鑄焊接，坐上了就是永永遠遠。它非關貧富，不懼權勢。因為它就是財富與權勢。當以我為起始的第三代建立了，我祖父君臨他的子孫，他具體而微的王國，那應該是他一生中難得的顧盼自得的時刻。」林俊頴，〈焚燒創世紀〉，《焚燒創世紀》，頁36-37。

16 林俊頴，〈慘綠少年〉，《鏡花園》，頁132。

17 「對同性戀者繁殖後代既是奢望，索性喬裝易容，企圖混淆顛覆傳統兩性角色的價值觀。／我忘不了在克里斯多佛街一家陳舊的小酒吧前，一個水蛇腰的妖燒黑男子，隨身帶著錄音機音樂一放，忘我的擺手扭身賣弄風情，溷濁人潮中，我只覺淒慘。／狂歡夜後，隔日村子像給曠古的大風吹淨了，懶懶的日頭下，無事又滄桑。牽引動情激素的各種氣味消散，出來舒展筋骨的櫃中人重返黑箱，那家中國人經營的百年老店McNulty's咖啡香優雅的重新出塵飄散。」林俊頴，〈紐約．紐約〉，《是誰在唱歌》，頁8。

18 林俊頴，〈愛奴〉，《愛人五衰》，頁214。

流於肉體的慾念。在《菲德拉斯篇》裡，柏拉圖借蘇格拉底之口，將人性癡狂分為四類：預言、儀式、詩歌與愛戀，其中「愛戀」為首，它是一種快感，追隨著愛神愛洛斯的羽翼，浸淫於美神阿芙蘿黛蒂的純美之中。[19]〈愛奴〉裡的理想國是安置這些狼狽偷生的「天下大同」，寫來雖不乏耽溺自棄之情，但絕非毫無底線的為創傷而創傷，借愛滋對免疫系統帶來的破壞，參雜對靈、肉、意志三位一體的反思，

謎。意志與肉身的關係恆是愛恨交纏？前者必得藉後者遂行落實？然而肉體又往往是意志的障礙。我們得天之寵？到過那黃金國度？意志、靈與肉三合一，飽餐豐美盛宴。我們帶著黃金國度夢幻的光輝，樂而更淫。誠然我們不是人類歷史唯一丟棄繁殖的包袱（或說是使命？）的先鋒部隊。但少有人能將靈、肉與意志三合一處理得更為粲然大備。瓊花一瞑，煙花一綻。可惜可惜。[20]

愛滋的出現顛覆柏拉圖式愛情不沉迷於肉身的想像，哲人難以料想一九八〇年代人類免疫缺乏病毒侵襲世界，同志不再是精神性戀愛的表徵，他們被別上了毒品、縱慾等標籤，然而「為愛而愛，為性而性，靈魂與肉體各取所需，每一次是白熱化的完全燃燒，不留餘燼。／也是一種飛翔的自由，我們勢必去到沒有歷史紀錄的版圖，在現行的法則與禁忌之外。」[21]病與肉身消亡讓這分難得的自由更有分量。朱偉誠解讀〈愛奴〉對同志與愛滋之間錯綜關係的描繪，「愛滋病對身體的顯著摧殘所象徵的，難道不就是人類肉身必然結果（衰老死亡）的一個高度戲劇性的啟示展現？」[22]林俊頴展現一條自色身的沉溺到超越肉體之心境轉移的軌跡，呼應〈愛奴〉開頭三王子聽取神仙老太婆的指示，「做出正確的選擇」。如是轉折，釐清林俊頴小說中性別書寫的轉向，從慘綠少年時期如《焚燒創世紀》、《愛人五衰》（後

19 黃心雅，〈導論〉，《從衣櫃的裂縫我聽見：現代西洋同志文學》（臺北：書林，2008年），頁2-3。
20 林俊頴，〈愛奴〉，《愛人五衰》，頁216。
21 林俊頴，〈愛奴〉，《愛人五衰》，頁214。
22 朱偉誠，《臺灣同志小說選》，頁268。

改名《夏夜微笑》）已看出端倪，因性別認同所帶來的心理創傷，走向《某某人的夢》以後，對肉身的執著逐漸變淡，林俊穎並未於既定男同志論述框架裡頭加深性別本質論的想像，轉而對抽象的靈魂、鄉愁、夢境，乃至「愛」的本身之詰問。

一、〈慘綠少年〉中的三種暴力情境

二〇〇六年出版《鏡花園》〈慘綠少年〉，可視為林俊穎多年後回首青春的側記，看似以「渴望不需遮掩自身性向且包容同志的世界到來」為小說核心，實則將青春時期的情慾摸索躍升為三種暴力情境的探討：政治暴力、性別暴力、論述暴力。

敘事者絮絮叨叨與「你」分享焦躁青春期的諸多軼事與嗜書癖——一九六八年，一個十四歲的文藝少女首仙仙離家出走，留了封遺書給好友，數月在木柵發現她的屍體，她的故事被出版成《從首仙仙的自絕到迷失的一代》——敘事者偶然晃舊書攤時，在A書堆中翻到此書，他的生理尚在回應A書給的視覺刺激，心裡卻對首仙仙「清麗通靈」的纖敏神經著迷，忽然下起雨，他全身濕透回家後一夜高燒，想起林懷民〈蟬〉裡黏人病嬌，總依賴著莊世桓的另一朵水仙吳哲，心中蕩起困惑恐慌「……我發呆，手卻不安分的撫摸、握著那幼小、冰涼、昏睡的性器，怎麼也喚不醒，簡直就是一件殉葬品，玉蟬？／我那曾經一度啞吧掉的慘綠的性欲啊。」[23]某種複雜的情緒戰勝費洛蒙，在那個「男女陰陽各司其職，清清楚楚的年代」[24]，政治暴力體現於敘事者與友人收到圖書館管理員自印的傳記「大同書」，寫管理員自徐蚌會戰輾轉來臺的餘生且蘊含他規劃理想世界的草圖，敘事者想搶救「大同書」而緊盯著管理員與太飛的互動，某日「天空銀藍，我突然抬頭看見圖書館，直覺拉著我不出聲的走上樓。第一次我覺得學校建築與軍營、監獄的構造是源於同一想法，《天讎》的紅衛兵難怪武鬥一開始先占據教室當基地。」[25]《天讎——一個中國青年的自述》是傳記體文革小說，「後來聽說書中紅衛兵的食宿和國府的文宣不合，所以書給查禁了」[26]；緊接著性別暴力展開，敘事者在圖書館瞧見友人

23 林俊潁，〈慘綠少年〉，《鏡花園》，頁131。
24 林俊潁，〈慘綠少年〉，《鏡花園》，頁132。
25 林俊潁，〈慘綠少年〉，《鏡花園》，頁135。
26 李奭學，〈中國文學不能承受的重：文革小說40年〉，《中國時報》開卷周報，2000年5月28日。

太飛與管理員的性事，謠言傳開，

……他們，那些小獵人、志文／新潮文庫男孩，虎立的趴在圖書館窗上磔磔狂笑，敲打玻璃。我撥開他們，那一邊的玻璃窗被踹飛出一扇，一團人影跟著跳出去不過是一口痰，嘩琅琅的碎裂聲。

沒死。他沒死成。只是斷了一條腿，跛了；臉上撕出一道疤，像一條閃電。其後，大約每十年我會見到一次太飛，在我舉手打招呼之前，他轉身背向我。然而那臉上的疤閃電矛槍沒有一次失手、筆直的刺穿我的胸口。27

〈慘綠少年〉尋死的太飛對照〈蟬〉裡的吳哲，處境卻更加諷刺，管理員「大同書」中對理想社會的抱負很快被消音，取而代之的是性取向的羞辱與被輿論逼迫墜樓的太飛。志文／新潮文庫翻譯的經典作品中，不乏同志作家與同志書寫，前文裡的文青們明明能對小說裡雷同的情事有所感悟，於現實生活裡發生，對異己的同仇敵愾變成必要的社交儀式，口語及身體的攻擊姿態構成暴力的表面張力，真正使暴力外溢，將太飛推下樓的，是太飛內在的自我否定。敘事者作為暴力的原點（散播太飛性向），暴力現場的見證者，卻不敢／不能／不願承認自身的同志傾向，類比文革時期的紅衛兵批鬥，政治暴力與性別暴力達到互文效果，待少年時期的獵巫故事結束，成為一道亙古的傷疤，難以直接貼上加害者或受害者標籤。真是為了伐異？還是為了掩蓋「同」才必須自相殘殺？故事結尾，敘事者結婚，有個處女座妻子，且比青春期更沉溺於書本世界，成了名副其實的蠹魚。成年後的某日在蒙馬特的圖書館，為找尋田納西威廉斯（Tennessee Williams）《玻璃動物園》與「你」相遇，交換裡頭的句子，「總有一天，我（們）會毀在這要命的癖好，身敗名裂，萬劫不復。」[28]因為性別認「同」難被見容於當時社會，管理員的大同書成了隱喻，真相彎彎繞繞。以敘事者我單向陳述的對話體小說便是論述暴力，所有關於太飛及管理員的資訊皆是敘事者「我」提供，究竟敘事者是否如同管理員一樣，謹持禮教法則走上結婚生子之路？還是為掩護自己真實的慾望，竊竊遞出密語？又或者一切皆可用文學涵括，而甘心做一尾被書頁夾死的蠹魚，成了真實層（the Real）裡不

27 林俊頴，〈慘綠少年〉，《鏡花園》，頁136-137。
28 林俊頴，〈慘綠少年〉，《鏡花園》，頁139。

能說出口的秘密。這篇對話體小說的主觀視角並未更多線索，保留了敘事者自身的結局，一步步揭開同伴（但最後被獻祭給社交關係的他者）太飛的秘密，過程本身便是暴力的一個環節，而非僅是再現暴力發生的語境。以小說形式結構反身思考暴力機制，也點明為何林俊頴不喜歡「排他論述」，無論是在鄉土與現代的對立、同性愛與異性愛的對立，導致他對空間的思辯最終總走向存有論之道。

二、以「雌雄同體」概念鬆綁「男同性戀」

林未把同志對肉身的耽溺與愛而不得作為建構理想國的主旋律，他以「雌雄同體」概念鬆綁「男同性戀」身分不流於濫情，頗有幾分桑塔格（Susan Sontag）獻給王爾德（Oscar Wilde）〈關於「坎普」（Camp）的札記〉裡「雌雄同體必然是坎普感性的重要形象之一」[29]的感性氣質，對照筆下以利益至上的現代化資本主義之都，任何理想都顯得有些「不合時宜」[30]。回到吳爾芙式的切入點：「任何寫作者，念念不忘自己的性別，都是致命的。任何純粹的、單一的男性或女性，都是致命的；你必須成為男性化的女人或女性化的男人……任何創造性行為，都必須有男性與女性之間心靈的某種協同。相反還必須相成。」[31]她在一場晚宴上認識情人薇絲特，當時她們皆已為人妻，吳爾芙以薇絲特為影格，描出《歐蘭朵》的骨幹，陰柔與陽剛並存，模糊了性別的疆界。到了林俊穎的文本，論及雌雄同體，有兩種詮釋的立場：一是被市場經濟收編成流行文化符碼；二是回歸到寫作與自我認同。

他觀察易裝癖實可回歸至西蒙．波娃（Simone de Beauvoir）名句「女人不是天生的，是形成的」，若有一天，男性也穿上女裝呢？雌雄同體（hermaphroditism）於生物學中並不罕見，易裝癖更可視為流行文化、表演藝術的一環，林對此現象亦融入對資本主義的反思及批判，甚至專注書寫男色色難的《愛人五衰》，〈下一站，

29 蘇珊．桑塔格（Susan Sontag）著，黃茗芬譯，〈關於「坎普」（Camp）的札記〉，《反詮釋：桑塔格論文集》（臺北：麥田，2008年），頁387。

30 「從風格的觀點來說，坎普是一種世界的視野——然而是以一種特別的風格。它是一種對誇張、一種『不合時宜』的愛、對事物成為它們原本不是的東西的愛。」蘇珊．桑塔格（Susan Sontag）著，黃茗芬譯，〈關於「坎普」（Camp）的札記〉，《反詮釋：桑塔格論文集》，頁387。

31 維吉尼亞．吳爾芙（Virginia Woolf）著，賈輝豐譯，《一間自己的房間》（*A Room of One's Own*）（北京：人民文學出版社，2003年），頁116。

伊甸園〉裡木村拓哉反串變裝「另一種不事濃妝豔抹而直見男色的雌雄同體」[32]的口紅廣告，當金錢決定遊戲規則下「男人女相、女人男風盡成時宜」[33]，市場經濟讓雌雄同體於異性戀主宰的俗世合法化，對敘事者而言，回到「所有偉大的創造皆是孤獨的過程」[34]，在沒有南十字星的城市裡，敘事者於巷弄間迷走，「空間的惡質擴張」與身體疊影，心中念想的伊甸園永遠是下一站，「因此所謂的雌雄同體，顛覆性別之說，其實不必太認真。不管是男衣女穿或女衣男穿，易裝癖千百年來可以在許多民族以表演藝術之名發揚光大，半世紀前的德裔女星瑪琳黛德麗穿起西裝的神秘巫女氣息，時至今日仍不斷的被複製。」[35]消費社會如此，但戲曲裡也有梅蘭芳與孟小冬，男女之間氣質的不存在優劣位階，不應以二元對立的姿態劃分他者。

至「回歸到寫作與自我認同」第二種詮釋立場時，林借小說人物帶出提問，直面「陰性的自我」（feminine ego）駁斥性別偏見，然而是否適宜用陰性書寫（L'ecriture Feminine，另譯女性書寫）框架之，林給出回應：

> 生物有兩種性擇機制，一是雄性互相競爭以求得配偶，第二是由雌性挑選雄

性配偶。

——喔，這其中可有我的位置，我的詮釋？

——既是雄性也是雌性的共同體，我披著雄性的皮囊，包裹著一縷雌性靈魂。

——甚至不應該說是同性戀者。

——男同性戀者理當是陽具崇拜者，既愛戀自己的，也仰慕他人的，而我不是。

——發生我身體的這一切，是因何而來的？

——我思索，因而焦慮苦痛。我不思索，因而得著了棉花糖？[36]

他定義在生物常態性擇機制外的第三條路，一縷披著雄性皮囊的雌性靈魂。為

32 林俊穎，〈下一站，伊甸園〉，《愛人五衰》，頁26。
33 林俊穎，〈下一站，伊甸園〉，《愛人五衰》，頁26。
34 林俊穎，〈下一站，伊甸園〉，《愛人五衰》，頁26
35 林俊穎，〈綺羅堆裡〉，《日出在遠方》，頁53。
36 林俊穎，〈熱天午夜〉，《善女人》，頁219。

避免另立論述霸權，雖處境稍異，林俊頴與西蘇（Hélène Cixous）以散文筆調提出「女性寫作模式」是為去中心（decentralization）目標雷同，且隱含同志畢竟與生理女性不同，承認性別氣質是由社會建構而成，並無法完全緩解性別認同的難處之思考在裡頭。正如克莉絲蒂娃（Julia Kristeva）指出單一性別化主體的不切實際，「我重新創造了在一種面對各種出奇的隱喻敞開的可塑性：和蘭波一起，我是另外一個人——男人、女人、孩子、動植物乃至星辰。和柯萊特（Sidonie Colette）一起，我不只獲得了一種雌雄同體的心理，還變成了世界之肉（chair du monde）。」[37] 大寫的女性不存在，而大寫的男性亦不存在。林以「而我不是」四字，解構男同志同時也是菲勒斯中心主義（Phallogocentrism）的想像；在同志書寫的道路上，他拋出存在主義式的提問「這其中可有我的位置，我的詮釋？」回歸到每個主體，林俊頴終究大開理想國之門邁向世界的存有向度，從私我的慾念轉為形而上的嚮往。

從《焚燒創世紀》一路航向《我不可告人的鄉愁》，便是「大同書」走向「理想國」的過程。林未劃地自限僅談同志情感，其發展出來的參差美學已有突破。或者說，在多年以後的今日，林俊頴對文字美學的耽戀所發展出來的抒情書寫已與朱天文大異其趣。作家自隆情美文到借方言（母語）來創造（焚燒）新世紀，皆遠大於對同志身分的挾以自重，這種少去了受害者傾向的自怨自艾，沒有《荒人手記》試圖理解同志卻難免落入異性戀框架的吃力，遂如獺祭魚般大量互文引用，好學生似的鋪墊精雕細琢的色情烏托邦；林不掩其惡，形塑耽美與體面兼具的姿態，更接近克里斯蒂娃從梅洛龐蒂那裡借來的「世界之肉」——當「愛」能超越人倫宗法成為通往真理必經之路，性沒有傳宗接代的包袱，如同〈夏夜微笑〉引爵士女伶Billie Holiday的嗓音與浮生霜雪襯證，蔥綠與桃紅的對比得以彰顯。他調度鄉土經驗與城市對照獨樹一格，與異地生活的經驗與同志身分總被主流世界他者化有關——把自己異化成異鄉人，才能得其門而入[38]——林俊頴長期被「包括在外」，是處境也是姿態。如今回看〈焚燒創世紀〉已現跡象：林既寫同志愛而不得出走原鄉，也照映世代關係（relation between generations）為主軸的童年鄉村／異性戀世界，如是雙重對照的習慣，頗有張愛玲參差對照之態，沒骨畫似的捨棄直截以濃墨勾勒輪

37 世界之肉（chair du monde）另譯世界肌膚。克莉絲蒂娃（Julia Kristeva）著，趙靚譯，《獨自一個女人》（福州：福建教育出版社，2015年），頁198-199。
38 林俊頴，〈下一站，伊甸園〉，《愛人五衰》，頁27-28。

廓，林早年著墨身為人子因性取向難以承擔人倫之責，乃至生育力極低的當代，慾望鬆綁，同志書寫脫離強化創傷之策略，不過分荒湎相互情感勒索的禁忌愛，先見之明顯得別緻。

第二節　抒情時刻的分岔路口：一種通往自由的懷舊

二〇一四年，由〈補夢人〉、〈原子人〉、〈異鄉人〉三個短篇組成《某某人的夢》更專注書寫愛情，或者更準確來說，是人與人之間錯綜複雜的情感關係，以及城市作為情感發生的「場景」。林俊頴於後記提到《某某人的夢》有所本，小說雛型源自身邊友人經歷，卻也都是疇類之人異路同歸的惡夢。作者自比食夢貘，若能食盡他人之惡，也是結束自己的惡夢。他引約翰．伯格（John Berger）之言「每一種愛都喜歡重複，因為它們違抗時間。」[39]回應讀者們對他總是反覆書寫同一故事之提問。二〇一七年的《猛暑》將科幻與賽博元素融入「我島」的世代哀愁，王德威在序文以「科幻抒情學」談林淺嘗輒止的科幻練習是種另類科幻：

我認為林俊頴的能量不在想像驚天動地的災難奇觀，而在操作文字意象，將「我島」夾處幽明兩界的現象渲染開來，營造頹廢風景。在他的世界裡，人活著猶如二次元的存在，機器似乎會鬧鬼。層出不窮的意象幻化，不，無性繁殖，後人類彌散蒼茫的感覺結構。[40]

我認為林俊頴對科幻與賽博世界的關注始於《我不可告人的鄉愁》，賽博世界的出現彷彿成為打破城鄉框架之槌，它破壞地理空間的鄰近性，只消在網路上便能獲得遠在千里之外的訊息，甚至也抹去了兩地的時差與乘坐交通工具花費的時間，離散（diaspora）這種情緒不再限縮於猶太人或者離開原鄉生活者。《某某人的夢》雖然也是舊題重寫，相較於早期《焚燒創世紀》（一九九七）裡大聲疾呼「我們是殉色者，窮畢生之精華在感官，在肉體的創造，完全不避負擔繁衍後代的重責大

---

39 約翰・伯格（John Berger）著，吳莉君譯，《A致X：給獄中情人的溫柔書簡》（臺北：麥田，2014年），頁59。

40 王德威，〈日頭赤豔炎，隨人顧性命——《猛暑》看見台灣〉，《猛暑》，頁13。

任，心無旁騖地享樂主義。」[41]「我愛他。／愛他的什麼？身體，是的。青春美貌，是的。」[42]雖然他同樣書寫同性情感，卻以「同梯」、「同鄉」取代「同志」，小說人物都已過激烈性愛之身體認同摸索期的年紀，肉身慾望雖未完全消失，但也逐漸褪出情感的競技場，回歸到樸實原點，給曩昔流光寫一封長長繾綣的溫柔情書，對於城市生活／現代生活與愛情本質的探問躍居上位，以文字實踐對都市的感性建構，創造了生而為人，往來間不可避免的時差現象。

第三章與第四章處理了抒情離現代對時間與空間之理解。離現代脈絡中懷舊理論的梳理，讓我們相當程度理解於當代語境懷舊儼然闢生之新意——它是模糊真實與虛擬疆界的情感策略，用來抵制賽博空間之後快速運轉的時差。林俊頴自《我不可告人的鄉愁》開始寫網路數位時代，無論是「網路一日，實體世界千年」[43]或者網路時代可望其復興的「筆友」[44]，時間節奏的紊亂已有別於啟蒙現代的初期，博伊姆在設計離現代式的懷舊／前瞻性懷舊（prospective nostalgia）時，寫道與過去、未來、現在三種時態的關係：

離現代的反思是斡旋於記憶與自由之間，離現代的懷舊是前瞻性的而非回顧性的；它恢復了始料未及的過去與未來的前沿，且持續變革我們的現在。前瞻性懷舊不僅僅是渴望承認懷舊會是（would）或應該是（should）過去的樣子，也不是對現下複雜情況的逃避。[45]

以《我不可告人的鄉愁》為轉折，林俊頴的鄉土書寫體現出前瞻性懷舊的氣質，他不被記憶或史料束縛，小說享有虛構的自由，遂打開多於歷史的可能。告別故人毛斷阿姑，林俊頴再度提筆談愛，無論作為隱喻或者真情實感，《某某人的夢》對照《愛人五衰》、《夏夜微笑》，城市炙火燒成盛夏，愛成了最一以貫之的真理，終究在《猛暑》開啟科幻抒情學，志不在對科幻硬體設備的精細描述，科幻作為情懷的點綴材料，藉以在玫瑰焚成灰燼以前，鋪陳「『我島』的世代哀愁」。

41 林俊頴，《焚燒創世紀》，頁86。
42 林俊頴，《焚燒創世紀》，頁91。
43 林俊頴，〈駱駝與獅子的聖戰〉，《我不可告人的鄉愁》，頁23。
44 林俊頴，〈有錢人不死的地方〉，《我不可告人的鄉愁》，頁278。
45 Svetlana Boym, "Prospective Nostalgia", *The Off-Modern*, p. 39

一、愛作為懷舊的策略

博伊姆一生的三個關鍵詞：懷舊、自由、離現代，體現在對於文學、建築、新媒體藝術的抒情觀看。面對不同文化差異之際，她將重心擺在文化內部的多重性特質，思索對創作者而言，有什麼喜好是超越國土疆界的，而不單把心思放在文化衝突或外部的多元主義。她以「對自由的考察需有自己的創造性邏輯」來應答身世——與諸多美籍俄裔的離散者一樣，擺盪在美國自由女神（Lady Liberty）與俄國祖國母親（Patria Mam）之間的處境[46]，《另一種自由：觀念的另類史》（*Another Freedom: The Alternative History of an Idea*, 2010）分析為何具有離現代特質的創作者，總喜歡棋盤此一隱喻：

> 作為離現代創意Z字原型的棋盤，深受、杜象、納博科夫等創作者的喜愛。就歷史意義而言，西洋棋棋盤取代了戰場，它允許好戰者於遊戲中競逐。在不同文化之間，黑白方塊這種普世飾品並未因翻譯而缺漏太多，我的棋盤從來沒有真正的黑白，但總稍稍偏離當地材料的光澤和肌理。棋盤的表面玩弄著視角和網格，向虛構的第四維度開放。[47]

遊戲的競逐取代真實的戰爭。棋盤在林俊頴筆下是都會城市的縮影，〈地下室手記〉敘事者我從報紙的廣告欄位匆匆尋找於此地塵埃落定的居所，才發現竟是位於地下室的房間，我暗忖搬家的心思，描述對紐約的初印象：「一種包含的關係，一種屬於的關係……這個國家，每一個人是個獨立的存在，可以化編為一行數碼，一個空格一個空格的填充進去。住商分區嚴明的規劃，**棋盤式道路的設計，我舉目四顧，無一處不是秩序、條理。**」[48] 棋盤本身是現代性的，黑白涇渭分明的方格象徵都市社會強調理性與秩序，不同社會階層的人代表著不同棋種，騎士是唯一的例

---

46 "Having lived half my life on the westernmost point of Russia and the other half on the eastern edge of the United States, I am forever haunted by the specter of two worrying queens-America's Lady Liberty and Russia's Mother Patria. This kind of personal and historical double exposure prompts me to recognize the fragile space of shared dreams that sometimes must be rescued from both extremism and mediocrity. While examining cultural differences in various dialogues on freedom, I will not focus solely on the clash of cultures or external pluralism but will explore internal pluralities within cultures and trace elective affinities across national borders. The examination of freedom requires a creative logic of its own." Svetlana Boym, *Another Freedom: The Alternative History of an Idea*, p. 3.

47 Svetlana Boym, *Another Freedom: The Alternative History of an Idea*, p. XIII.

48 林俊頴，〈地下室手記〉，《日出在遠方》，頁120。

外，闖入被數據化、條理化的棋格後，仍然能在限定的範圍內自由；〈夏夜微笑〉敘事者我、你、妹妹、小童的四角戀情，「我走長長的夜路回去，蜜黑的天給樓叢啃蝕得遍體鱗傷，轉動的地球讓天色一點一點的澄明，我看見你，情有所歸、心有所屬後的滿足，**找到了界線，找到自由**，即使美色當前也無動於衷，你要開始安然的老去。」[49]敘事者我在城市中扮演的角色，即是西洋棋裡的「騎士」——找到疆界以後，就不只有前進一格或後退一個的自由，可以Z字形踏上前路；〈愛奴〉寫同志身分的自我辯證與厭棄，入夜以後都會區成了一盤棋局，「日與夜的疆域確實有異，陽光收盡後，板塊滑動推擠，**乾淨的柏油路，棋盤狀切割工整，我們野鼠其中**，偶或興起狂亂念頭，喋血叛變，武裝奪權，集體屠殺，在那京畿特區，警衛重地。」[50]棋場／情場如戰場，偏離異性戀總冠冕堂皇的占據白晝後拋出疑惑，難道愛滋病毒是因為同志們追尋「愛與自由的代價」[51]？

博伊姆以「愛情的最後一瞥」比喻主體與城市間的關係，與林俊頴《某某人的夢》有著敘事上的巧合，林十分高明的導入愛情作為串連懷舊、時差、城鄉變遷的藥引，唯有將愛情美學化與真理化，回到「無目的的和目的性」般純然的感官感覺邏輯，才能將抽象的抒情發揮到淋漓盡致。然而，為何選擇愛情？我認為借用阿蘭・巴迪歐（Alain Badiou）對「愛之真理」的哲學思辨可以回答《某某人的夢》將愛情純粹化，並進一步解釋愛情如何成為具有前瞻性懷舊氣質的抒情策略。換言之，性別之難於此退場，而是愛本身心甘情願為他者放棄部分自由、作繭自縛的特質，讓主體享有前瞻性懷舊的能動性。

巴迪歐以相遇（encounter）開展所有愛情，愛的普遍性與忠誠性引導著愛在事件中構成雙數對位「兩的場景」，透過宣言讓愛的事件變成真理，如同巴迪歐柏拉圖式的提問：「我們如何由單純的相遇，過渡到一個充滿悖論的共同世界，在這個共同世界中，我們成為『兩』？」[52]巴迪歐將愛情視為與科學、藝術、政治並列的真理實踐過程，所提出的「愛之真理」，可以回應《某某人的夢》中愛情本身為何更甚於性別／同志問題。茫茫人海中，處於兩個位置的個體又該如何相遇？城市又

49 林俊穎，〈夏夜微笑〉，《愛人五衰》，頁105。
50 林俊穎，〈愛奴〉，《愛人五衰》，頁198。
51 林俊穎，〈愛奴〉，《愛人五衰》，頁231。
52 阿蘭・巴迪歐（Alain Badiou）著，鄧剛譯，《愛的多重奏》（上海：華東師範大學出版社，2012年），頁73。

扮演何種讓愛與人們相遇的「場景」？除了偶然之外，又該如何向前邁進？

《某某人的夢》試圖捕捉這樣以感官／感覺印象先行的社會關係作為「生命真正的基礎」，為我們展現感官感覺極為細緻的描述，〈補夢人〉首句「整個下午，他與他等待雷響。／等雷響將兩人貫穿，胸腔打開如同大海。」[53]主詞「他」與「他」，午後天黑以前，若雷聲幻化成具體將兩個個體穿透的實物，從視覺（白色閃電）聽覺（震耳雷動）到觸覺（貫穿）種種感官震撼，突破肋骨的隔閡打開胸腔，讓兩人心臟（借代為內在感知）彼此面對面的坦然，個體之間的關係並非依據語言及對話，表情語調身體姿勢乃至靜默，種種微小差別裡建構了自我與他者，猶如回到天地初始僅有陸地與海，然而雷聲又是轉瞬即逝，很難預測何時會再相遇，必須以夢之名書寫透過「心理顯微鏡」才得以窺見的人際紐帶，這種感官／感覺製造出愛情相遇的位置。而愛之所以珍貴，即在雙方都願意為了他者，消除一部分的自我，甚至獻祭——林俊頴常用的詞彙。

不僅情感遵循著巴迪歐由一至兩的真理模式，林俊頴讓城鄉經驗亦然。不同於《我不可告人的鄉愁》直接使用語言作為區隔策略，擬造林俊頴版本的漢字臺語，讓現在生活與過去於故鄉北斗鎮的經驗兩條敘事線對照；《某某人的夢》裡循著回憶與記憶的痕跡，展現現在的主體皆由過去主體不斷積累而成，時間係為一整體而難以切割，母語與漢字揉雜成同一敘事也結合了時間與空間，就像我們幾乎無法界分城市（中文）與鄉村（臺語）的差異，這是林俊頴的自我問答，在當代我們必須重新整裝都市與愛情，除了人以外，如何讓城與鄉彼此相愛？這種書寫策略讓城與鄉在「雙」的分離（séparation）中，透過彼此的「間距」對照出「由一至兩」的可能性，在這個「充滿悖論的共同世界」裡，作為經驗世界不斷變動的主體是串起一切偶然的真理，生活與日常並非靜止不動，而是不斷辯證，幫助我們思考城市可以以什麼樣貌示人，除了科幻小說裡的場景之外，再也沒有絕對純粹的現代化都市。

在臺灣，趨近於國際大都會城市規模的臺北與高雄仍保有歷史肌理，我們可以在離商圈或者住宅區不遠處找到香火鼎盛的廟宇及傳統市場，林於文字的創新可視為將「在地知識」（local knowledge）融入現代性的美學實踐。談及故鄉記憶，他將媽祖信仰放在很重要的位置：「彰化北斗是我的家鄉，一個根植農業的鄉鎮，而

53 林俊頴，〈補夢人〉，《某某人的夢》，頁9。

在日據時代有幸被拔擢為中部一行政重心，得以飽受現代化的洗禮。小鎮的精神樞紐是奠基於嘉慶年間的奠安宮，恭奉的主神是媽祖，鎮民以『宮前』指稱宮廟前方最繁榮最熱鬧之處。」[54]民族學者林美容整理北斗奠安宮信仰圈形成背景，

當年落腳東螺舊社的移民，渡海前，為祈求安渡黑水溝，至湄洲天后宮分靈軟身媽祖神像，隨船護航來台，約在清康熙年間，於漢人形成的聚落草創宮廟，隨著東螺街肆的發展，逐漸興盛。至嘉慶時，東螺街接連遭遇水災、戰禍，以及漳泉械鬥，信徒擲筊請示媽祖後，遷居寶斗（及北斗），重建街肆與廟宇，新廟落成後更名為「奠安宮」[55]

從漢人聚落草創到平定天災人禍，媽祖的存在與意義「是我們島國上層建築不可分割的一塊，遠大於一樁例行的宗教活動與信仰實踐。」[56]從信仰到融為生活的一部分，被海圍繞的島嶼臺灣，海之戰神媽祖精神及形象早跨越時代深植日常，自清領到日治乃至今日，不受政權轉移影響，即便受工業化、都會化、科技化與近來環保意識抬頭，祭祀形式有所更改，「媽祖」不是人們亟欲擺脫的傳統／舊社會生

活模式，林美容在《媽祖信仰與台灣社會》指出「……台灣媽祖的形象，基本上是有靈力女神（magic deity）的形象，是台灣漢人社會對女人力量（power of women）的認知，也代表民俗宗教層面對有力女人（powerful lady）的一種塑造」[57]，媽祖信仰不限於鄉村，逐漸城市文化發展中必須進行內在自我辯證的一環，在城市也可見到媽祖廟的存在，填補了城鄉的間距，城市文化既是時間的產物，就不可能以新／舊、城／鄉這種二元對立的模式來看待城市的成長，《某某人的夢》刻畫的場景，「香火燻得焦黑的福德宮廟」[58]、「公寓大樓如墳塚」[59]、位於

54 林俊穎，〈《讀書大展》媽祖、素食者與搖滾靈魂〉，《中國時報》bata00開卷版，2014年3月8日。
55 林美容，《媽祖婆靈聖：從傳說、名詞與重要媽祖廟認識台灣第一女神》（臺北：前衛，2020年），頁251。
56 林俊穎，〈《讀書大展》媽祖、素食者與搖滾靈魂〉，《中國時報》bata00開卷版，2014年3月8日。
57 林美容，《媽祖信仰與台灣社會》（臺北縣：博揚文化，2006年），頁23。
58 林俊穎，〈補夢人〉，《某某人的夢》，頁16。
59 林俊穎，〈補夢人〉，《某某人的夢》，頁20。

東部的漁港、「草莽的南方，烈陽的南方，死亡割頸的南方」[60]，正呈現城市生活方式的多樣性所構成之島國精神，隨著時間與民更始。

二、愛是由一至兩的哲學

再來看看〈補夢人〉裡對小說人物兵役期間與「同」性相處的情感描述：「在青壯生命最初最好的時光，據說這世界的戰事已經凍結。」[61]「那彷彿永遠不會天亮的行軍，因為沒有具體的敵人。」[62]國與國的戰爭已不太可能發生，當兵淪為形式的同時，對敘事者而言卻是場老派的身分確認儀式。男性進入軍營不再為了保家衛國，而是得完成的國民義務，軍隊亦是規訓並形塑男性陽剛氣質的重要場域，敘事者回溯當兵時發現自己傾慕的對象是同梯服役期間與「他」的遇見，性別認同的不明確逐漸風清月朗，心臟產生奇妙的變化，「他心裡琢殼而出一隻新生的獸，在胸腔齧咬，翻滾，頂撞，讓他痙攣，嘴巴發苦，因而扭曲了窗外流逝的景物。」「然而所有的想望與慾念確實唯有在暗夜才能夠如鬼魅叢生，他並不以為恥辱，甚至有所期待，如同草間螢火蟲的冷光。」[63]是因為先有了愛，才知道慾望的對象與自己相同性別，諸如上述片段，幽微呈現藏在心底的多婪與貪欲，讓他在多年以後遇到國小親吻他的同班同學，也在等待他回應情感。同學與同梯，都結婚生子去了。小說後半部敘述「他」的弟弟陷入昏睡後，父母、弟婦、死黨的反應，每個人開始自己漫長的等待，等待事件過去，等待弟弟醒來。〈原子人〉接著說〈補夢人〉未完的故事，視角轉換成死黨。始終沒有醒來的弟弟，將時間懸擱在入眠的那一刻起。兩個故事間細微的關連，提供故事不同切面。到了〈異鄉人〉，開始進入時間高速運轉的年代，周圍來去的人不斷增生，敘事者卻仍然待在舊巢。巴迪歐（Alain Badiou）將愛情與科學、藝術、政治並列為走向真理的四個途徑，在《愛的多重奏》裡，以分離與相遇談論愛情。前者是指個體之間的差異，在彼此面前展現截然不同之形象與生命姿態；後者是接續在差異之後，個體因偶然聚首產生的戲劇性火花。相遇是由一至兩的過程：

60 林俊頴，〈補夢人〉，《某某人的夢》，頁 31。
61 林俊頴，〈補夢人〉，《某某人的夢》，頁12。
62 林俊頴，〈補夢人〉，《某某人的夢》，頁14。
63 林俊頴，《某某人的夢》，頁13。

愛，不再簡單的只是相遇和兩個個體之間的封閉關係，而是一種建構，一種生成著的生命；但這種建構和生命，都不再是從一而是從「兩」的觀點來看。這就是我所說的「兩的場景」。[64]

愛是「通往真理的步驟」，一種關於「兩」的哲學、處理差異的真理。愛是最極致的方法理解他者，於愛的基礎能涵括所有差異。巴迪歐進一步闡明，

在此意義上，所有的愛，只要接受這種考驗，接受持續的考驗，接受這種從差異出發的世界經驗，就能以其自有的方式產生關於新的差異的真理。這也就是為什麼，一切真正的愛，都關懷整個人類，不論這種愛表面看來多麼謙遜、多麼隱蔽。[65]

愛是情感層面的他者哲學，巴迪歐將真正的愛上揚到接近信仰的程度，或許太過浪漫，卻也提供將愛本質化的論述依據——相信愛存在著絕對理型。韓炳哲《愛欲之死》據此檢討「新自由主義促進了全社會的去政治化，也導致愛欲被性和色情

所取代」，舉出巴迪歐論點的矛盾之處，

阿蘭．巴迪歐雖然拒絕承認政治與愛情的直接聯繫，卻認為生活與愛情的強度之間存在一種「隱秘的共鳴」（geheime Verbindung），而人們對生活的投入完全是政治理念的體現。兩者如同「音色和音量完全不同的兩種樂器，卻由一個偉大的音樂家編入同一樂章，並以一種離奇的方式相和而鳴」。政治活動作為集體對另一種生活方式、另一個更公平世界的嚮往與愛欲有著深層次的制約關係。愛欲可以稱為政治鬥爭的能量泉源。[66]

巴迪歐形容這是對他「精確且有力的解讀」[67]，如果愛是「雙人舞」，韓炳哲形容色情則是「獨舞」，「色情昇華了自我的自戀傾向。愛情作為一個『事件』和『雙

64 阿蘭．巴迪歐（Alain Badiou）著，鄧剛譯，《愛的多重奏》，頁 60-61。
65 阿蘭．巴迪歐（Alain Badiou）著，鄧剛譯，《愛的多重奏》，頁71-72。
66 韓炳哲（Byung-Chul Han）著，宋娀譯，《愛欲之死》（北京：中信出版社，2019年），頁69。
67 巴迪歐，〈序：重塑愛欲〉，《愛欲之死》，頁7。

人舞』，卻是去慣性化和去自戀化的。它打破和刺穿了同類的和慣性世界的秩序。」[68]這正是林俊穎小說敘事者辨識愛情的方法——等雷響將兩人貫穿，胸腔打開如同大海。林筆下於紅塵裡飽受求不得與愛別離之苦的人們，都是在渴求某次的重複輪迴中能超越時間，到達真理的高度，每一次的相遇都是浪漫開場悲劇收尾，理解與明白他人以後，難以為繼。如果將視角調回到現代性論述的最初，《某某人的夢》筆下人與人的疏離，便得到波特萊爾（Charles Pierre Baudelaire, 1821-1867）自畫家居伊（Constantin Guys）的作品中領悟現代性是「瞬息或片刻」（the transient or momentary），或者是格奧爾格・齊美爾（Georg Simmel）式的解答：「現代性的本質是心理主義，是根據我們內在生活的反應（甚至當作一個內心世界）來體驗和解釋世界。」[69]等雷同的情感經驗。透過眼耳鼻舌接收情感的失落與豐盈，都成為認識當代城市最重要的感覺器官之一。愛情與城市一樣皆為催化人與人之間疏離的原因，開啟了臺灣版本現代性之「短暫與永恆的辯證」，《某某人的夢》書寫「他」與「他」的故事，小說中敘事者的同志身分非常隱微，時序的混亂更符合題旨夢之樣態，記憶是一片片碎裂的色塊，讓時間斑駁色調。為何敘事者要重返青春，找出舊夢？〈補夢人〉與〈原子人〉空間背景設定，並非固定於都會盛景，或者是鄉土文學裡奇譚式田園牧歌，而是穿梭在城市與島嶼南方帶有歷史紋理的古城，以及有著鄉愁般投射的天使古國，與其說是鄉土記憶的書寫，不如聚焦在人與人之間的情感關係。〈異鄉人〉則以死亡意象伴隨著靈魂失愛後的落寞，是藝術化的浪漫主義想像[70]，也涉及同志婚姻是否被認同之難。在速度太快的年代裡，介於中間世代不上不下的同志們，如何維持古典且困難的愛？夢在此處幾乎等於寫作的

68 韓炳哲（Byung-Chul Han）著，宋娀譯，《愛欲之死》，頁71。

69 戴維．弗里斯比（David Frisby），盧暉臨、周怡、李林艷譯，《現代性的碎片：齊美爾、克拉考爾和本雅明作品中的現代性理論》（北京：商務印書館，2013年），頁51。

70 「有人注意到，在浪漫主義的神話中，這種交融往往會通向死亡。在愛與死之間，有著某種內在而深刻的聯繫，其顛峰毫無疑問就體現在理查．瓦格納（Richard Wagner）的《特里斯丹與伊瑟》，因為在相遇的特殊時刻，愛已經耗盡，而在此之後兩個人卻再也無法返回到先前的外在於相愛關係的世界之中。／這樣一種極端的浪漫主義的觀念，我認為必須加以拋棄。這種愛情當然有著特別的藝術美，但是，在我看來，對於生存而言卻是一個沉重的妨害。我認為，必須將這種愛視作一種藝術化的神話，而不是視作一種關於愛的真正的哲學。因為，無論如何，愛首先是在世界之中發生的。愛是一個事件，無法依據世界的法則加以預計或者計算。沒有人，也沒有什麼能夠提前安排相遇——甚至「蜜糖網」也不能，哪怕在經歷了很長時間的網上聊天之後——因為，最終，在兩人彼此互相遇見的那一刻，是無法還原的。」阿蘭．巴迪歐（Alain Badiou）著，鄧剛譯，《愛的多重奏》，頁62。

同義詞，它是如何凝縮、重組且再造事件？《某某人的夢》透過個體間情感接收的時差，大都會城市與鄉村中的存在著時間位移，巴迪歐「愛是由一至兩的哲學」之視角，充分闡明林俊穎小說裡情感的同義反覆。

第三節　城市作為前瞻性懷舊的發生場景

若說《我不可告人的鄉愁》的迷霧是古老原始時間裡透出的結晶，是斗鎮的還魂霧，那《某某人的夢》裡的霧便是現代性之霧。博伊姆指出前瞻性懷舊的核心精神：「我們需要超越指向過去或未來之時間方向的箭頭思考，並以其不同的步調、節奏與持續時間來構成居住於當下的多個時態。」[71]對照林俊穎小說經常出現的大霧，與筆下的歷史城鎮總穿插多個時態，以及小說人物籠罩在揮之不去的疏離感，是反思一個古老的命題——工業革命以降，機械介入現代生活之後，對於人類精神世界造成的衝擊。上一個世紀的柏林，被譽為那個時代唯一的哲學家齊美爾（Georg Simmel, 1858-1918），在一九〇三年著名的演講〈大都會與精神生活〉（“Die

Großstädte und das Geistesleben”）分析城市生活與現今對照，延續一九〇〇年齊美爾對貨幣哲學的思考[72]，當金錢成為都市生活裡衡量萬物價值最「平等化」的中介，為了保全自我而發展出大都會的厭世態度，人們是無根、暫居而且匿名的，才能依據貨幣經濟的邏輯發展出「殘酷的務實性」[73]，他們準時、講求精確、工於計算，為了選擇更好的經濟生活，離開自己熟悉的故鄉，「成就了一種最缺少個人色

71 Svetlana Boym, “Prospective Nostalgia”, *The Off-Modern*, p. 42.

72 齊美爾以以當代城市與早期歷史階段的城鎮進行對照，歸納都市文化的四個特質：「1、生活的『速度』與『多樣性』，要求人們作為敏銳的生物應當具有多種多樣的不同意識，『智識性』（intellectuality），都市居民『以他們的頭腦而非心靈來回應』。2、由金錢衍伸出來『精於算計』的特質，工具性地權衡每個行動的利弊。3、都市居民是厭煩（Blase）於享樂或人生的。4、都市居民退隱（reserve）在一層保護屏障之後，很少顯示情感或直接向他人表達自己。」齊美爾（Georg Simmel），另譯齊末爾、西美爾。轉引自麥克．沙維奇（Mike Savage）、艾倫．渥德（Alan Warde），王志弘譯，《都市社會學：資本主義與現代性》（2000年，未出版），頁85，但公開網址：http://www.bp.ntu.edu.tw/wp-content/uploads/2012/06/都市社會學_資本主義與現代性.pdf（另有孫清山所譯，由五南出版，本文採用王志弘翻譯之版本）。

73 格奧爾格．齊美爾（Georg Simmel）著，費勇譯，〈大都會與精神生活〉，《時尚的哲學》（北京：文化藝術出版社，2001年），頁188。

彩的結構」的同時，「促進了高度個性化的自我本位性」[74]，都市生活助長個體的孤獨感，齊美爾認為原因在於客觀精神超越了主觀，在便利與算計間，主體必須表現出一致性，內在自我與外顯之反差展開拉鋸[75]，林俊頴用「原子化」來指稱這些孤獨且孤立的靈魂，回返到希臘時期的原子論：

古代希臘人認為，萬物的基本單位為不能再分割的原子，原子與原子之間是虛空。與一志對望的瞬間，他想，這是三個原子隔著虛空大海，渴望互相碰撞，渴望柔軟，渴望融合，那樣一個樸素微小的夢。[76]

數千年以前，哲學家以為原子是萬物的最小單位，是為唯物主義的開端，數千年之後的今日，現代化以後接受都市洗禮，也成為孤獨的最小單位。走進高聳入雲的建築物裡頭，每個人都是「新型態工蟻」。

不可置喙，都市學家與社會學家們紛紛指出，二〇世紀因應現代化而興起的都市設計，嚮往著烏托邦式美好未來的想像前進[77]，忽略都市地景快速，導致人們對地方的歸屬感及依附感逐漸瓦解。一九六〇年代，孟福（Lewis Mumford）早已預言二戰以後，城市以經濟為發展前提，未來特大城市的興起，將走向普遍化、機械化、標準化，最終面臨人性的毀滅，林俊潁小說可見此類場景，

兩人一起醒來，預期的風暴厲害延遲了，只飄過一陣不大的雪，M執意送他回到城市，經過突兀拔起的幾棟高樓層集合住宅，戶戶亮燈，如同降落一架

---

74 格奧爾格・齊美爾（Georg Simmel）著，費勇譯，〈大都會與精神生活〉，《時尚的哲學》，頁190。

75 費勇的中譯版與Kurt Wolff英譯版本有所落差，費勇：「現代文化的發展是已凌駕於精神文化之上的物質文化的主導性地位為基礎的。」Kurt Wolff：「The development of modern culture is characterised by the predominance of what one can call the objective spirit over the subjective.」我認為翻譯成主／客作為一組二元概念，相較於精神／物質更能凸顯齊美爾所強調個體在都會生活裡的孤獨感。

76 林俊潁，《我不可告人的鄉愁》，頁16。

77 以Edward Relph為例，他提到「本世紀初出現的都市規劃，就其現代意圖與目的而言，部分原因是為了保護我們免於遭受自我毀滅天性的殘毒，部分原因是則是受到烏托邦主義者對城市抱持之健康、正義以及公平等觀點，其實務操作的結果，也決定了幾乎所有城市元素的配置與安排。由於文盲減少、住得更舒服、更健康、投入腦力勞動者增加（或說合理的失業比例）、即時的電子通訊網絡取代了親屬關係等，這些社會變遷，不僅造成以發展世界的現代都市社會與其祖先不同，其對郊區的消費地景以及摩天辦公大樓的公司化地景，同樣也造成了明顯可見結果。」愛德華・雷爾夫（Edward Relph）著，謝慶達譯，《現代都市地景》（臺北：田園城市文化，2002年），頁22-23。

萬丈光芒的太空鑑。經過一百多年歷史的鐵橋，橋所如琴弦，經過非常擁擠的一大片墓地，經過無人的大路，到了，懸鈴木的刺果給風颳下掉在車頂咚咚響，他住處的一大片街廓全是一樣的房屋與草坪，好像數面鏡子對峙互照而無限繁衍的幻象。[78]

《某某人的夢》筆下之都，自柯比意發明馬賽公寓，垂直的住宅單元大幅度增漲了土地的利用價值，在都市規劃裡，是解決人口大量增生卻無處可居的最佳選擇，因成本低廉加上快速有效解決問題而大量興建。臺灣從西方引進集合型住宅（amalgamated dwelling）之概念，人們熱於居住在現代化的空間，享受歷經「現代」以後所帶來的一切便利性，如果「現代」是鏡像映射般總趨向無止盡的一致，那「過去」呢？〈原子人〉描繪古城成為所有懷舊鄉愁的集散地，不無批判的意味，「市區老屋改成大走懷舊風裝潢的民宿」[79]、「古城不死，只是日漸變新」[80]，千篇一律的民宿／咖啡館／二手書局，沒有人在意這些老建築能否壽終正寢，鄉愁只是虛詞，商家只求以此包裝再榨出更多的經濟效益。如果物質面貌都趨近一致，承載文化記憶的容器日日趨向同一工廠出品，若哪日連「舊」都有固定樣板，主體又該如何去記憶與反思歷史？

齊美爾認為現代人們主觀與客觀生活的分離，**並非來自城市與鄉村的生活對立**，「現代社會基於貨幣經濟的支配性，展現了與傳統社會非常不同的文化特質」[81]才是關鍵。城市作為林俊頴前瞻性懷舊的發生場景，早在《玫瑰阿修羅》（二〇〇四）裡，以肉身色慾與物質經濟間達成微妙的市場交換策略，來描述房產行銷構築的都市神話，就可看出林俊頴對於城與鄉的「中間地帶」之關注。除卻紐約、倫敦、巴黎等全球城市（Global city），現代化與科技的滲透已很難界定城市與鄉村之間的差異，以存在於城市中的歷史肌理或許更為貼切。〈補夢人〉與〈原子人〉中，小說場景卻不斷回到存在於大都會城市現代神話下，夾縫中的歷史城鎮，與〈異鄉人〉的都會生活形成對照。與其說是對於鄉土的眷戀，不如說是對舊時間的

78 林俊頴，《某某人的夢》，頁134-135。
79 林俊頴，《某某人的夢》，頁80。
80 林俊頴，《某某人的夢》，頁81。
81 麥克・沙維奇（Mike Savage）、艾倫・渥德（Alan Warde），王志弘譯，《都市社會學：資本主義與現代性》，頁89。

嚮往，小說敘事者總是疏離之姿不僅是現代生活的典型，更包括了性別問題，愛情的難以完成並沒有其他父母同儕乃至社會中所有不知名的他者等等加害者，而是更本質的問題——難以通過自己這關——踏出更親密的接觸如是困難，個體與個體之間的不可得，讓關係變成神話一般的存在，

> 許多年前，在慘淡的早晨，他的頭歇放他肩上。許多年前，兩人在飛馳的機車上，強風拍著耳膜，還有許多夜晚他們身體下的島嶼如同大陸暗暗漂移，所以，就像上古的狩獵者與狩獵者，有一日，後死者在先死的胸膛刺畫紋路，刺畫什麼？象徵的山川日月，蟲魚鳥獸或者花木，曾經一起見過無與倫比的景物；得把握時間趁屍體尚有溫度，讓血液流出，代表靈魂釋放自由了。日後，他將他的頭顱佩繫腰際以為信諾的繼續，關係的繼續，存在的繼續，時間的繼續。等到他也死了，再不有人知道他們的事。
>
> 他與他，到此為止，此外洪荒。[82]

愛是這一切百無聊賴裡的轉機，讓希臘哲人唯物的原子論轉向靈魂的原子論，

懷舊得以前瞻的方法。〈補夢人〉回憶起軍營作為與日常生活隔絕的異托邦（heterotopia），敘事者面對自己對於純粹的暴力（虐待豬屍、弒狗、殺鼠），同性的慾念，以及嫖妓等等事件發生，在某個夜半歷經哨兵被襲肚破腸流以後，「他」與「同梯」躺在墳頭上「兩人睡著了，夢裡夢外一心一意的緊緊擁抱著。」[83]「他」與「同梯」一起待過的南方古城，或者是同梯爽約，讓他一人飛去天使古城泰國，反而在異地找到接近返鄉的情感，

> 暮色如同大雪紛飛，他在三輪車上屢屢回頭，看著那些靜靜繼續等著時間風化，早就入了涅槃不睜開眼睛的佛頭，數百年前修長頸子遭刀斲砍的瘢痕由心，看著草坪上的廢墟磚瓦與一旁熱烈展示生命的花樹，他覺得自己正是千百年前快樂之始王朝滅亡的最後一人，逆著襲來的夜暗倉皇離開，還懷抱著一個永不能實現的約定。[84]

82 林俊穎，《某某人的夢》，頁65。
83 林俊穎，《某某人的夢》，頁39。
84 林俊穎，《某某人的夢》，頁57。

古城提供了時間差緩習的空間，那些佛頭在熱帶國家從未經歷霜雪，到了〈原子人〉不再直面書寫都市化，以好友弟弟的昏迷悼緬南方古城生活。好友的弟弟「事前完全沒有徵兆，如常的一天，洗了澡吃過晚飯，在電視機前的沙發上猝然失去知覺，頹倒地上。就像電器突然插頭給拔掉。」[85]陷入長長昏睡後，家人求神問卜只為尋找喚他醒來的方式。他想起好友弟弟當年結婚是在南方的王爺廟前，遵著傳統民間習俗完成。弟弟的身體被搬回舊厝，孩子長大，奶奶過世，他都沒有醒來過。敘事者藉此事件回南方古城，陸續走訪記憶遺址，時間美化一切，古廟匾額與籤詩的文字與塵世隔出距離，觀者不在乎背後的意義，「每一句讀來都是好句子」[86]，林俊頴帶讀者走進對照出新生城市年齡的古廟，特寫供桌上桃紅色糕餅、神桌旁的籤筒，讓敘事者發出「就讓我老死在南方古城吧」[87]的慨嘆，現代人透過這些陳舊的文化遺產尋找老時間，「等到落日時刻，天光軟化，整座古城照在蒼茫裡，好像驟然老去了一百歲，沒有對象的思念拖的很長很長，慢慢騎著腳踏車，就讓我化為一個個在不能分割的粒子化進古城的空間吧。」[88]古蹟作為異質空間與都市產生時差，提供現代人庇護所，如西蒙・帕克（Simon Parker）所云：

沒有任何地方比現代城市，擁有更尖銳而廣泛的這種自覺（此處指「類存在」（species being））了，但同時就像齊美爾（Simmel）的評論，這種與自然世界的疏隔可能導致對於共享都市環境者的冷漠（漠不關心〔blase attitude〕），令我們躲到傳統的歸屬形式，像是宗教和族群裡尋求庇護。在此同時，隨著主體性脫離了與許多傳統社會有關的監控和服從的限制，新式認同也有所發展。[89]

原先便存在此地的歷史建築成了真實與異質對照之鏡，傅科指出異托邦「它們的角色就是在於創造幻想空間，以便揭露所有的真實空間，亦即人類生活在其中區

85 林俊頴，《某某人的夢》，頁78。
86 林俊頴，《某某人的夢》，頁82。
87 林俊頴，《某某人的夢》，頁82。
88 林俊頴，《某某人的夢》，頁82。
89 西蒙．帕克（Simon Parker）著，國立編譯館主譯，王志弘、徐苔玲合譯，《遇見都市：理論與經驗》（臺北：群學，2007年），頁200。

隔分劃的所有位址，其實是更為虛幻。」[90]他在一九八四年以圖書館、博物館、墓園、妓院等空間為例，而《某某人的夢》裡，歷史建築與古蹟在城市裡已非常鮮明的製造出異質時間，無論修復過後或者維持斷壁頹垣，都與現實空間區隔出來，成為林俊頴小說中前瞻性懷舊的書寫場景，讓那漫長與愛而不得的情感有所去處。

第四節 〈異鄉人〉同義反覆的異鄉眾生相

賴香吟與林俊頴對談時，曾提及他小說作品的特質——不管看過幾遍，儘管對故事已有印象，但通常不太敢說已經掌握住了重點——〈異鄉人〉幾乎把此特質發揮到極致，以英文字母代替每個於敘事者生命中錯身而過的人們，像是難以清楚對焦的鏡頭，時而清晰時而模糊。而這種書寫，反而精準掌握當代社會的人際關係中無所遁逃的孤獨。

〈異鄉人〉與卡謬存在主義經典之作同名，場景架設在美國，前情提要宛如《楚門的世界》（*The Truman Show*, 1998）登場，現代版〈異鄉人〉「搜索者」取代了神的位置，掌握科技遂可用通訊器材來窺視他人生活，「目標」就是城市裡的獵物，「技術」、「售價」、「訊號」種種形構全球化的微小單元，不再是主體該煩擾的因素，早已滲透成日常的基本要求。林以搜索者與目標兩者對照，來形容科技時代只要能做到影像的高度清晰，在視覺上幾乎達到與真實同步以後，幻影不再虛擬，距離劘滅，就邁入無時差年代，「等待」已非每個人一生中必會出現的生命經驗，它成為擁抱懷舊的歷史名詞。然而當敘事回到目標進入能夠「同情與理解」他人的史前史之後，「搜索者」消失，視角交還給「目標」。

身在異地，敘事者習慣的步調與現代似乎有著時差，以英文字母代替一路上曾經有過情感交集的眾生相。索性異質空間在都市生活裡並不難尋，他最常去離家不遠的博物館看展，博物館記錄了文化痕跡以外，亦是收藏時間標本之地。傅柯以異托邦（heterotopia）畫出與現實世界的界線，博物館提供了穿越時間的場所，與現

90 Michel Foucault, translated from the French by Jay Miskowiec. "Of Other Spaces: Utopias and Heterotopias", *Diacritics* Vol. 16, No. 1, 1986, pp. 22-27，轉引自索雅（Edward W. Soja），王志弘、張華蓀、王玥民譯，《第三空間：航向洛杉磯以及其他真實與想像地方的旅程》（臺北縣：桂冠，2004年），頁217。

實對照。「目標」習慣扮演城市的獨行者，碰上向他傾瀉情感的「同鄉」後，無法接受太過貼近的人際關係，必須轉換空間調整心情。據傅柯定義異托邦之六項準則，公園與博物館皆在其列[91]，但主體無法控制空間裡人與人的交會，這些異質空間亦具有公共空間的身分，隨時隨地都會撞見成雙成對的愛侶，一直得到夜晚，才能享有被歸還的安靜與孤獨。

人類學家桑內特（Richard Sennett）以自戀人格，來解釋當代社會人與人之間的拉攏與疏離幾乎成為〈異鄉人〉的對照，「在這樣的社會中，測驗人們是否對彼此真切和『坦率』（straight），便成了私密關係中一種奇特的市場交易標準。」[92]木心筆下「從前慢」的年代早已退場，偶爾會有小說裡B這樣的人物出現，快速暴露身世，交換對於記憶以及過去的想像，這亦是人與人相處間的情感時差——究竟需要多長的時間才能讓兩人同步坦白？又或者兩條直線注定只能在一個「點」上交會，經過彼此以後，只能期待下一次再遇見另一條直線的機會？

林俊頴形容B是頭退去光環逐漸衰老的公獅，誘發懷舊，「穿過樓與樓、樹木與樹木之間的太陽斜照在B的上半身如同博物館裡的塑像，時間在那瞬間靜止，秋風掠過廣闊的草地與林木，蕭蕭的樹葉摩擦聲非常肅殺充滿了回憶令人心碎。他對

B有同情與理解。」[93]因著對情感的古樸執著，讓主角與B幾乎都可以與博物館裡陳放的古物並列。唯一與古物不同之處，在於他們是情感的「有機體」，正感受著自己逐漸被時代置於腦後，與每個個體的分離皆是此世的永別，他們或許會再遇見相近特質的「公獅」，可難以確保會再遇見彼此。

由科技引發的速度感，讓當代只有新與舊的差異，沒有灰色地帶，所有被過去時間欽點的人事物，都顯得老舊。儘管目標與B都還未到生命終止的那刻，卻早被時間隱形孤立，加重疏離。內在心靈世界的自我認同出現罅隙，桑內特分析自戀讓主體產生悖論，「既貪婪地陷溺於自我的需要，又會對滿足這種需要構成阻礙。」往復遊戲中，離開是宿命式必然，如候鳥週期固定的J，也無法擺脫象徵體系的包袱離開妻小，已經規劃好分離路徑的情感賭博。城市是堆積這些記憶碎片的載體，愛情故事被留在每條曾經的街道。「目標」的期待明明是極其簡單的心願——打破原

---

91 Michel Foucault, translated from the French by Jay Miskowiec. "Of Other Spaces: Utopias and Heterotopias", *Diacritics* Vol. 16, No. 1, 1986, pp. 22-27.

92 桑內特（Richard Sennett）著，萬毓澤譯，《再會吧！公共人》（臺北：群學，2007年），頁9。

93 林俊頴，《某某人的夢》，頁130。

子咒詛，與另一人相遇以後不再孤獨。

桑內特描述公領域與私領域疆界的消弭，衍伸主體認同之困境。以從事訪談工作的初手如何讓對話繼續為例。他們還未能將對方視為「資料來源」，面對一個個體，最快速拉近距離之道便是釋放出部分的隱私：

> 訪談員一開始之所以將私密視為市場交易關係，是因為有其預設，而這樣的預設統治了絕大部分的社會。如果人們親密的程度能夠讓彼此相互瞭解，那麼人際之間的知識就會變成一種相互坦白。當兩人脫離了這種相互坦白，而市場交易也結束時，通常兩人的關係也隨之終結。[94]

主體之間微波爐式的快速高溫加熱，開誠布公是利益交換的等式，一不小心就焦黑內爆，桑內特指出上一世紀布爾喬亞階級的家庭，對於生活抱持著「基本的尊嚴」，然而現今社會裡：

> 人們越來越關心自我的問題，但較少為了社會的目的而與陌生人打交道——

不然就是被心理上的問題給扭曲了。比如說，在社群團體中，人們覺得有需要去認識他人，這樣才能共同行動；但他們接下來就會陷入向他人揭露自我的遲緩過程，然後逐漸失去共同行動的意願。[95]

公與私之間的自我意識拉扯，讓主體沉入自溺深淵。〈異鄉人〉揭露如是內在矛盾的心理圖示，異鄉人裡眾生面臨的困境不僅是城市賦予的疏離，他們是「同梯」、「同鄉」，也是小說裡未直接點出的「同志」，太多不可言說隱藏在文字的背面，他們都是不署名的「某某」。第三個出場的過客M，他自律、整潔與條理分明，重視隱私連鄰居也不視得半人，亦無法梗擋主角夜半被孤獨驚醒後的疏離。「遇見的人，最好的時候止於觀賞，或者鑑賞，在心中給一個位置如神龕。希望多年後能夠面目鮮明的記得。」[96]轉身的念頭只要出現，就很難回到熱戀時的溫度，兩人回到理性節制的大都會城市，集合住宅、相同樣式的房屋與草坪，擁有百年歷史見證

94 桑內特（Richard Sennett）著，萬毓澤譯，《再會吧！公共人》，頁12。
95 桑內特（Richard Sennett）著，萬毓澤譯，《再會吧！公共人》，頁13。
96 林俊頴，《某某人的夢》，頁134。

空間流變的鐵橋成為新鬼必經的奈何橋，過了就是井河互不相犯的前世記憶，作家以「繭」來譬喻兩人情感回到封閉狀態，各自被安置在鋼筋水泥的囚籠。

爾後每一個與同類交集的場所，也免不了謊言修飾。D的婚禮是契約簽訂的現場，為了讓愛自己的親人快樂，同性愛侶找到了另一對，二男二女四人相守。結婚儀式上新郎新娘結盟犯下「褻瀆的罪」。新娘與伴娘、新郎與伴郎間的暗湧，如果真正的愛情不受到律法保障，「我願意」便輕如鴻毛，防禦機制啟動，藐視象徵體系裡頭婚禮的神聖意涵，「D凌厲瞪他一眼，回應他究責的眼光吧，你那麼認真幹什麼。」[97]假情假愛若能因為性別獲得世俗社會的首肯，在「某某」的世界裡取消儀式背後的符號價值，歡迎被包括在外。婚禮現場，D並不渴望與眼前攜手宣誓終老的對象度過一生，真正的愛人站在其後，情感生活的過場換氣。

然而也有不甘心如V，在前度情人的婚宴裡大鬧，每一段關係的終點都是同義反覆的毀滅。

有失智老母者K，在母親死後將骨灰撒入湖心，他們在湖中待了一陣子等待時間滑過。葬禮前後，陸續有人如K的前未婚妻來訪，目標又得消聲，無法明目張膽的吃味。但就算一同經歷過死亡，還是無可避免的以分手作結，K第一次離開以後，目標發瘋似的想抓住在一起生活過的痕跡，然後K回來，又再一次的不告而別。

如果只剩下宇宙星系能終止時間，「有一天，載著初初愛著的人，他會將油門踩到底，方向盤一轉，衝越橋欄，幾秒鐘內栽入金沙大河，沒有人會知道他們的死因。」[98]苦苦索覓的原點是否存在？於他生命最終選擇背道而馳的，諸如A、B、D、E、J、K、M、V、X、Y、Z，這些以代號命名的男子們，都是孤獨宇宙裡的微小原子，林俊頴並非昭告一連串的悲劇如何誕生，那些事件僅是日常素描。起初，他們或許僉望座標系中有自己的經緯，轉化偶遇為固定以後，才發覺只是被延長的佇留，要讓兩個名字並列是意料中的艱難。[99]

〈異鄉人〉裡唯一讓「目標」直面肉慾的Y，說服他來到難得肉林，「至少一肉

97 林俊頴，《某某人的夢》，頁136。
98 林俊頴，《某某人的夢》，頁138。
99「世界上所有人名都以光速急衝，匯聚到它們的原點：要不，就是它們正以光速前進，瓦解成比電磁光子還小的粒子。」約翰．伯格（John Berger）著，吳莉君譯，《A致X：給獄中情人的溫柔書簡》，頁60-61。

體讓他抱著，那肉體也回抱他」[100]，以性為目的的歡愉背後，對愛的期望就越來越小，巴迪歐闡述拉岡（Jacques-Marie-Émile Lacan）對於愛與性之差異：

> 在愛之中，主體嘗試著進入「他者的存在」。正是在愛之中，主體將超越自身，超越自戀。在性之中，最終，仍然只不過是以他人為媒介與自身發生關係。他人只是用來揭示實在的快感。在愛之中，相反，他者的媒介是為了他者自身。正是這一點，體現了愛的相遇：您躍入他者的處境，從而與他人共同生存。[101]

性的沉迷是自我愛憐的不斷沉溺，愛則是努力進入他者。「愛情是朝向他人存在之整體，而託付身體是這種整體的物質象徵。」[102]身體僅是愛情的一部分，如何進入「他者的存在」，以及「持續」一段關係，卻極為困難。巴迪歐以自身經驗告訴讀者，經過初戀的輕易放手，接下來每段感情他都是傾全力維繫。

哲學能處理的是愛情「本質」與趨近真理的路徑，卻難以解決每段感情都是個案的實作情境。〈異鄉人〉反映出在當代早已極為普遍的問題：現代化以後，於都市叢林生存的人們不再像以往一樣飽受物資匱乏之苦，也無差別變成維繫社會機制運作下的小齒輪，找到情感的寄託與舊時代相較下無比艱辛。回到一開頭的引文，我們正朝著過去玩骰子遊戲，林俊穎年輕時如是宣言：

是的，我痴戀此城（曼哈坦），它讓我理直氣壯地擁抱一個孤獨的自己，醉生夢死，在每一個多風的街道，我心念鼎沸，期望能寫下一則則通過腐朽、留下掙扎痕跡的故事。[103]

於是作家將同一起事件，咬住了種種相近的關鍵詞複寫，像蜂后繁衍出新母蜂便離開巢穴，拎著原有的蜂班另創城國，舊的仍在原地自成故事。

100 林俊穎，《某某人的夢》，頁151。
101 阿蘭・巴迪歐（Alain Badiou）著，鄧剛譯，《愛的多重奏》，頁50。
102 阿蘭・巴迪歐（Alain Badiou）著，鄧剛譯，《愛的多重奏》，頁66。
103 林俊穎，《焚燒創世紀》，頁206。

第五節　小結：情感時差

小說中，「我」與「他者」作為組成社會關係的眾多原子之一，故事與劇情的重複，皆為作者一而再再而三地對自己逼問，以極為緩慢的速度挪動，建構都會生活底下一種現代版本以愛為真理的前瞻性懷舊，再扣回博伊姆「地點的名稱展開了精神的地圖，空間折疊入時間」[104]，作家更個人且更創造性地去建構與實踐多重的時間概念，離現代便是在現代化的世代重新定位個體身處之位置、處境以及態度，它涵括所有面對現代化的感知，卻又陌生化我們面對現代的距離。《某某人的夢》創造出存在於城市裡的前瞻性懷舊，它承認了外部世界的高度發展與人類的內在精神無法統合，逐漸因情感時差而走向無法避免的失落與破缺，

記憶是這樣開始，最後的一場雨水下完之前，濕潤的南風已經包抄了家鄉小鎮，黃昏剩下一點，厝頂代替了稜線壓制大街無聲無息，人看見了棺材店門口一隻貓咬著一隻鼠竄過，一路滴血。偎靠著牆壁的空棺，散發著誘人的木箱，在初生的夜暗裡，那一口空棺如同深淵，祖父攬著他的肩不講免驚，而

是講，升官發財。[105]

〈異鄉人〉為何前情提要以後，故事的「目標」成為無人稱的敘事者？在〈補夢人〉、〈原子人〉裡，主角沒有名字，林俊頴取消人稱讓他們在文法上徹底成為匿名的「我們」。如開頭引文，在浩瀚宇宙中不斷玩著擲骰遊戲，小說裡多次提到想重返太初，天地玄黃之際，重複書寫過去就像是不斷翻閱古典羅曼史，異鄉人與他的過客們不安於定位，也不安於靜止。

博伊姆旅經捷克，在布拉格的夏日公園中見到公共藝術家諾瓦克（Vratislav Karel Novak）建造的大型裝置《節拍器》（*Kyvadlo*, 1991），「節拍器的節奏攫取了時間的方向；它既不是朝向過去，也不是朝向未來。節拍器的時間反對馬克思主義——列寧主義走向光明未來那種目的論的、進步的、向前者的時間。看起來節拍器是在測度擺脫了意識形態和說教敘事的、創造力的時間。」[106]重複節奏的擺盪，

104 斯韋特拉娜．博伊姆（Svetlana Boym）著，楊德友譯，《懷舊的未來》，頁56。
105 林俊頴，《某某人的夢》，頁178。
106 斯韋特拉娜．博伊姆（Svetlana Boym）著，楊德友譯，《懷舊的未來》，頁257。

恆常的位移角度，看似每次都完美複製了上一次的行動，卻在實質的物理時間上有著不可抹滅的差距，創造新的計時方式時，都無可迴避與最初規則的對照。反觀《某某人的夢》靦軌處亦在時差，無論是情感接收的時差，或是幼時生活與成長後都市變遷導致的時差，何止「古城不死，只是日漸變新」[107]？記憶亦然，情感作梗，隨著每次的複寫翻轉，或許歷史清明根本不是主要目的，「人人都是沒有出路的囚犯」[108]，如作家所說，能否食盡惡夢，安撫生靈。人們自此清吉。

借用費希特爾於《向齊美爾致謝書》的形容，我認為林展現了屬於「這個時代的碎片化精神」，捕捉了在與西方世界有著現代化時差的人們，生於島嶼，面臨在鄉村與都市之間移動所導致的精神狀態之落差，林筆下的人們彷彿直至此刻才體現（或者滯留）到上一個世紀在柏林這個無庸置疑的現代化都市裡，必須得面對轉瞬即逝的「偶然性」，這便是林俊頴以小說回應如何面對當代的懷舊，不再只拘泥於鄉土，懷舊本質早已建立在虛擬之上，《某某人的夢》透過文字技藝製造出當代之城市感覺學，我們居住在既鄉村又城市的空間裡，愛／情感的不穩定、複雜、矛盾、模糊等特徵成為真理的代言者，那些時差隨著現代化直接給出了懷舊的位置，因為無法辨法自信處理好快速的科技發展，便為自己製造了異托邦來包裹當代的焦處，幫助我們能更自在地與世界相處。如果在偶發的世界裡，還希冀妥善保存自我，只有策略性的將愛情視為真理，傾斜到了極致以後，如節拍器一般，總有另一個側面等待並將之復原。

107 林俊頴，《某某人的夢》，頁81。
108 林俊頴，《某某人的夢》，頁87。

第五章

結論：懷舊的能與不能

情不知所起，一往而深，生者可以死，死可以生。生而不可與死，死而不可復生者，皆非情之至也。

——湯顯祖，《牡丹亭》

我不願意同我的家人分開。我生活在我的家庭中，它自認可以支配富有的或令人厭惡的城市，不管這些城市建築在岩石上還是籠罩的霧氣中。不管黑天白日，它都在高談闊論，一切的一切都在它面前頂禮膜拜，但它卻不向任何事情彎腰。它對任何秘密都充耳不聞，它對我保持著那種不可一世的強硬姿態卻使我厭煩，有時它的叫聲也使我討厭。然而，它的不幸也是我的不幸，我們身上流淌著一樣的血液。我豈不是也和它一樣，精疲力竭地大聲對著岩石在喊嗎？我同時也在努力遺忘，我在鐵和火中走遍了我們的城市，我勇敢地面對黑夜開口而笑。我呼喚著暴風雨，我將永遠忠誠。

——卡繆，〈重返蒂帕札〉

扣除緒論，本書的核心架構分為四部分：一，方法的建構，釐探「抒情離現代」如何作為重勘鄉土的方法；二，從時間角度切入看抒情離現代的另類文學史觀；三，從空間角度分析城與鄉兩條敘事軸線，背後引導出林俊頴使用「母語」、「霧」、「虛空之屋」三個元素體現了抒情離現代的空間感，無論身處何地總有個隱於現實的世界；四，從前瞻性懷舊出發，分析城鄉裡頭人與人的關係，走向以愛通往真理的路徑。

林俊頴並未離開作為地理空間意義上的故鄉，卻仍可從小說中窺見流亡姿態，從《大暑》以降「情不知所起，一往而深」的鄉愁，乃至《猛暑》開啟科幻抒情學，所謂「『我島』的世代哀愁」，精準捕捉流亡之於當代已發展出異象——我在我的故鄉裡流亡——林已從「我思故我在」（笛卡爾）／「我寫故我在」（朱天文）再到「我愛故我在」（林俊頴《日出在遠方》）脈絡中跳出。從他字斟句酌，致力以漢字書寫閩南方言，是德希達在《他者的單語主義》中著名辯證：人「只說」一種語言與「絕對不只說」一種語言，若借用漢娜．鄂蘭與高斯（Günter Gaus）的對談〈僅剩下母語〉（“Seule demeure la langue maternelle”）來回應那個回不去的、納粹以前的德國，若母語比物理空間或者國家更能代表故鄉，那林俊頴的流亡則是發生在語言內部的流亡，在國語vs.方言以及背後涉及龐大的認同政治中，以文字作為科幻抒情學的方法，拋出為何故鄉／語言讓我們感到陌生。這條異路便是為何我欲以抒情離現代的概念詮釋林俊頴之文本的原因。他書寫情感的軌跡從自身處境出發，先是對同志身分的關注，再到理解他者的心靈，王德威為《猛暑》作序評價「在這個喧嘩躁動的時代，他是孤獨的」[1]，我捨棄〈焚燒創世紀〉裡的「我聽故我在」，改用散文集《日出在遠方》的「我愛故我在」來理解這份孤獨，乃因林於訪談曾提及散文對他的意義：

> 一直以來，大家對散文的理解，議論文也好，抒情小品文也罷，都還是那句話：「修辭立其誠」。雖然不能稱之為規則，始終是個不成文的規定。很多人試著要打破它，可是到底可不可行，或者應不應該，總是一個爭議。但我覺得黃錦樹講得很好：「那樣寫散文的人，為什麼不堂堂正正的去寫小說呢？」他提出了一個更大的重點叫「倫理」。我是個老人類，我覺得寫作有些底限，

1 王德威，〈日頭赤豔炎，隨人顧性命——《猛暑》看見台灣〉，《猛暑》，頁6。

是不可以去超越的。[2]

傾聽他人故事是作家面對小說謙稱的姿態，背後出自比「聽」或「寫」更大的「愛」，於散文忠實呈現。如同《我不可告人的鄉愁》借萌少女之手，鍵寫她在死亡之前所理解的世界，「今天我只想記下兩首歌，兩首相隔五十年，我想像自己在兩者間走鋼索，我譯成自己的文字，這樣我就好像腳底長出吸盤，有所黏附有所依恃。這一日我多麼愛這個世界，我忠誠地過完它，沒有二心。」[3]一則則他人的故事，被翻譯成創作者的文字，忠誠走完他人生命的一小段路，與骨血融合。對照一九九七年臺灣發生的恐同與消費同志等社會事件，是遲來的溫柔應答——世界以痛吻我，而我報之以愛。

與其說是林俊頴專論，本書更傾向打造一條閱讀文學史的方法，尋找這條抒情離現代的騎士之路，越過其他棋種——用林最喜歡的比喻，人如同「螞蟻」般在棋格似的「鋼骨水泥叢林」[4]裡走出一道虛線[5]——不同於國王（King）、皇后（Queen）、主教（Bishop另譯象）與城堡（Rook，另譯車），騎士具備創造性批判之動能，他可以在棋格裡勇往直前，若添加一點漢娜·鄂蘭，騎士之路便是一條從思想到行動，再到思維行動之路；再加一點段義乎，即是受激情所驅，騎士追索聖杯的最終棲身之處所衍伸的浪漫地理傳奇，據此，借用政治學與人文地理學來補充騎士之路／離現代之路的目的，是為了深化創作者對歷史結構的抵抗與和解，騎士不是林俊頴筆下的任何一個角色，而是創造出小說宇宙的作者本人的探索之心，打

---

2 陳淑芬訪林俊頴，〈散文到底還是要誠實，這是一份很重要的、和讀者的契約——林俊頴《盛夏的事》〉，《博客來・本月大人物・集散地》（2014年8月18日），網址：https://okapi.books.com.tw/article/3087（檢索日期：2021年10月1日）

3 林俊頴，〈萌〉，《我不可告人的鄉愁》，頁135。

4 「只見薄脆的雲天下灰漠漠廣袤的一片**水泥叢林**，像是某種族群的巨獸的堅甲鱗片，烈陽里烤炙得氣咻咻。」林俊頴，〈大城〉，《大暑》，頁7。「在那傾軋之必要、批鬥之必要、競爭之必要，因此互相鄙視仇視之必要、一點點暴力與羞辱之必要的**鋼骨水泥叢林**，他或想點醒我的律條是，一朝天子一朝臣，辦公室沒有不可被取代的職位，關係決定一切，我們既然在她的人際網絡最外沿，不是舊識或心腹，要存活下去的兩條路，附勢上去表態效中心，或者自行滾蛋讓出位子避免受辱，走向自己的光明。」林俊頴，〈佛滅之日〉，《盛夏的事》，頁10。

5 「我們**螞蟻**一樣，從盆地的那端邊緣回到這一端，連出一條虛線。／但是，我應該如何稱呼我們的地方？它不是一個家？也不是個長久的住所之，它僅是一間房子。／六個平面包覆而成的空間裡，無論我來過多少次，待了多久，都是異鄉，身心無從徹底安頓。熱情飆漲時，我們如試管中的分子般彈跳竄蹦；熱情冷卻後，我們呈幾何線條的簡約。」林俊頴，〈魔術時刻〉，《愛人五衰》，頁149。

造一個抒情離現代的地理學，寫下這一路的荊棘，走向對世界的關懷（the care for the world）。

不可諱言，抒情離現代的提出，可視為對政治的除魅與對抒情的復魅，旨在除去意識形態的眼光後，反思文學還能留下什麼。本書並不打算重新發明傳統，林俊頴文本以艱澀難讀聞名，我想起吳爾芙現代主義經典之作《燈塔行》中，莉莉試圖理解雷塞姆太太時，以蜂巢比喻人類內在心靈：「她曾問過自己，那麼，一個人是如何知道其他人的這件事或那件事？它們都是緊鎖著的呀。只不過像一隻蜜蜂，為空氣中某種無法觸摸，無法品嘗的芳香或強烈氣味所吸引，一個人縈繞在圓頂狀的蜂巢外不肯離去，孤單的漫遊在這世界上的空氣殘渣中，縈繞在嗡嗡低語，營營忙碌的蜂巢外不願離去；蜂巢就是人。」[6]精彩描述了渴望理解他人的心理狀態，人與人之間的相處，就像是一個又一個緊閉的蜂巢，吳爾芙的意識流精要的捕捉了這個情境；而蜂巢同時也是《我不可告人的鄉愁》的開篇，敘事者在蜂巢式的辦公室裡彷如將自己擺入金剛不壞的神龕。我未選擇羅列鄉土書寫的作家群像概括分析，而是依據單一作家文本為核向外延伸，乃希冀藉由「作家論」逐步釐清鄉土書寫的討論，且檢討為何幾乎本本創作皆論及鄉土的作家，有很長一段時間不被列入鄉土書寫之列，並擿埴索塗一條路徑來安置相關創作，若還原鄉土即為家鄉土地的本意，作家尚有借助文學打造鄉園的本事，還需要鄉土書寫的標籤？本書試圖還原鄉土的原意，論述了如何以抒情離現代作為方法來重探懷舊的能與不能，作為理解龐大他者心靈的敲門磚，以時空編織，以愛為結，鄉土成為愁思所繫之處，你便是我的鄉愁，林俊頴可視為抒情離現代的書寫範例。

6 維吉尼亞・吳爾芙（Virginia Woolf）著，宋德明譯，《燈塔行》（新北：聯經，2018年），頁53。

參考文獻

一、中文文獻

（一）林俊頴文本

林俊頴，《大暑》（臺北：三三，1990年）。
林俊頴，《是誰在唱歌》（臺北：遠流，1994年）。
林俊頴，《焚燒創世紀》（臺北：遠流，1997年）。
林俊頴，《日出在遠方》（臺北：遠流，1997年）。
林俊頴，《愛人五衰》（臺北：千禧國際文化，2000年）。
林俊頴，《夏夜微笑》（臺北：麥田，2003年）。
林俊頴，《玫瑰阿修羅》（臺北縣：INK印刻，2004年）。
林俊頴，《善女人》（臺北縣：INK印刻，2005年）。
林俊頴，《鏡花園》（臺北縣：INK印刻，2006年）。
林俊頴，《我不可告人的鄉愁》（新北：INK印刻文學，2011年）。
林俊頴，《某某人的夢》（新北：INK印刻文學，2014年）。
林俊頴，《盛夏的事》（新北：INK印刻文學，2014年）。
林俊頴，《猛暑》（臺北：麥田，2017年）。

（二）專書

王德威，《小說中國：晚清到當代的中文小說》（臺北：麥田，1993年）。
王德威，《如何現代，怎樣文學？十九、二十世紀中文小說新論》（臺北：麥田，1998年）。
王德威，《現代抒情傳統四論》（臺北：臺大出版中心，2011

年）。

王德威著，涂航等譯，《史詩時代的抒情聲音：二十世紀中期的中國知識分子與藝術家》（臺北：麥田，2017年）。

王德威選編、導讀，《臺灣：從文學看歷史》，（臺北：麥田，2005年）。

王德威、陳國球編，《抒情之現代性：「抒情傳統」論述與中國文學研究》（北京：生活．讀書．新知三聯書店，2014年）。

史書美，《反離散：華語語系研究論》（臺北：聯經，2017年）。

史書美著，楊華慶譯，蔡建鑫校定，《視覺與認同：跨太平洋華語語系表述．呈現》（*Visuality and Identity: Sinophone Articulations across the Pacific*）（臺北：聯經，2013年）。

弗里德里克．詹明信（Fredric Jameson）著，吳美真譯，《後現代主義或晚期資本主義的文化邏輯》（*Postmodernism, or, the Cultural Logic of Late Capitalism*）（臺北：時報文化，1998年）。

瓦爾澤．班雅明（Walter Benjamin）著，王才勇譯，《單行道》（南京：江蘇人民出版社，2005年）。

瓦爾澤．班雅明（Walter Benjamin）著，王炳鈞、楊勁譯，《經驗與貧乏》（天津：百花文藝出版社，1999年）。

瓦爾澤．班雅明（Walter Benjamin）著，王涌譯，《柏林童年》（臺北：麥田，2012 年）。

瓦爾澤．班雅明（Walter Benjamin）著，李士勛、徐小青譯，

《班雅明作品選：單行道．柏林童年》（臺北：允晨文化，2003年）。
瓦爾澤．班雅明（Walter Benjamin）著，李茂增、蘇仲樂譯，《寫作與救贖：本雅明文選（增訂本）》（上海：東方出版中心，2017年）。
瓦爾澤．班雅明（Walter Benjamin）著，林志明譯，《說故事的人》（臺北：臺灣攝影工作室，1998 年）。
瓦爾澤．班雅明（Walter Benjamin）著，張旭東、王斑譯，《啟迪：本雅明文選（修訂譯文版）》（香港：牛津大學出版社，2012 年）。
瓦爾澤．班雅明（Walter Benjamin）著，張旭東、魏文生譯，《發達資本主義時代的抒情詩人：論波特萊爾》（臺北：臉譜，2010 年）。
瓦爾澤．班雅明（Walter Benjamin）著，莊仲黎譯，《機械複製時代的藝術作品：班雅明精選集》（臺北：商周，2019 年）。
瓦爾澤．班雅明（Walter Benjamin）著，許綺玲譯，《迎向靈光消逝的年代》（臺北：臺灣攝影工作室，1998年）。
瓦爾澤．班雅明（Walter Benjamin）著，陳永國譯，《德國悲劇的起源》（北京：文化藝術出版社，2001年）。
白先勇，《紐約客》（臺北：爾雅，2007年）。
伊塔羅．卡爾維若（Italo Calvino）著，吳潛誠校譯，《在下一輪太平盛世的備忘錄》（臺北：時報文化，1996年）。
托馬斯．奧格登（Thomas Ogden）著，殷一婷譯，《心靈的母體：客體關係與精神分析對話》（*The Matrix of the Mind*）（上海：華東師範大學出版社，2017年）。
朱天心，《三十三年夢》（新北：INK印刻文學，2015年）。
朱天文，《荒人手記》（臺北：時報文化，1994年）。
朱天文，朱天文作品集1《傳說（短篇小說集）》（臺北縣：INK印刻，2008年）。
朱天文，朱天文作品集2《淡江記（散文集）》（臺北縣：INK印刻，2008年）。
朱天文，朱天文作品集3《炎夏之都（短篇小說集）》（臺北縣：INK印刻，2008年）。
朱天文，朱天文作品集4《世紀末的華麗（短篇小說集）》（臺北縣：INK印刻，2008年）。
朱天文，朱天文作品集5《有所思，乃在大海南（雜文集）》（臺北縣：INK印刻，2008年）。
朱天文，朱天文作品集6《黃金盟誓之書（散文集）》（臺北縣：INK印刻，2008年）。
朱天文，朱天文作品集7《最好的時光（電影作品集）》（臺北縣：INK印刻，2008年）。
朱天文，朱天文作品集8《巫言（長篇小說）》（臺北縣：INK印刻，2008年）。
朱天文，朱天文作品集9《劇照會說話（圖文集）》（臺北縣：INK印刻，2008年）。
朱迪斯·巴特勒（Judith Butler）著，宋素鳳譯，《性別麻煩：女性主義與身份的顛覆》（上海：上海三聯書店，2009

年）。
朱偉誠，《臺灣同志小說選》（臺北：二魚文化，2005年）。
艾德華．薩依德（Edward W.Said）著，李琨譯，《文化與帝國主義》（北京：生活．讀書．新知三聯書店，2016年）。
艾德華．薩依德（Edward W.Said）著，單德興譯，《知識分子論》（臺北：麥田，1997年）。
艾德華．薩依德（Edward W.Said）著，單德興譯，《權力、政治與文化：薩依德訪談集》（臺北：麥田，2012年）。
艾德華．薩依德（Edward W.Said）著，彭淮棟譯，《論晚期風格：反常合道的音樂與文學》（臺北：麥田，2010年）。
西爾維婭．阿加辛斯基（Sylviane Agacinski）著，吳雲鳳譯，《時間的擺渡者：現代與懷舊》（*Le Passeur De Temps: Modernité et Nostalgie*）（北京：中信出版社，2003年）。
西蒙．帕克（Simon Parker）著，國立編譯館主譯，王志弘、徐苔玲合譯，《遇見都市：理論與經驗》（臺北：群學，2007年）。
杜威．德拉埃斯馬（Douwe Draaisma）著，李煉譯，《懷舊製造廠：記憶．時間．變老》（廣州：花城出版社，2011年）。
杜威．德拉埃斯馬（Douwe Draaisma）著，張朝霞譯，《記憶的風景：我們為什麼「想起」，又為什麼「遺忘」》（臺北：漫遊者文化，2013年）。
杜威．德拉埃斯馬（Douwe Draaisma）著，喬修峰譯，《記憶的隱喻：心靈的觀念史》（廣州：花城出版社，2009 年）。

貝爾納．斯蒂格勒（Bernard Stiegler）著，斐程譯，《技術與時間1：愛比米修斯的過失》（北京：譯林出版社，2020年）。
貝爾納．斯蒂格勒（Bernard Stiegler）著，趙和平、印螺譯，《技術與時間2：迷失方向》（北京：譯林出版社，2021年）。
貝爾納．斯蒂格勒（Bernard Stiegler）著，方爾平譯，《技術與時間3：電影的時間與存在之痛的問題》（北京：譯林出版社，2021年）。
周蕾（Rey Chow）著，米家路、羅貴祥、辛宇、張洪兵、董啟章譯，《寫在家國之外：當代文化研究的干涉策略》（香港：牛津大學出版社，1995年）。
周蕾（Rey Chow）著，陳衍秀、陳湘陽譯，《溫情主義寓言．當代華語電影》（*Sentimental Fabulations, Contemporary Chinese Films Attachment in the Age of Global Visibility*）（臺北：麥田，2019年）。
周蕾（Rey Chow）著，陳衍秀譯，《世界標靶的時代：戰爭、理論與比較研究中的自我指涉》（*The Age of the World Target*）（臺北：麥田，2011年）。
林美容，《媽祖信仰與台灣社會》（臺北縣：博揚文化，2006年）。
林美容，《媽祖婆靈聖：從傳說、名詞與重要媽祖廟認識台灣第一女神》（臺北：前衛，2020年）。
林懷民，《蟬》（臺北：大地，1974年）。

法蘭茲．卡夫卡（Franz Kafka）著，彭雅立、黃鈺娟譯，《給米蓮娜的信：卡夫卡的愛情書簡》（臺北：書林，2008年）。
芭芭拉．卡森（Barbara Cassin）著，唐珍譯，《鄉愁》（上海：華東師範大學出版社，2020年）。
阿甘本（Giorgio Agamben）著，錢立卿譯，《剩餘的時間：解讀《羅馬書》》（長春：吉林出版集團，2011年）。
阿君．阿帕度萊（Arjun Appadurai）著，鄭義愷譯，《消失的現代性：全球化的文化向度》（*Modernity at Large: Cultural Dimensions of Globalization*）（臺北：群學，2009 年）。
阿爾貝．卡繆（Albert Camus）著，黃馨慧譯，《卡繆札記I：1935-1942》（臺北：麥田，2011年）。
阿爾貝．卡繆（Albert Camus）著，黃馨慧譯，《卡繆札記II：1942-1951》（臺北：麥田，2013年）。
阿爾貝．卡繆（Albert Camus）著，黃馨慧譯，《卡繆札記III 1951-1959》（臺北：麥田，2014年）。
阿爾貝．卡繆（Albert Camus）著，楊榮甲、王殿忠譯，《致一位德國友人的信（最新修訂版）》（南京：譯林出版社，2017年）。
阿維賽．馬格利特（Avishai Margalit）著，賀海仁譯，《記憶的倫理》（北京：清華大學出版社，2015年）。
阿蘭．巴迪歐（Alain Badiou），鄧剛譯，《愛的多重奏》（上海：華東師範大學出版社，2012年）。
柯慶明、蕭馳編，《中國抒情傳統的再發現：一個現代學術思潮的論文選集》（臺北：臺大出版中心，2009年）。
段義孚著，志丞、劉蘇譯，《戀地情結》（北京：商務印書館，2018年）。
段義孚著，趙世玲譯，《浪漫主義地理學：探尋崇高卓越的景觀》（新北：立緒，2018年）。
紀大偉，《同志文學史：台灣的發明》（新北：聯經，2017年）。
約翰．伯格（John Berger）著，何佩樺譯，《抵抗的群體》（杭州：中國美術學院出版社，2018年）。
約翰．伯格（John Berger）著，吳莉君譯，《A致X：給獄中情人的溫柔書簡》（臺北：麥田，2014年）。
約翰．伯格（John Berger）著，吳莉君譯，《我們在此相遇》（臺北：麥田，2017年）。
約翰．伯格（John Berger）著，吳莉君譯，《班托的素描簿》（臺北：麥田，2016年）。
范銘如，《文學地理：台灣小說的空間閱讀》（臺北：麥田，2008年）。
范銘如，《空間／文本／政治》（臺北：聯經，2015年）。
范銘如，《書評職人：失憶時代的點書》（臺北：聯合文學，2019年）。
迪迪埃．努里松（Didier Nourrisson）著，陳睿、李敏譯，《煙火撩人：香菸的歷史》（北京：生活．讀書．新知三聯書店，2013年）。
夏鑄九、王志弘編譯，《空間的文化形式與社會理論讀本》（臺北：明文，1993年）。
格奧爾格．齊美爾（Georg Simmel）著，費勇譯，《時尚的哲學》（北京：文化藝術出版社，2001年）。
納博科夫（Vladimir Nabokov）著，丁駿、王建開譯，《俄羅斯文學講稿》（上海：上海三聯書店，2015年）。
茱莉亞．克莉絲蒂娃（Julia Kristeva）著，吳錫德譯，《思考之危境》（臺北：麥田，2005年）。
茱莉亞．克莉絲蒂娃（Julia Kristeva）著，趙靚譯，《獨自一個女人》（福州：福建教育出版社，2015年）。
張誦聖，《文學場域的變遷——當代台灣小說論》（臺北：聯合文學，2001年）。
張誦聖，《現代主義．當代台灣：文學典範的軌跡》（臺北：聯經，2015年）。
張錦忠、黃錦樹編，《重寫臺灣文學史》（臺北：麥田，2007年）。
理查．桑內特（Richard Sennett）著，萬毓澤譯，《再會吧！公共人》（臺北：群學，2007年）。
陳世驤著，王靖獻編，《陳世驤文存》（臺北：志文，1972年）。
陳芳明，《台灣新文學史（精裝版）》（臺北：聯經，2011年）。
陳建忠，《島嶼風聲：冷戰氛圍下的臺灣文學及其外》（新北：南十字星文化工作室，2018年）。
陳建忠，《記憶流域：臺灣歷史書寫與記憶政治》（新北：南十字星文化工作室，2018年）。

陳建忠、應鳳凰、邱貴芬、張誦聖、劉亮雅合著，《臺灣小說史論》（臺北：麥田，2007年）。
陳國球，《抒情中國論》（香港：三聯書店，2013年）。
陳國球，《抒情傳統論與中國文學史》（臺北：時報文化，2021年）。
陳惠齡，《鄉土性、本土化、在地感：台灣新鄉土小說書寫風貌》（臺北：萬卷樓，2010年）。
雪倫．朱津（Sharon Zukin）著，王志弘、王玥民、徐苔玲合譯，《裸城：純正都市地方的生與死》（臺北：群學，2012年）。
麥克．沙維奇（Mike Savage）、艾倫．渥德（Alan Warde），王志弘譯，《都市社會學：資本主義與現代性》（2000年，未出版），網址http://www.bp.ntu.edu.tw/wp-content/uploads/2012/06/都市社會學_資本主義與現代性.pdf
喬治．巴塔耶（Georges Bataille）著，賴守正譯，《情色論》（*L'erotisme*）（臺北：聯經，2012年）。
喬納森．克拉里（Jonathan Crary）著，許多、沈清譯，《24/7：晚期資本主義與睡眠的終結》（北京：中信出版集團，2015年）。
提姆．克瑞茲威爾（Tim Cresswell）著，徐苔玲、王志弘譯，《地方：記憶、想像與認同》（臺北：群學，2006年）。
斯韋特拉娜．博伊姆（Svetlana Boym）著，楊德友譯，《懷舊的未來》（*The Future of Nostalgia*）（南京：譯林出版社，2010）。

童偉格，《童話故事》（新北：INK印刻文學，2013年）。
費爾南多．佩索亞（Fernando Pessoa）著，韓少功譯，《惶然錄》（臺北：時報文化，2001年）。
黃心雅，《從衣櫃的裂縫我聽見：現代西洋同志文學》（臺北：書林，2008年）。
黃美娥、廖振富、陳培豐、星名宏修、陳建忠、洪淑苓、林芳玫、陳惠齡、劉亮雅、吳明益著，《世界中的台灣文學》（臺北：臺大出版中心，2020年）。
黃錦樹，《時差的贈禮》（臺北：麥田，2019年）。
黃錦樹，《論嘗試文》（臺北：麥田，2016年）。
黃錦樹，《謊言或真理的技藝：當代中文小說論集》（臺北：麥田，2003年）。
愛德華．索雅（Edward W. Soja），王志弘、張華蓀、王玥民譯，《第三空間：航向洛杉磯以及其他真實與想像地方的旅程》（臺北縣：桂冠，2004年）。
愛德華．雷爾夫（Edward Relph）著，謝慶達譯，《現代都市地景》（臺北：田園城市文化，2002年）。
詹姆斯．克里弗德（James Clifford）著，Kolas Yotaka譯，《路徑：20世紀晚期的旅行與翻譯》（苗栗縣：桂冠，2019年）。
詹姆斯．克里弗德（James Clifford）著，林徐達、梁永安譯，《復返：21世紀成為原住民》（苗栗縣：桂冠，2017年）。
賈西亞．馬奎斯（García Márquez）著，宋碧雲譯：《一百年的孤寂》（臺北：遠景，1982）。

漢娜．鄂蘭（Hannah Arendt）著，林宏濤譯，《人的條件》（臺北：商周，2016年）。
漢娜．鄂蘭（Hannah Arendt）著，李雨鍾、李威撰、黃雯君譯，《過去與未來之間：政治思考的八場習練》（臺北：商周，2021年）。
瑪麗．道格拉斯（Mary Douglas），黃劍波、盧忱、柳博贇譯，《潔淨與危險》（北京：民族出版社，2008年）。
維吉尼亞．吳爾芙（Virginia Woolf）著，賈輝豐譯，《一間自己的房間》（*A Room of One's Own*）（北京：人民文學出版社，2003年）。
維吉尼亞．吳爾芙（Virginia Woolf）著，宋德明譯，《燈塔行》（新北：聯經，2018年）。
齊格蒙．包曼（Zygmunt Bauman）著，洪濤、周順、郭台輝譯，《尋找政治》（上海：上海人民出版社，2006年）。
齊格蒙．包曼（Zygmunt Bauman）著，郭國良、徐建華譯，《全球化：人類的後果》（北京：商務印書館，2013年）。
齊格蒙．包曼（Zygmunt Bauman）著，陳雅馨譯，《液態現代性》（臺北：商周，2018年）。
德希達（Jacques Derrida）著，張正平譯，《他者的單語主義：起源的異肢》（臺北：桂冠，2000年）。
德勒茲（Gilles Deleuze）著，董樹寶、胡新宇、曹偉嘉譯，《《荒島》及其他文本：文本與訪談（1953-1974）》（南京：南京大學出版社，2018年）。
戴維．弗里斯比（David Frisby），盧暉臨、周怡、李林艷譯，

《現代性的碎片：齊美爾、克拉考爾和本雅明作品中的現代性理論》（北京：商務印書館，2013年）。
韓炳哲（Byung-Chul Han）著，莊雅慈、管中琪譯，《倦怠社會》（臺北：大塊文化，2015年）。
韓炳哲（Byung-Chul Han）著，宋娀譯，《愛欲之死》（北京：中信出版社，2019年）。
韓炳哲（Byung-Chul Han）著，管中琪譯，《透明社會》（臺北：大塊文化，2019年）。
聶華苓，《遺悲懷》（臺北：晨鐘，1971年）。
羅伯特．史塔（Robert Stam）著，陳儒修、郭幼龍譯，《電影理論解讀》（臺北：遠流，2002年）。
羅伯特．瓦爾澤（Robert Walser）著，朱諒諒譯，《漫步人間》（*Der Spaziergang*）（西安：陝西師範大學出版總社，2019年）。
蘇珊．桑塔格（Susan Sontag）著，黃茗芬譯，《反詮釋：桑塔格論文集》（臺北：麥田，2008年）。
蘇偉貞，《長鏡頭下的張愛玲：影像、書信、出版》（新北：INK印刻文學，2011年）。
蘇偉貞，《不安、厭世與自我退隱：易文及同代南來文人》（新北：INK印刻文學，2020年）。
蘇偉貞，《云與樵：獵影伊比利半島》（新北：INK印刻文學，2020年）。

（三）學位論文

林子新，《用城市包圍農村：中國的國族革命與臺灣的城鄉逆轉（1945-1953）》（臺北：國立臺灣大學建築與城鄉研究所博士論文，2013年）。

黃健富，《傷、廢與書寫：童偉格小說研究》（嘉義：國立中正大學臺灣文學研究所碩士論文，2010年）。

黃資婷，《抒情之後，離現代——以林徽因、王大閎為起點談建築與文學相遇論》（臺南：國立成功大學建築研究所博士論文，2020年）。

鍾秩維，《抒情與本土：戰後臺灣文學的自我、共同體和世界圖像》（臺北：國立臺灣大學臺灣文學研究所博士論文，2020年）。

（四）單篇文獻

王志弘，〈文化如何治理？一個分析架構的概念性探討〉，《世新人文社會學報》第11期（2010年7月），頁1-38。

王乾任，〈鳥瞰戰後臺灣出版產業變遷：從出版社、經銷發行到書店通路的變化〉，《臺灣出版與閱讀》總號第3期（2018年9月），頁50-57。

王德威，〈「有情」的歷史——抒情傳統與中國文學現代性〉，《中國文哲研究集刊》第33期（2008年9月），頁77-137。

印刻編輯部，〈鄉的方向：李渝和編輯部對談〉，《刻印文學生活誌》第6卷第11期（2011年7月），頁86。

安伯托·艾可（Umberto Eco）著，張錦譯，〈裂縫、熔爐，一種新的遊戲〉，《跨文化對話（第28輯）：懷舊與未來專號》（北京：生活．讀書．新知三聯書局，2011年），頁3-13。
朱貞品，〈德國鄉土文學與台灣鄉土文學淵源之比較〉，《淡江外語論叢》No.16（2010年12月），頁63-95。
呂奇芬，〈後現代巫者的氣味祭儀、薩滿文化復興及其身體實踐——新探三部台灣當代小說〉，《中外文學》第41卷第2期（2012年6月），頁119-156。
李奭學，〈中國文學不能承受的重：文革小說40年〉，《中國時報》開卷周報（2000年5月）。
周芬伶，〈歷史感與再現——後鄉土小說的主體建構〉，《聖與魔：台灣戰後小說的心靈圖象1945-2006》（臺北縣：INK印刻，2007年），頁120-135。
周蕾（Rey Chow）著，蔡青松譯，〈懷舊新潮：王家衛電影《春光乍洩》中的結構〉，《中外文學》第35卷第2期（2006年7月），頁41-59。
林俊頴，〈《讀書大展》媽祖、素食者與搖滾靈魂〉，《中國時報》Bara00開卷版（2014年3月8日）。
范銘如，〈後鄉土小說初探〉，《台灣文學學報》第11期（2007年12月），頁21-49。
孫大川，〈從生番到熟漢——番語漢化與漢語番化的文學考察〉，《台灣原住民族研究季刊》第1卷第4期（2008年12月），頁175-196。
陳孟君，〈林俊頴小說中的時間想像與神話辯證〉，《中央大學人文學報》第49期 （2012年1月），頁64-91。

陳皇旭，〈戰後臺灣外省小說家文本中的「文化身分」問題〉，《中極學刊》第5期（2005年12月），頁213-231。
陳韋臻，〈彩虹光影的折射——小談近卅年臺台灣同志影視〉，《以進大同：台北同志生活誌》（臺北：台灣文學發展基金會，2017年），頁96-103
陳淑芬訪林俊頴，〈散文到底還是要誠實，這是一份很重要的、和讀者的契約——林俊頴《盛夏的事》〉，《博客來．本月大人物．集散地》（2014年8月18日），網址：https://okapi.books.com.tw/article/3087
陳惠齡，〈「鄉土」語境的衍異與增生——九〇代以降台灣鄉土小說的書寫新貌〉，《中外文學》第39卷第1期（2010年3月），頁85-127。
陳惠齡，〈空間圖式化的隱喻性——台灣「新鄉土」小說中的地域書寫美學〉，《台灣文學研究學報》第9期（2009年10月），頁129-161。
陳維信記錄，李昂發言，〈新台灣寫實主義的誕生：21屆聯合文學小說新人獎決審紀實〉，《聯合文學》第277期（2007年11月），頁6-28。
童偉格、陳淑瑤，劉思坊記錄整理，〈細語慢言話小說——陳淑瑤對談童偉格〉，《印刻文學生活誌》第78期（2010年2月），頁54-61。
黃宗潔，〈「液態現代性」下的鄉愁：《我不可告人的鄉愁》及《寶島大旅社》的空間景觀與時間敘事〉，《中國現代文學》第30期（2016年12月），頁137-157。

黃資婷，〈林徽因的「紙上建築」——以〈九十九度中〉為核重構三〇年代民國北京胡同與合院生活〉，《建築學報》108期（2019年6月），頁81-102。
黃錦樹，〈抒情傳統與現代性：傳統之發明，或創造性的轉化〉，《中外文學》第34卷第2期（2005年7月），頁157-185。
蔡素芬提問、林俊頴回答，〈一手寫作，一手導演——林俊頴談紀錄片《我記得》執導〉，《自由時報》電子報（2022年3月24日），網址：https://art.ltn.com.tw/article/paper/1507517/
鍾秩維，〈抒情的政治、理論與傳統：重探一個台灣文學的批判論述〉，《中外文學》第48卷第2期（2019年6月），頁169-226。
蘇偉貞，〈另類時間：童偉格《西北雨》、林俊頴《我不可告人的鄉愁》的（不）返鄉路徑〉，《台灣文學學報》第35期（2019年12月），頁1-33。
龔鵬程，〈不存在的傳說：論陳世驤的抒情傳統〉，《政大中文學報》第10期（2008年12月），頁39-51。

二、外文文獻

Bryan S. Turner. "A Note on Nostalgia", *Theory, Culture & Society* Vol. 4, No. 1, 1987, pp. 147-156.
Christopher Moseley, ed. *Atlas of the World's Languages in Danger.*

Unesco, 2010.
David Damrosch. "Preface", *The Off-Modern*. Bloomsbury Academic, 2017.
Derek Walcott. "The Antilles: Fragments of Epic Memory", Nobel Lecture, 1992.12.7. https://www.nobelprize.org/prizes/literature/1992/walcott/lecture/
Edward Relph. *Rational Landscapes and Humanistic Geography*. Routledge, 2015.
Fred Davis. *Yearning for Yesterday: A Sociology of Nostalgia*. Free Press, 1979.
Fredric Jameson. *Archaeologies of the Future: The Desire Called Utopia and Other Science Fictions*. Verso, 2005.
Fredric Jameson. *The Geopolitical Aesthetic: Cinema and Space in the World System*. Indiana University Press, 1995.
Fredric Jameson. *The Political Unconscious: Narrative as a Socially Symbolic Act*. Routledge, 2013.
Fredric Jameson. *Postmodernism, or the Cultural Logic of Late Capitalism*. Duke University Press, 1991.
Jean Starobinski and William S. Kemp. "The Idea of Nostalgia", *Diogenes* Vol. 14, No. 54, 1966, pp. 81-103.
Michael Savage, et al. *Urban Sociology, Capitalism, and Modernity*. Basingstoke: Macmillan, 1993.
Michel Foucault. Translated from the French by Jay Miskowiec. "Of Other Spaces: Utopias and Heterotopias", *Diacritics* Vol.

16, No. 1, 1986, pp. 22-27

Richard Sennett. *The Corrosion of Character: The Personal Consequences of Work in the New Capitalism*. WW Norton & Company, 2011.

Richard Sennett. *The Fall of Public Man*. WW Norton & Company, 2017.

Simon Parker. *Urban Theory and the Urban Experience: Encountering the City*. Routledge, 2015.

Svetlana Boym. *Another Freedom: The Alternative History of an Idea.* University of Chicago Press, 2010.

Svetlana Boym. *The Future of Nostalgia.* Basic Books, 2001.

三、網路文獻

Atlas of Transformation, Svetlana Boym, "Nostalgia": http://monumenttotransformation.org/atlas-of-transformation/html/n/nostalgia/nostalgia-svetlana-boym.html

Atlas of Transformation: http://monumenttotransformation.org/atlas-of-transformation

ICOMOS, 18 April 2021 | Complex Pasts: Diverse Futures: https://www.icomos.org/en/focus/18-april-international-day-for-monuments-and-sites/90551-18-april-complex-pasts-diverse-futures

YouTube：https://www.youtube.com/

中華語文知識庫，漢字源流（鄉）：https://www.chinese-linguipedia.org/search_source_inner.html?word=鄉
國家教育學院辭典：https://terms.naer.edu.tw/derail/1314857/?index=4
國際原住民語言年網站：https://en.iyil2019.org/
教育部全球資訊網：https://www.edu.tw/Default.aspx
新聞知識庫：http://newspaper.nlpi.edu.tw
維基百科：https://zh.wikipedia.org/wiki/維基百科
臺灣文學虛擬博物館，邱貴芬，〈後鄉土文學時期〉：https://www.tlvm.com.tw/zh/History/HistoryCont?Id=40&Kind=1&LIid=17

本書經成大出版社出版委員會送交專業審查通過決議出版

懷舊的能與不能──論林俊頴小說中的抒情離現代

著　　者｜黃資婷

發 行 人　蘇慧貞
發 行 所　財團法人成大研究發展基金會
出 版 者　成大出版社
總 編 輯　徐珊惠
執行編輯　吳儀君
地　　址　70101台南市東區大學路1號
電　　話　886-6-2082330
傳　　真　886-6-2089303
網　　址　http://ccmc.web2.ncku.edu.tw

封面設計　吳芃欣
排　　版　菩薩蠻數位文化有限公司
印　　製　鼎雅印刷
初版一刷　2024年2月
定　　價　460元
I S B N　9786269810475

政府出版品展售處
‧國家書店松江門市
10485台北市松江路209號1樓
886-2-25180207
‧五南文化廣場台中總店
40354台中市西區台灣大道二段85號
886-4-22260330

國家圖書館出版品預行編目（CIP）資料

懷舊的能與不能──論林俊頴小說中的抒情離現代/黃資婷著. -- 初版. -- 臺南市：成大出版社出版：財團法人成大研究發展基金會發行, 2024.02
面；　公分

ISBN 978-626-98104-7-5（平裝）

1.CST: 林俊頴 2.CST: 臺灣小說 3.CST: 文學評論

863.57　　113000626